Samurai

Ulf Kartte, geboren 1956 in Jena, studierte Germanistik und Geschichte in Mainz und Heidelberg. Er ist Mitinhaber einer PR-Agentur, lebt mit seiner Familie in Bonn und arbeitet seit mehr als zwanzig Jahren in Köln. Er interessiert sich für Literatur und Filme, das Segeln und Afrika. Sein erster Kriminalroman »Vogelfrei« ist ebenfalls beim Emons Verlag erschienen.
Mehr Informationen über den Autor unter www.ulfkartte.de.

ULF KARTTE

Samurai

KÖLN KRIMI

emons:

Bibliografische Information der Deutschen Nationalbibliothek
Die Deutsche Nationalbibliothek verzeichnet diese Publikation in der Deutschen Nationalbibliografie; detaillierte bibliografische Daten sind im Internet über http://dnb.d-nb.de abrufbar.

Umschlagmotiv: Montage aus photocase.com/Worn, shutterstock.com/Guayo Fuentes
Umschlaggestaltung: Tobias Doetsch
Gestaltung Innenteil: César Satz & Grafik GmbH, Köln
Lektorat: Dr. Marion Heister
Druck und Bindung: CPI – Clausen & Bosse, Leck
Printed in Germany 2016
ISBN 978-3-95451-958-3
Köln Krimi
Originalausgabe

Dieser Roman wurde vermittelt durch die Literaturagentur Schmidt & Abrahams GbR, Speyer.

Für Klaus

1

Der Empfang war einer der glanzvollsten, die es im gesellschaftlichen Leben der Domstadt seit Langem gegeben hatte. Und er fand ihm zu Ehren statt, veranstaltet im glamourösen Kristallsaal der Kölner Messe aus Anlass seines sechzigsten Geburtstags. Eigentlich müsste er glücklich sein. Alle waren sie an diesem Samstagabend gekommen: die Kollegen aus den einflussreichen Anwaltskanzleien, die erste Riege der Kölner Politik, darunter sogar die beiden aussichtsreichsten Kandidaten für die anstehende Oberbürgermeisterwahl. Die Tatsache, dass die Wahl wegen fehlerhafter Stimmzettel um einen Monat verschoben werden musste, schien weder die gute Laune der parteilosen Favoritin noch die des SPD-Kandidaten zu beeinträchtigen. Auch seine Klienten, vorwiegend Vorstände von Banken, Versicherungen und Großunternehmen, und ein paar Prominente aus Film und Fernsehen hatten den Weg in den Messesaal gefunden.

An den Reden gab es nichts auszusetzen. Sie waren auf seine Bitten hin kurz und ohne überflüssige Lobhudeleien ausgefallen. Trotzdem kamen natürlich die großen Steuerprozesse zur Sprache, mit denen er als Anwalt Karriere gemacht und zum Teil sogar Strafrechtsgeschichte geschrieben hatte. Das Essen im festlichen Ambiente des Kristallsaals mit den riesigen Kronleuchtern war angemessen gewesen. Und auch das von ihm gesponserte Kölner Jugendorchester bot eine exzellente musikalische Darbietung.

Dennoch war er froh, als es endlich zehn Uhr war und er sich ohne schlechtes Gewissen verabschieden konnte. Der offizielle Empfang war vorüber. Zwar hatten ihn einige Kollegen schräg angesehen und ihr Bedauern über seinen frühzeitigen Aufbruch geäußert, aber die alkoholselige Stimmung war bereits so weit fortgeschritten, dass sich die letzten Gäste auch ohne ihn amüsieren würden.

Am Ende des Ganges, kurz vor dem Foyer am Ausgang des Congress-Centrums der Messe, stand er plötzlich vor einem wandhohen Spiegel. Er sah auf und musterte die beeindruckende Erscheinung, die ihm da entgegentrat: Der tadellos sitzende Brioni-Anzug brachte seine ein Meter sechsundachtzig Körpergröße hervorragend zur Geltung. Auch im Alter wirkte er schlank, und tatsächlich hatte er kein Gramm Fett zu viel am Körper. Das Gesicht mit dem energischen Kinn, der kräftigen Nase, den großen buschigen Augenbrauen unter den kurz geschnittenen schlohweißen Haaren drückte Kraft und Entschlossenheit aus. Ja, er war gut aussehend, reich und beruflich nach wie vor auf der Überholspur – und alles andere als glücklich.

Wenn er versuchte, sein augenblickliches Lebensgefühl zu beschreiben, trafen Attribute wie unausgeglichen, gereizt oder sogar leer eher zu. Dazu kam eine permanente Anspannung, die ihn seit Wochen begleitete und die sich körperlich immer häufiger durch heftige Magenschmerzen äußerte. Zuerst hatte er an ein physisches Leiden gedacht, aber der Komplett-Check-up einschließlich einer unangenehmen Magenspiegelung, der er sich unterzogen hatte, war ergebnislos geblieben. Es war etwas anderes, was buchstäblich an ihm nagte.

Nach wenigen Schritten erreichte er den Messeparkplatz vor dem Congress-Centrum. Mitte September war es um diese Zeit draußen fast noch sommerlich warm. Leise brummend sprang der Fünf-Liter-V8-Motor seines Jaguar XF an. Langsam fuhr er am Deutzer Bahnhof und am über einhundert Meter hohen KölnTriangle vorbei. Er gab Gas, und der Sportwagen schnurrte wie eine Raubkatze. Nachdem er die Deutzer Brücke überquert hatte, bog er am Heumarkt auf die Rheinuferstraße in Richtung Rodenkirchen ab. Während er das Schokoladenmuseum und die im Dunkeln eindrucksvoll leuchtende Kulisse des Rheinauhafens mit den drei mächtigen Kranhäusern passierte, sah er sich unwillkürlich um, doch er konnte bei dem starken Verkehr niemanden ausmachen, der ihm folgte.

In letzter Zeit hatte er immer häufiger das Gefühl gehabt, dass ihn jemand beobachtete. Wahrscheinlich hatte das mit dem merkwürdigen Vorfall vor zwei Wochen zu tun. Er hatte abends im REWE-Supermarkt auf dem Hohenzollernring an der Kasse gewartet. Dabei amüsierte er sich über zwei Rentner vor ihm, die lautstark und im schönsten Dialekt die drei ewigen kölschen Themen – Kirche, Karneval und FC – erörterten. Plötzlich fiel ihm ein Mann auf, der ihn unverwandt anstarrte. Er stand etwa zehn Meter von ihm entfernt auf der gegenüberliegenden Seite bei den Einkaufswagen. Er war von durchschnittlicher Größe und Statur. Was Jürgens jedoch nicht losließ, war das Gesicht: Von Narben überzogen wirkte es seltsam starr, was dem Mann einen maskenhaften Gesichtsausdruck verlieh. Die Augen, scharf und stechend, sahen ihn mit unverhohlenem Hass an. Der Fremde stand völlig regungslos da.

Plötzlich geschah etwas, was dem erfolgreichen Anwalt noch nie passiert war: Er fühlte sich völlig paralysiert und unfähig zu jeder Bewegung. Sonderbarerweise kam ihm der Mann bekannt vor. Dabei war er sicher, dass er den Fremden mit dem Narbengesicht noch nie gesehen hatte.

Die Kassiererin hatte ihn gerettet, indem sie ihn ansprach und ihn damit zwang, sich auf die Tätigkeit des Bezahlens zu konzentrieren. Als er kurz darauf zum Eingang blickte, war der Unbekannte verschwunden.

Danach hatte er mehrere Tage schlecht geschlafen und sich das Hirn zermartert, ob er den Mann vielleicht doch kannte. Irgendwann kam ihm die Begegnung unwirklich vor, und schließlich redete er sich ein, dass der Mann jemand anderen angesehen hatte. Vergessen konnte er den Vorfall jedoch nicht, und seitdem hielt er immer wieder nach ihm Ausschau.

Inzwischen hatte er den Militärring erreicht und steuerte den Jaguar in Richtung seiner Villa in Hahnwald. Statt in Höhe des Köln-Marienburger Golfclubs links abzubiegen, nahm er jedoch den Weg zum Bonner Verteiler. Ohne nachzudenken, bog er rechts auf die Bonner Straße ab und fuhr wieder stadteinwärts. Eine Viertelstunde später erreichte er die Einfahrt der Tiefgarage auf dem Kaiser-Wilhelm-Ring. Er parkte den Jaguar auf dem für ihn reservierten Parkplatz und ging die Treppe hoch zum Ring. Kurz darauf stand er vor einem imposanten vierstöckigen Bürogebäude. Neben der Eingangstür prangte ein Schild – dezent, stilvoll und doch nicht zu übersehen: »Dr. Hendrik Jürgens & Peter Huber, Anwaltskanzlei für Steuerrecht – Köln, Frankfurt, München«.

Jürgens schloss die Tür auf und betrat das dunkle Haus. Um die Zeit wirkte es abweisend und etwas unheimlich. Er dachte daran, dass früher einmal der Verfassungsschutz hier residiert hatte, bis er dem Land Nordrhein-Westfalen das Gebäude abgekauft und völlig umgebaut hatte. Doch ein wenig von der düsteren Atmosphäre war geblieben.

Er hatte es sich an Tagen wie diesen, wenn ihn etwas beschäftigte, zur Angewohnheit gemacht, nach den Abendterminen noch einmal ins Büro zu fahren. Bei einem Glas Whisky und einer guten Zigarre fand er Entspannung und Ruhe. Zu Hause konnte er schon lange nicht mehr richtig ausspannen. Bereits früher war das Verhältnis zu seiner Frau schwierig gewesen. Martha war eher ein bodenständiger Typ. Der Glamour und die Kulissen des gesellschaftlichen Lebens in höheren Kreisen, in denen er nun einmal verkehrte, lagen ihr nicht. Im Laufe der Zeit fühlte sie sich von seiner Welt mehr und mehr abgestoßen. Am Anfang hatte er noch versucht, sie umzustimmen und sie auf Feste wie das am heutigen Abend mitzunehmen. Aber irgendwann hatte sie sich geweigert. Auch sexuell lief nichts mehr zwischen ihnen. Schon seit Jahren schliefen sie in getrennten Zimmern.

Schließlich hatte er begonnen, sich mit anderen Frauen zu trösten. Sie anzumachen und anschließend ins Bett zu bekommen war einfach. Erstens sah er für sein Alter mehr als passabel aus. Und zweitens wirkte der Reiz der Macht und des Reichtums stärker als jedes Aphrodisiakum. Anfangs waren die Beziehungen kurz gewesen, meistens One-Night-Stands nach Geschäftsessen und beruflichen Meetings. Häufig endeten diese in einschlägigen Kölner Hotels oder auch in seiner »Jagdhütte«, wie er das komfortable Ferienhaus am Rande des Königsdorfer Forsts nannte. Vor einigen Jahren hatte er die heruntergekommene Hütte preiswert gekauft, umfassend renoviert und mit allen Annehmlichkeiten ausgestattet. Wenn Martha etwas von seinen Affären mitbekam, dann schien sie diese zu tolerieren.

Vielleicht war sie sogar froh, dass er seine sexuellen Bedürfnisse anderweitig befriedigte. Doch mit den unverbindlichen Abenteuern war Schluss, als er Katharina traf.

Er war der hübschen Blondine vor einem Monat in dem Fitnessstudio auf der Bonner Straße begegnet, das er seit Kurzem besuchte. Sie arbeitete dort als Instruktorin und war überrascht, ihn wiederzusehen. Mit ihrer Hilfe hatte er seinen Trainingsplan verbessert. Sie hatte ihm Tipps gegeben, wie er aus den Geräten mehr herausholen konnte, und ihm neue Übungen gezeigt. Glücklicherweise schien sie ihm die unerfreulichen Umstände ihrer früheren Begegnung nicht nachzutragen.

Schon damals war ihm aufgefallen, wie attraktiv sie war. Und jetzt flirtete sie bereits am ersten Abend unverhohlen mit ihm. Nach dem dritten Training fragte er sie, ob sie mit ihm im »Da Orazio«, einem netten Italiener in der Brühler Straße, einen Wein trinken wolle. Sie wollte – und wie sie wollte. Noch beim Essen hatte sie die Schuhe ausgezogen und mit ihren Zehen unter dem Tisch seine Schenkel gestreichelt. Er bekam sofort einen Steifen. Später im Auto hatte sie ihn auf den Rücksitz deponiert, ihm die Hose geöffnet und begonnen, seinen Schwanz inbrünstig zu lutschen. Gut, dass die Scheiben des Jaguars getönt waren, sodass man nicht hineinsehen konnte. Als sie sich schließlich auf seinen Schoß setzte und ihn mit gleichmäßigen Bewegungen zu reiten begann, war er schon so heiß, dass ihm völlig egal war, ob sie jemand von außen beobachten konnte.

Danach trafen sie sich regelmäßig in einem Hotel im Kölner Süden und schliefen miteinander. Nach kurzer Zeit war ihm klar, dass er sexuell von ihr abhängig war. Schon wenn er sie sah, wurde er erregt und musste sich beherrschen, ihr nicht bereits im Fitnessstudio die Kleider vom Leib zu reißen. Nachts, zu Hause allein in seinem Bett, konnte er kaum schlafen, weil er ständig an ihren Körper denken musste. Wenn sie sich sahen, war er unersättlich. So beschränkte sich die Beziehung fast ausschließlich auf den Sex, und das war gut. Denn zu sagen hatten sie sich nicht viel. Für Katharina gab es nur den Sport, teure Klamotten und ihr Vergnügen. Für sein Leben und seine Arbeit interessierte sie sich kaum. Da er aber nicht zum Reden mit ihr zusammen war, lief anfangs zwischen ihnen alles blendend.

Das änderte sich schlagartig, als sie ihm mit einem Mal eröffnete, dass Schluss sei. Es war am letzten Mittwoch, und sie hatten gerade miteinander geschlafen. Erst dachte er, er habe sich verhört. Doch dann erklärte sie ihm, dass sie einen Freund habe, der extrem eifersüchtig sei. Und dass dieser etwas von dem Verhältnis mitbekommen und gedroht habe, sie umzubringen – und ihn vielleicht noch dazu. Und dass er es ernst meine, weswegen sie ihre Beziehung mit ihm, Hendrik, beenden müsse.

Das Gespräch hatte ihn völlig vor den Kopf gestoßen. Natürlich konnte er sich denken, dass sie auch mit anderen Männern Sex hatte. Der Gedanke störte ihn wenig. Schlimmer war es, dass sie offensichtlich mit einem anderen zusammenlebte. Das Gefühl der Eifersucht, das er verspürte, wich nackter Angst, als sie ihm klarmachte, dass ihr Freund zu allem fähig sei. Seit der denkwürdigen Unterhaltung vor vier Tagen hatten sie sich nicht mehr gesehen. Im Fitnessstudio sagte man ihm, dass Frau Lenz ein paar Tage Urlaub genommen habe. Auf seine Anrufe oder SMS reagierte sie nicht.

Im Licht der Schreibtischlampe sah er die Glückwunschbriefe durch. Es war mittlerweile Viertel vor elf. Nachdem Jürgens notiert hatte, bei wem er sich am Montag bedanken musste, machte er es sich in seinem Lieblingssessel bequem. Das Whiskyglas, gefüllt mit einem rauchigen Lagavulin, stand auf dem Beistelltisch neben ihm. Die Havanna hatte er liebevoll guillotiniert und wollte sie gerade anstecken, als er plötzlich vor der Tür ein Geräusch hörte. Er erstarrte mitten in der Bewegung. Unüberhörbar hatte eine Holzdiele im Flur geknarrt.

»Huber, bist du es?«, rief er.

Keine Antwort. Draußen war es still. Jürgens spürte, dass ihm der Schweiß ausbrach. Langsam stand er auf und ging zur Tür. Vorsichtig legte er sein Ohr an das Holz und lauschte. Nichts zu hören. Wer hielt sich an einem Samstag um diese Zeit noch im Haus auf? Sein Partner oder Mitarbeiter der Kanzlei? Die waren alle auf seinem Fest gewesen – was wollten sie so spät am Abend noch in der Kanzlei? Außerdem hatte er in keinem der Büros Licht gesehen. Katharina vielleicht? Aber die hatte doch keinen Schlüssel! Leise ging er zum Schreibtisch. Er öffnete die oberste Schublade und nahm den Brieföffner aus Edelstahl heraus. Das war zwar keine Waffe, aber immer noch besser als nichts.

Plötzlich kam ihm sein Tun albern vor. Wer sollte hier nachts rumschleichen? Ein Einbrecher? Außer den nicht mehr neuen Computern hatten sie keine Wertgegenstände im Haus. Jürgens ging zur Tür und lauschte erneut. Draußen herrschte Stille. Mit dem Brieföffner in der Hand öffnete er langsam die Tür. Im Flur brannte die Notbeleuchtung. Er drückte auf den Lichtschalter.

Nichts passierte. Er stutzte. Vorhin hatten doch noch alle Lampen gebrannt! Als er mitten im Treppenhaus stand, gingen auf einen Schlag sämtliche Lichter aus. Es herrschte völlige Dunkelheit. Jürgens überkam Panik.

Durch die geschlossenen Jalousien in seinem Büro drang ein fahler Lichtschein in den Flur. Mit ausgestreckten Armen tastete er sich zurück. Fast hatte er die Tür erreicht, als sich ein Schatten aus der Finsternis löste. Obwohl er nur Konturen erkennen konnte, wusste er, wer da vor ihm stand.

Er wollte ausweichen, zurück ins Dunkel, doch er stolperte und fiel. Er drehte sich zur Seite, versuchte aufzustehen, sah, dass sich die Gestalt über ihn beugte. Angst übermannte ihn. Er öffnete den Mund und schrie. Er schrie, bis der andere ausholte und ihn etwas an der Schulter traf und er eine blitzende Klinge auf sich zukommen sah.

Das Letzte, was er spürte, war etwas Kaltes, das unbarmherzig und beinahe widerstandslos in seine Brust eindrang. Kurz fühlte er einen brennenden Schmerz.

2

Niko Kunert verstand die Welt nicht mehr. Da hatte sein Chef die gefühlte Ewigkeit von zwei Wochen Urlaub vom Feinsten in der Sonne Sardiniens genossen, während er sich hier in Köln mit der Russenmafia herumschlagen musste. Nun war sein Vorgesetzter zurück und noch schlechter gelaunt als vorher. Als er ihn in einem ersten Telefonat vor Dienstbeginn am frühen Montagmorgen auf seinen Urlaub ansprach, murmelte er nur, was Kunert denn wolle und dass er absolut erholt sei. Und dass man ihm bitte die Arbeit vom Leib halten solle.

Wie alle anderen in der Abteilung 11 des Kölner Kriminalkommissariats wusste er natürlich, was seinen Chef dazu bewogen hatte, sich in der Sommerhitze der Mittelmeerinsel einen Sonnenbrand zu holen. Normalerweise fuhr Brokat in den Ferien eher nach Norddeutschland oder ans Ijsselmeer. Der Grund war natürlich eine Frau. Ihr Name war Maria Ferru. Brokat hatte die Sardin vor sechs Monaten bei der Aufklärung eines schwierigen Falles kennengelernt.

Damals waren ihr Bruder und ihr Onkel in Köln ermordet worden. Die Ereignisse hatten Brokat ziemlich mitgenommen, zumal sein Freund, der Restaurantbesitzer und einflussreiche Lokalpolitiker Francesco Leone, in den Fall verwickelt war. Bei den Ermittlungen, die Brokat auch auf Sardinien mit Unterstützung der italienischen Polizei vorantrieb, war er Maria nähergekommen. Welcher Art ihre Beziehung zurzeit war, wusste Kunert nicht. Gemessen am Zustand seines Chefs konnte sie jedoch kaum allzu gut sein.

Mit diesen Gedanken betrat Kunert gegen halb neun sein Büro. Auf seinem Sessel saß eine junge Frau. Genauer gesagt lag sie eher da, die Beine auf dem Schreibtisch ausgestreckt und den Kopf zurückgelehnt. Sie hatte die Augen geschlossen, und ihre Haltung wirkte völlig entspannt. Offensichtlich schlief die unbekannte Besucherin den Schlaf der Gerechten. Was zum Teufel hatte sie in seinem Sessel zu suchen? Und wie lange schlief sie schon hier? Die Fremde hatte halblange braune Haare und ein hübsches Gesicht. Die feinen Gesichtszüge verliehen ihr ein leicht feenhaftes Aussehen. Kunert gefiel, wie sich ihre Brust beim Atmen sachte hob und senkte – ein reizvoller Anblick. Plötzlich öffnete sie die Augen.

»Was glotzt du so?«, blaffte sie ihn an, ohne im Geringsten verlegen zu sein.

Kunert wollte antworten, ihm fiel jedoch nichts ein. Stattdessen wurde er knallrot. Geschmeidig sprang die Frau aus dem Sessel und baute sich vor ihm auf. Sie war mindestens fünf Zentimeter größer als er.

»Ich bin die neue Assistentin, Ann-Kathrin Petersen. Und ich warte schon mehr als eine Stunde auf dich. Hast du vergessen, dass ich heute hier anfange?«

»Ja, äh, nein«, stammelte Kunert. »Also, ich wusste, dass Sie bei uns anfangen, aber ich dachte, erst im Oktober.«

»Du hast das Schreiben von Vonderschmitt nicht richtig gelesen – da steht drin, dass ich Mitte des Monats komme. Und mit Hauptkommissar Brokat war abgesprochen, dass du dich um mich kümmerst.«

Kunerts Verlegenheit wuchs. Natürlich hatte Brokat vor dem Urlaub nichts dergleichen mit ihm besprochen. In seinem momentanen Zustand hatte er das wohl vergessen. Er wollte seinen Chef jedoch nicht in die Pfanne hauen.

Sie schien sein Dilemma zu bemerken und streckte ihm die Hand entgegen. Ihr Händedruck war wohltuend fest.

»Okay, dann fangen wir noch mal von vorn an. Und es wäre schön, wenn wir uns duzen könnten. Zumindest haben wir das in Koblenz so gehalten.«

»Sie … Du kommst aus Koblenz?«

»Nein, nicht direkt. Aber ich habe dort meine Ausbildung als Polizeikommissaranwärterin gemacht.«

»Und wie hat es dir gefallen?«

Sie sah ihn prüfend an. »Gar nicht, ich fand es da ziemlich öde. Aber ich werde jetzt nicht meine früheren Kollegen schlechtmachen.«

Das hörte sich kompliziert an, aber auch sympathisch.

»Na, dann willkommen im Irrenhaus«, sagte er und musste grinsen.

***

Brokat trank in »Susis Caffé-Bar« auf dem Ubierring – nur wenige hundert Meter von seiner Wohnung im Kartäuserhof entfernt – einen Espresso. Er mochte die freundliche Besitzerin und die entspannte Atmosphäre. Leute aus dem Veedel verweilten hier auf dem Weg zur Arbeit noch ein wenig, tranken ihren Kaffee oder Cappuccino und lasen Zeitung. »In der Kaffee-Bar sitzen Leute, die allein sein wollen, aber dazu Gesellschaft brauchen«, stand an der Wand – ein Satz, der ihm gefiel.

Er bestellte gerade den zweiten Espresso, als sich die Zentrale meldete. In der Innenstadt habe man in einer Anwaltskanzlei eine Leiche gefunden, die schlimm zugerichtet sei. Und da die anderen Herren Hauptkommissare nicht erreichbar oder mit dringenden Aufgaben beschäftigt seien, habe Polizeidirektor Vonderschmitt ihm den Fall übertragen. Und wie denn sein Urlaub gewesen sei?

Während Hauptkommissar Hans Brokat in seinen auf dem Kartäuserwall geparkten alten Volvo stieg und auf den Sachsenring einbog, dachte er über die letzten zwei Wochen nach. Immer noch spürte er die gleißende Augustsonne auf der Haut. Trotzdem war es ihm in dem kleinen Ferienhaus am Meer, das ihnen ein Freund Marias überlassen hatte, und an den endlosen Sandstränden der Gallura niemals zu heiß gewesen. Wenn er für einen Moment die Augen schloss, hörte er Marias Lachen oder die geflüsterten Liebesschwüre, mit denen sie ihn nachts bedachte. Schön war es gewesen, aber jetzt war er zurück in Köln und stand vor einem neuen Fall. Er hatte keine Ahnung, wann er sie wiedersehen würde. Und wie lange sie die Beziehung noch aufrechterhalten konnten.

Seit einem halben Jahr ging das nun so. Anfangs war er jeden Monat für ein Wochenende nach Sardinien geflogen. Zweimal war sie auch nach Köln gekommen. Schon nach kurzer Zeit fand er es schwierig, sie regelmäßig zu besuchen. Ihm war klar, dass das in erster Linie an ihm und seiner Arbeit lag. Wenn er in einem komplizierten Fall steckte, hatte er den Kopf nicht frei. Irgendetwas zwang ihn dann, wie ein Spürhund immer weiterzugraben, dann konnte er sich nur schlecht auf Maria einlassen. Bei einer ihrer wenigen Auseinandersetzungen hatte sie ihm vorgeworfen, dass er zwar immer auf seinen Beruf schimpfte, letztendlich aber völlig darin aufging. »Ich kenne niemanden, der so kompromisslos seiner Arbeit nachgeht wie du«, sagte sie traurig und blickte ihn aus ihren schönen Augen an. »Immer öfter habe ich das Gefühl, dass daneben für mich kein Platz ist.«

Brokat seufzte. Wieso konnte er nicht wie andere einfach nur seine Arbeit machen? Und abends ausspannen, einen Film ansehen oder eine Frau wie Maria lieben? Jahrelang hatte er unter seiner Einsamkeit gelitten und sich am Ende für völlig beziehungsunfähig gehalten. Da hatte sich das Wunder ereignet, dass Maria sich in ihn verliebt hatte. Warum konnte er daran nicht festhalten? Und alles dafür tun, sie glücklich zu machen?

Brokat wusste es nicht. Er hatte auch niemanden unter seinen Kollegen oder wenigen Freunden, mit dem er darüber reden konnte. Paolo Garzone, der italienische Kommissar aus Nuoro, mit dem er während des Falls der beiden getöteten Sarden eng zusammengearbeitet hatte, der hatte ihn verstanden. Und seine Arbeitsauffassung geteilt. Nun hatte er Garzone schon einige Monate nicht mehr gesehen, auch wenn er hin und wieder mit ihm telefonierte, um den Kontakt zu halten.

***

Vor der Eingangstür der Kanzlei auf dem Kaiser-Wilhelm-Ring standen zwei Polizisten, die ihm wortlos zunickten. Brokat sah sich um. Gegenüber lag ein kleiner Park mit Bänken und einem Brunnen in der Mitte, vor dem Kinder spielten. In der Morgensonne wirkte der Platz fast idyllisch. Er warf einen kurzen Blick auf die imposante vierstöckige Fassade mit den großen Fenstern und betrat dann das Gebäude.

Der Tote lag auf dem Rücken und starrte mit trüben Augen ins Leere. Er trug eine graue Anzughose. Das weiße Hemd war über dem Bauch rot gefleckt. Arme und Beine hatte er weit von sich gestreckt. Der rechte Ärmel war teilweise zerfetzt und blutig. Brokat erfasste dieses grausige Stillleben mit einem Blick. Dann blieben seine Augen an der Brust des Toten hängen. Er brauchte einen Moment, um zu verarbeiten, was er dort sah: In der Brust steckte die silbern glänzende Klinge eines gebogenen und kunstvoll verzierten Schwerts.

Vor der Leiche kniete ein älterer Mann mit Handschuhen, der einen weißen Overall über seiner Kleidung trug. Er beachtete Brokat nicht. Geduldig wartete Brokat, bis der Rechtsmediziner seine Untersuchung beendet hatte.

»So etwas habe ich noch nicht gesehen«, sagte Reinhold Berschke und stand auf. »Die Klinge steckt senkrecht in seiner Brust. Der Stich ist so tief, dass er bis zum Rücken durchgeht. Übrigens, wie war dein Urlaub?«

Die Frage ignorierend betrachtete Brokat weiter den Tatort. Im ersten Moment wirkte die Tat brutal, sinnlos und zerstörerisch. Aber gleichzeitig erschien ihm die Szene gestellt, fast wie arrangiert.

Er wandte sich zu Berschke: »Ist das wirklich ein Samurai-Schwert? Ich dachte, so etwas benutzt man nur im Film.«

Reinhold Berschke, seit vielen Jahren als Rechtsmediziner tätig und privat mit Brokat befreundet, zuckte mit den Achseln. »Du denkst an ›Kill Bill‹? Tatsächlich scheint es sich hier wie im Film um ein japanisches Langschwert, Katana genannt, zu handeln. Eine ungewöhnliche, aber sehr wirkungsvolle Waffe. Spitze und Schneide sind teuflisch scharf.« Er deutete auf den rechten Arm des Toten, wo das Hemd auf Höhe des Ellbogens so zerfetzt war, dass man das blutige Fleisch sah. »Vermutlich wollte das Opfer den ersten Schlag mit dem Arm abwehren. Der Hieb ging durch das Fleisch bis auf die Knochen. Wahrscheinlich ist die Elle durchtrennt. Der darauffolgende Stich in die Brust war tödlich. Das Opfer ist innerhalb von wenigen Sekunden verblutet. Die Obduktion muss das natürlich noch bestätigen.«

Brokat versuchte, das Gehörte zu verdauen. »Was kannst du mir zur Tatzeit sagen?«, fragte er dann.

»Der Tote liegt seit mindestens sechsunddreißig Stunden hier. Die Totenstarre beginnt sich schon wieder zu lösen.«

Brokat arbeitete gerne mit Berschke zusammen. Er hielt ihn für einen hervorragenden Rechtsmediziner. Außerdem mochte er seine knappe, sachliche Art. Darin waren sie sich ähnlich, und über die langen Jahre der Zusammenarbeit verstanden sie sich fast blind.

»Da ist noch etwas«, sagte Berschke und hob den linken, unversehrten Arm des Toten hoch. Der offene Ärmel des Hemdes rutschte nach unten. Er deutete auf das Handgelenk. »Sieht aus wie ein Schriftzeichen, das ihm jemand mit Farbe oder Tusche auf den Arm gemalt hat.«

»So sieht es aus«, bestätigte Brokat. »Passt irgendwie zum Samurai-Schwert.«

»Für mich ergibt das keinen Sinn«, widersprach Berschke. »Wenn ich es richtig sehe, gibt es die Samurai seit der Feudalzeit nicht mehr. Für mich sieht das eher aus wie die Tat eines irren Waffenfetischisten. Aber ich bin ja nur der Forensiker.«

»Eben«, sagte Brokat. Er stand auf. »Was macht die Spurensicherung?«

»Im Flur sind sie durch. Jetzt untersuchen sie das Büro nebenan. Du solltest besser hier warten, sonst versaust du noch den Tatort.«

Der Kommissar drehte sich um, als Mato Maric und Christian Schmid eilig die Treppe heraufgelaufen kamen.

»Guten Morgen, Chef, wie war der Urlaub?«, fragte der Kroate.

Da ihn plötzlich alle drei erwartungsvoll ansahen, sah sich Brokat gezwungen, wenigstens ein »Danke, gut« zu murmeln, um dann sofort zu fragen: »Habt ihr schon was zur Leiche?«

Maric warf einen Blick in Richtung des Toten, bevor er auf seinen Block sah. »Der Ermordete ist Hendrik Jürgens, einer der beiden Inhaber der Kanzlei. Sein Partner, Peter Huber, wartet wie die anderen Mitarbeiter unten im Besprechungsraum. Huber war heute Morgen als Erster hier und hat die Leiche gefunden. Das war gegen Viertel vor acht.«

»Hendrik Jürgens, irgendetwas sagt mir der Name«, dachte Brokat laut nach.

»Liest du nie Express?«, warf Berschke ein. »Jürgens war der Promianwalt, der die großen Wirtschaftsbosse verteidigt hat, wenn sie Dreck am Stecken hatten. Du erinnerst dich bestimmt an die Geschichte mit dem Vorstand dieses großen Bonner Post-Versandunternehmens, der Steuern in Millionenhöhe hinterzogen hat. Der musste dafür doch sogar fast in den Knast.«

»Und der war Jürgens' Klient?« Brokat nickte beeindruckt.

Maric fuhr fort: »Folgendes wissen wir: Am Samstagabend fand zum sechzigsten Geburtstag von Jürgens ein Empfang in der Messe statt. Die gesamte Kölner Prominenz war da, natürlich auch Huber und alle Mitarbeiter. Laut ihren Aussagen hat sich der Jubilar gegen zweiundzwanzig Uhr verabschiedet. Ob er direkt hierhergefahren ist, wissen wir nicht.«

Er sah Berschke an. Der nahm den Faden auf: »Nach der Obduktion lässt sich die Todeszeit wahrscheinlich genauer bestimmen. Wenn wir Glück haben, können wir dann sagen, wie viel Zeit Jürgens nach der Feier noch geblieben ist.«

Maric blickte auf die Leiche. »Möglicherweise hat er sich hier mit jemandem getroffen. Vielleicht ist der Mord ja im Affekt passiert, so, wie die Leiche zugerichtet ist.«

»Affekt?« Brokat sah Maric an. »Jürgens wurde mit einem japanischen Samurai-Schwert getötet, einer äußerst brutalen, aber auch ziemlich ungewöhnlichen Waffe. Wenn jemand ein solch martialisches Mordwerkzeug hierherschleppt, hat er vor, es auch zu benutzen. Also muss er die Tat geplant haben.«

***

»Er war ein guter Kollege, der beste, den man sich vorstellen kann. Sein Tod ist ein unersetzlicher Verlust für uns alle. Haben Sie seine Frau schon benachrichtigt?«

Brokat, der Hendrik Jürgens' Partner von Anfang an unsympathisch fand, verursachte der arrogante Plauderton seines Gegenübers Bauchschmerzen. Sie saßen kurz nach zehn im großen Besprechungsraum, in dem um einen ovalen Tisch zwölf schwarze Stühle mit Rückenlehnen aus Leder standen. An der Decke hing ein großer Beamer, der beigefarbene Lamellenvorhang vor den Fenstern war schräg gestellt, sodass das Licht der Morgensonne abgedimmt wurde. Wieso sehen solche Räume nur immer gleich gesichtslos aus?, dachte er. In den Nebenräumen befragten Kunert, Maric und Schmid die anderen Mitarbeiter der Kanzlei.

»Natürlich kümmern wir uns um die Angehörigen«, antwortete er. Er sah den Anwalt an. »Kann man sagen, dass Jürgens das Zugpferd der Kanzlei war?«

Huber, der Brokat an einen bekannten und von ihm besonders gehassten Politiker erinnerte, blieb gelassen. »Natürlich war Hendrik der Bekanntere von uns beiden. Deshalb wollten sich unsere prominenten Klienten gern von ihm beraten lassen. Dafür habe ich ihm bei anderen Fällen den Rücken freigehalten. Insofern hatten wir eine klare Arbeitsteilung, von der wir beide profitiert haben.«

»Und jetzt, wo er tot ist, können Sie endlich den Thron besteigen und seine Rolle einnehmen?«, setzte Brokat nach.

Huber ließ sich nicht provozieren. »Wenn Sie denken, dass ich auf Jürgens' Erfolg eifersüchtig war, liegen Sie falsch. Im Gegenteil, ich war froh, dass er die Frontarbeit übernommen hat. Seine Kompetenzen und seine Prominenz werden uns fehlen.«

»Wie haben Sie Jürgens gefunden?«

»Ich war heute Morgen als Erster hier. Ich habe mir unten in der Küche einen Kaffee gemacht und wollte dann wie immer in mein Büro gehen. Oben im Flur sah ich dann Hendrik liegen.«

»Ist Ihnen irgendetwas aufgefallen, als Sie ins Haus kamen?«

»Die Haustür war nicht abgeschlossen. Normalerweise ist sie außerhalb der Bürozeiten verriegelt.«

»Gibt es dafür eine Erklärung?«

»Nein. Eventuell haben die Reinigungskräfte nicht richtig zugeschlossen.«

»Was haben Sie am Samstag nach der Feier gemacht?«

»Das habe ich Ihrem Kollegen doch schon erzählt.« Huber wirkte ungeduldig. »Nachdem der Empfang um zehn zu Ende und Hendrik gegangen war, sind die meisten Gäste aufgebrochen. Ich bin dann auch nach Hause gefahren.«

»Kann das jemand bezeugen?«

»Nein, ich lebe allein.«

»Haben Sie in den letzten Tagen etwas an Ihrem Partner bemerkt? Hatte er Feinde?«

Huber schüttelte den Kopf. »Wo denken Sie hin. Sie hätten auf dem Empfang sein sollen. Es gab keinen beliebteren und geachteteren Anwalt in Köln als Hendrik.«

»Was mich schwer wundern sollte«, gab Brokat zurück. »Wie ich es sehe, hat er mehr als einmal prominente Mitbürger unserer Stadt vertreten, die gehörig Dreck am Stecken hatten.«

Zufrieden stellte Brokat fest, dass Huber jetzt doch etwas von seiner Blasiertheit verlor.

»Was reden Sie denn da für einen Unsinn? Unsere Klienten sind geachtete Bürger.«

»War Jürgens in letzter Zeit anders als sonst?«, hakte Brokat nach, ohne auf den Anwalt einzugehen.

Huber überlegte. »Hendrik hat in den letzten Wochen ziemlich nervös gewirkt.«

»Und Sie haben ihn nicht darauf angesprochen?«

»Nein, wir verkehrten nur beruflich miteinander.«

»Sie kannten ihn privat also kaum. Wollte er das so?«

Huber wirkte angespannt. »Ja, das ging von ihm aus«, antwortete er zögernd. »Aber mir ist noch etwas aufgefallen.«

»Erzählen Sie.«

»Es war am letzten Donnerstag. Hendrik blieb seit einiger Zeit häufig länger im Büro. Zum Teil bis spät in die Nacht. Was er hier machte, weiß ich nicht.«

»Wussten auch andere, dass er abends oft in der Kanzlei war?«

»Natürlich, zumal er überhaupt nicht der Typ war, der sich gern lang im Büro aufhält. Er war eher ein Frontschwein, wenn ich so sagen darf. Meistens war er mit Klienten oder Kollegen unterwegs. An diesem Abend jedenfalls bin ich nach einem Auswärtstermin gegen neun noch mal hierhergefahren. Ich wollte eine Akte einsehen. Hendrik war auch da. Unsere Büros liegen nebeneinander. Die Tür zu seinem Zimmer war nur angelehnt. Da hörte ich, wie ein anderer Mann und er sich gegenseitig anbrüllten.«

Brokat war jetzt ganz Ohr. »Wissen Sie, wer der Besucher war?«

»Nein. Aber ich habe ihn kurz gesehen, als er Hendriks Büro verließ. Er war um die dreißig, kräftig gebaut und trug lange Haare. Er sah aus wie ein Handwerker. Jedenfalls trug er eine dunkle Arbeitsjacke, und da waren Flecken drauf.«

»Konnten Sie hören, worum es bei der Auseinandersetzung ging?«

»Oh ja, so wie die geschrien haben. Hendrik sagte sinngemäß, dass sein Besucher vor Eifersucht verrückt geworden sei. Der brüllte, dass er ihm ans Leder ginge, wenn Hendrik die Finger nicht von seiner Freundin lassen würde.«

3

»Wer hasst einen angesehenen Kölner Anwalt so, dass er ihn mit einem Samurai-Schwert tötet?«

Niko Kunert stand vor dem Whiteboard im Besprechungsraum der Abteilung, an dem Fotos der Leiche und des Tatorts aus unterschiedlichen Perspektiven hingen. Der Zeiger der großen Wanduhr über der Tür stand auf der Zwölf. Mato Maric, Christian Schmid und Ann-Kathrin Petersen hatten sich um Kunert herum platziert. Fragend sah er die neue Kollegin an, als wolle er sie testen.

Sie erwiderte seinen Blick ungerührt. »Ein unzufriedener Klient vielleicht. Oder jemand, dem Jürgens auf den Schlips getreten ist. Ein Mann, der vor allem prominente Steuersünder verteidigt, hat sich im Laufe seiner Karriere sicher Feinde gemacht. Aber letztendlich ist die Frage falsch gestellt.«

»Wieso?«, fragte Kunert verblüfft.

»Woher weißt du, dass der Mord etwas mit Jürgens' Tätigkeit oder seinem Ruf tun hat? Ich vermute eher, dass das Motiv im persönlichen Bereich zu suchen ist. Die Brutalität des Täters deutet auf eine hohe Emotionalität hin.«

»Wie die Waffe«, warf Maric ein. »Warum mordet jemand mit einem Samurai-Schwert? Ein Messer oder eine Pistole sind einfacher zu beschaffen und unauffälliger zu transportieren.«

»So ungewöhnlich ist das nicht«, meinte Ann-Kathrin Petersen. »Solche Schwerter sind zurzeit groß in Mode. Sieh dir die Polizeiberichte der letzten Jahre an. Immer wieder findest du Fälle, in denen der Mörder ein Katana benutzt hat. Meist sind es junge Männer mit einer schwierigen Kindheit, geringem Selbstbewusstsein und Potenzproblemen.«

»Wie kommst du auf Potenzprobleme?«, wollte Kunert wissen.

»Keine Ahnung«, meinte sie achselzuckend. »Aber das liegt doch nahe.«

»Was sagt denn die Ehefrau?«, wechselte Kunert das Thema.

»Sie hat die Nachricht vom Tod ihres Mannes ziemlich gefasst aufgenommen«, antwortete Mato Maric. »Auf mich machte sie nicht den Eindruck, als sei sie sonderlich erschüttert.«

»Eheprobleme?«

»Offensichtlich. Sie hat offen zugegeben, dass ihr Mann und sie eigentlich nur noch wegen der Tochter zusammenlebten. Clara ist achtzehn und stammt aus der ersten Ehe der Mutter. Sie hat mir außerdem erzählt, dass Jürgens sie mit anderen Frauen betrog.« Maric ließ das Gespräch noch einmal Revue passieren. Martha Jürgens war eine attraktive Mittfünfzigerin, die ihn mit einem einnehmenden Lächeln begrüßt hatte. Als sie vom Tod ihres Mannes erfuhr, wich die Freundlichkeit einer undurchdringlichen Maske.

»Das hört sich an, als hätte sie durchaus Gründe, Jürgens zu hassen«, riss ihn Kunert aus seinen Gedanken.

Maric schüttelte zweifelnd den Kopf. »Mein Eindruck war eher, dass sie sich schon lange innerlich von ihm getrennt hat. Emotionen waren da keine zu spüren. Aber natürlich könnte sie mir etwas vorgespielt haben.«

»Hat sie ein Alibi?«

»Nein, hat sie nicht. Sie sagt, sie hätte um halb zehn eine Schlaftablette genommen und dann bis morgens durchgeschlafen. Da das Zimmer der Tochter im ersten Stock liegt, hätte sie sich aber zwischendurch wegschleichen können.«

»Habt ihr euch im Haus umgesehen?«

»Ja. Eine Protzvilla in Hahnwald aus den siebziger Jahren. Riesiges Grundstück, außen alles Rasen mit einer hohen Mauer drum herum, innen teuer eingerichtet. Außer ein paar Ordnern mit Finanzunterlagen, die etwas über seine Vermögensverhältnisse aussagen könnten, haben wir dort nichts gefunden. Auch keine Waffen oder Hinweise darauf.«

Während Maric redete, hatte sich Kunert an den Tisch gesetzt und tippte in seinen Laptop. Schließlich blickte er auf. »Haben wir denn schon die Ergebnisse der Spurensicherung?«

Christian Schmid, mit einundsechzig der Älteste im Team, räusperte sich. Sonst ein ausgesprochen engagierter und zuverlässiger Kollege, machte er auf Kunert derzeit den Eindruck, als könne er seiner Arbeit nur unter größter Kraftanstrengung nachgehen. Vor drei Wochen war seine Frau an Krebs gestorben. Als Brokat ihn deswegen vorübergehend beurlauben wollte, geriet er völlig außer-sich. Er hatte darauf bestanden, weiter arbeiten zu dürfen, um nur nicht allein zu Hause sein zu müssen. Widerwillig hatte Brokat zugestimmt. Mit Sorge beobachteten sie seitdem, dass Schmid immer häufiger Aufträge liegen ließ oder wichtige Dinge vergaß. Wenn das so weiterging, würde Brokat noch einmal mit ihm reden müssen.

»Nur vorläufige«, antwortete Schmid endlich. »Auf dem Schwert und den Kleidern des Toten haben die Kollegen bisher keine brauchbaren Spuren gefunden, auch nicht am Arm oder Handgelenk. Aber sie haben sein Smartphone gefunden. Es war in der Jacke, die in seinem Büro hing.«

»Ja, und?«

»Was, und?«

»Was ist mit dem Telefon?«, fragte Kunert ungeduldig.

»Ach so. Jürgens hat wohl seine gesamte Korrespondenz über das Smartphone abgewickelt, auch die private. Unter den Mails und SMS der letzten Zeit waren zahlreiche von einer Frau, offensichtlich seiner Geliebten. Ich habe sie überprüft. Die Dame heißt Katharina Lenz. Sie war ungefähr vier Wochen mit ihm zusammen. Vier Tage vor seinem Tod hat sie mit ihm Schluss gemacht.«

»So kurz vorher? Wenn das mal kein Zufall ist«, meinte Petersen.

»Interessant ist, dass sie am Samstagnachmittag, also an Jürgens' Todestag, noch einmal mit ihm telefoniert hat.«

»Was sie wohl noch von ihm wollte?«

»Wir müssen unbedingt mit dieser Katharina Lenz reden«, warf Maric ein. »Kann man denn aus den E-Mails herauslesen, warum sie sich von ihm getrennt hat?«

»Das Ganze war eine wirklich heiße Beziehung, bis ihr Freund davon Wind bekommen hat.«

»Was meinst du mit ›heiß‹?«, fragte Kunert.

»Na ja«, antwortete Schmid verlegen. »So, wie er schreibt, ging es vor allem um Sex. Die letzten Mails von ihm habe ich euch ausgedruckt. Da bettelt er regelrecht darum, dass sie wieder zu ihm zurückkommt. Und beschimpft ihren eifersüchtigen Freund, der wohl mit Rache drohte. Vor dem hatte Jürgens anscheinend richtig Angst. Geantwortet hat sie auf seine letzten Mails nicht mehr.«

Ann-Kathrin Petersen pfiff laut durch die Zähne. Die anderen sahen sie irritiert an.

»Entschuldigung«, sagte sie fröhlich. »Aber das sieht mir doch schon nach einer handfesten Spur aus.« Sie zögerte kurz, bevor sie fortfuhr: »Die Spurensicherung hat übrigens auf dem Boden im Flur neben Jürgens einen Brieföffner mit seinen Fingerabdrücken darauf gefunden. Wahrscheinlich hat er ihn aus seinem Büro mitgenommen.«

Alle sahen Schmid an, der dieses wichtige Indiz offenbar vergessen hatte.

»Dann muss er sich wirklich ernsthaft bedroht gefühlt haben«, sagte Kunert.

***

Nach dem Gespräch mit dem Kommissar verließ Peter Huber rasch die Kanzlei. Seiner Sekretärin murmelte er etwas von einem Werkstatttermin zu, den er beinahe vergessen hätte. Er überquerte den Ring und ging durch die Spichernstraße in Richtung Mediapark. Draußen wehte ein leichter Wind. Es war ein schöner Spätsommertag, sonnig, fast schon heiß. Trotzdem war ihm kalt. Er zitterte und fühlte sich sogar ein bisschen fiebrig.

Hendriks Tod hatte ihn wohl doch mehr mitgenommen, als er sich zunächst eingestehen wollte. Der Polizist hatte bei ihm ein Motiv gesucht – stand er bereits unter Verdacht? Nein, in so einer Situation ist zu Beginn jeder verdächtig, der dem Toten nahestand. Das ist das normale Vorgehen, sagte er sich. Jetzt musste er erst einmal wieder zur Ruhe kommen, denn das war sicher nicht die letzte Begegnung mit der Polizei in dieser Sache gewesen.

Er wusste, dass im Besprechungsraum die Verhöre weitergingen. Alle Mitarbeiter wurden befragt. Auch das war Routine. Danach würden sie bestimmt noch einmal zu ihm kommen. Sollten sie doch! Eigentlich war das Gespräch mit dem unfreundlichen Kommissar sogar ganz gut gelaufen. Jedenfalls hatte er überzeugend dargestellt, wie sehr er Hendrik geschätzt und wie gut sie harmoniert hatten. Die Wirklichkeit sah jedoch anders aus. Aber davon durfte die Polizei nichts wissen.

Seit Peter Huber vor fünf Jahren als Partner in die Kanzlei eingestiegen war, rieb er sich an Hendriks dominanter Persönlichkeit und an seiner Prominenz. Hendrik hier und Hendrik dort – alles drehte sich um »Dr. Jürgens Superstar«. Am Anfang hatte er damit keine Probleme gehabt. Schließlich war sein Partner schon damals ein bekannter Anwalt gewesen. Auch wenn er noch nicht die wirklich großen Prozesse geführt hatte, wie zum Beispiel bei der Verteidigung des Ex-Präsidenten eines Bundesliga-Vereins.

Bereits zu Beginn einigten sie sich auf eine klare Rollenverteilung. Dabei war er, Huber, derjenige, der die Kanzlei organisierte, die kleineren Klienten betreute und den Laden am Laufen hielt. Das alles war in den Augen von Hendrik nur Kleinkram, und er war froh, dass ihm »sein Freund Peter« diesen abnahm. Aber schon nach kurzer Zeit spürte Huber eine gewisse Geringschätzung. Einige Zeit später behandelte Hendrik ihn dann ganz offen abfällig. Auf einmal sprach er seinen Partner nur noch mit dem Nachnamen an – der Ausdruck »Freund« fiel gleich mit weg. Es ging damit weiter, dass er anfing, ihn zu kritisieren und durch abschätzige Äußerungen im Beisein von Kollegen kleinzumachen: Er habe dieses oder jenes nicht richtig organisiert, ein Schriftsatz sei fehlerhaft und anderes mehr. Anfangs sagte er sich, dass das nur eine schlechte Charaktereigenschaft Hendriks sei und dass er mit solchen Zurechtweisungen einfach sein übergroßes Ego streicheln müsse. Schließlich verhielt sich Jürgens ja auch den meisten Kollegen gegenüber nicht besonders zuvorkommend. Irgendwann merkte Huber aber, dass die ständigen Kritteleien doch an ihm nagten und langsam, aber sicher sein Selbstvertrauen anfraßen. Das ein oder andere Mal hatte er versucht, mit Hendrik darüber zu reden. Der hatte solche Äußerungen heruntergespielt, sich sogar entschuldigt und sein Verhalten für einige Tage geändert. Doch dann fing das Mobbing von Neuem an.

Aber warum hatte Huber nicht gekündigt und einen anderen Job gesucht? Vielleicht lag es am vielen Geld, das er verdiente. Oder die wachsenden Selbstzweifel hinderten ihn daran. Er schaffte es einfach nicht, einen Schlussstrich zu ziehen. Und plötzlich begann er, seinen Partner zu hassen. Irgendwann war die Frage nicht mehr, ob er kündigen sollte, sondern wie er dem arroganten Hendrik, der ihn wie den letzten Dreck behandelte, am ehesten schaden könnte.

So wuchs der Hass in ihm – bis zu jenem Vorfall am Sonntag vor einer Woche, der alles verändert hatte. Dank seines überlegten Vorgehens war es ihm an diesem Tag gelungen, endlich etwas Kompromittierendes in die Hände zu bekommen, etwas, was Hendriks wahren Charakter zeigte. Jetzt konnte die Rache beginnen. Es sollte kein einmaliger Schlag werden – darauf war er nie aus gewesen. Nein, er dachte an eine lange, andauernde Vergeltung, die für Hendrik besonders schmerzhaft sein sollte. So hatte er es jedenfalls geplant.

Seitdem war auch sein Selbstvertrauen zurück. In dem Maße, in dem sein Partner leiden würde, könnte er wieder der Alte werden, dachte er und hatte sich richtig gut gefühlt. Reue hatte er keine verspürt. Schließlich vergalt er nur Gleiches mit Gleichem. Doch jetzt war Hendrik tot, und die Polizei ermittelte wegen Mordes. Damit war sein ursprünglicher Plan gescheitert. Huber hatte Angst. Immer mehr beschlich ihn das Gefühl, dass ihm die Sache entglitt. Und möglicherweise hatte er ja sogar Spuren hinterlassen.

Im Mediapark angekommen, lief er langsam um den kleinen, künstlich angelegten See herum. Vor der Kulisse des imposanten einhundertfünfzig Meter hohen Kölnturms und der angrenzenden Bürobauten, in denen vor allem Medien- und IT-Unternehmen beheimatet waren, saßen in der Mittagszeit zahlreiche Menschen in der Sonne.

Wie ging es jetzt weiter? Er wusste es nicht. Allein kam er da nicht raus. Er musste mit jemandem reden. Eine Zeit lang rang er noch mit sich, dann griff er zum Telefon.

***

Fitnessstudios sah Brokat, der sich mit Joggen und Gymnastik leidlich fit hielt, als eine der schlimmsten Ausgeburten einer sich immer narzisstischer gebärdenden Gesellschaft an, in der Sport vor allem der Selbstinszenierung diente. Dieses Vorurteil bestätigte sich ihm auf eindrucksvolle Weise, als er am frühen Montagnachmittag die aufwendig gestylten Räumlichkeiten des »Fitness First Platinum Club« in der Bonner Straße betrat. Hinter dem Empfang öffnete sich dem Besucher eine Halle mit Palmen in Kübeln, einem riesigen Pool und zu den Längsseiten offenen Glasfronten. Statt der wegen der Sonneneinstrahlung ausgeschalteten Neonlampen gaben große Kronleuchter der ansonsten eher nüchternen Holzdecke das gewisse Etwas. Über unsichtbare Lautsprecher säuselte dezente Popmusik durch den Raum. Fitnessgeräte konnte er von seinem Standort aus keine sehen. Hinter der Theke tippte eine dunkelhaarige Schönheit im silbergrauen Trainingsanzug etwas in einen Apple-Computer.

»Haben Sie hier denn auch Fitnessgeräte?«

»Sie waren noch nie hier?«, strahlte sie ihn an. »Hier unten ist die Recreation-Area. Der Fitnessbereich ist im ersten Stock. Wollen Sie bei uns Mitglied werden?«

Brokat sah sie erschrocken an. »Um Gottes willen, nein. Das könnte ich mir vermutlich gar nicht leisten. Ich würde gern eine Ihrer Mitarbeiterinnen sprechen.«

Das Lächeln gefror mit einem Schlag. Als er ihr seinen Ausweis gezeigt und sein Sprüchlein aufgesagt hatte, trug ihr Gesicht den Ausdruck neutraler Professionalität.

»Wenn Sie mir bitte folgen würden.«

Auf dem Weg in den ersten Stock erfuhr er, dass im Fitness First Platinum Club zwölf Instruktoren arbeiteten, von denen die meisten Studenten waren.

Katharina Lenz saß allein in einem kleinen Büro am PC. Davor lag eine Halle mit unterschiedlichsten Fitnessgeräten, die Brokat teilweise an mittelalterliche Foltermaschinen erinnerten. Fast alle Geräte waren besetzt. Wahrscheinlich, so mutmaßte Brokat, gingen die jungen Leute von heute mittags nicht mehr essen, sondern quälten sich lieber für ihre Idealfigur. Katharina Lenz war Mitte zwanzig und wirkte in dem eng anliegenden Sportdress sehr attraktiv. Ihre großen blauen Augen blickten ihn unsicher an.

Als er sie fragte, ob sie Hendrik Jürgens kenne, wurde sie noch eine Spur nervöser. »Was ist mit Hendrik?«

Auf die Nachricht von seinem gewaltsamen Tod reagierte sie kaum. Sie blieb unbeweglich auf ihrem Stuhl sitzen. Lediglich in ihrem Gesicht arbeitete es. Brokat meinte, Angst und Erschrecken darin zu lesen. Er beschloss, ihr etwas Zeit zu geben, und griff in die Tasche nach einem Zigarillo.

»Ich fürchte, hier ist Rauchverbot«, sagte sie. »Haben Sie denn schon einen Verdacht?«

»Nicht direkt. Ich hoffe, dass Sie mir helfen können.«

»Woher wissen Sie von meinem Verhältnis zu Hendrik?«, fragte sie.

Als Brokat nicht antwortete, stieß sie einen tiefen Seufzer aus. »Okay, wenn Sie darüber im Bilde sind, dann ist Ihnen sicherlich auch klar, dass es vorbei ist.«

»Warum haben Sie Schluss gemacht?«

Die junge Frau schwieg. In ihrem Gesicht begann es wieder zu arbeiten. Brokat blickte sie an.

»Es tut mir leid, dass ich Sie das fragen muss. Aber Ihr Liebhaber ist, vier Tage nachdem Sie die Beziehung beendet hatten, brutal ermordet worden.«

»Es ist absurd, wenn Sie annehmen, dass sein Tod etwas damit zu tun hat.«

»Ist es das? Immerhin haben Sie die Beziehung heimlich geführt. Und wir wissen, dass Jürgens sehr an Ihnen hing.«

»Genau das war ja der Grund dafür. Schließlich ist Hendrik verheiratet gewesen. Und er wollte nicht, dass seine Kollegen etwas mitbekommen. Aber er konnte auch nicht auf mich verzichten.«

»Aber Ihnen fiel es am Ende nicht schwer, ihn zum Teufel zu

jagen? Oder mussten Sie es wegen Ihres eifersüchtigen Freundes? Wie ist doch gleich sein Name?«

»Nick Lorsbach. Davon wissen Sie auch? Es stimmt, dass er von der Beziehung Wind bekommen hat. Und leider ist er nicht der Typ, der so etwas tolerieren kann. Da ich sehr an Nick hänge und ich ihn nicht verlieren wollte, habe ich mich von Hendrik getrennt. Aber der wollte das leider nicht akzeptieren.«

»Und dann kam es zum Streit? Vielleicht hat er Sie auch unter Druck gesetzt? Er wollte nicht von Ihnen lassen. Und schließlich haben Sie keinen anderen Ausweg mehr gesehen, als ihn aus dem Weg zu räumen.«

»Was reden Sie da? Nein, wir haben uns ganz sachlich wie Erwachsene unterhalten. Am Ende musste er sich damit abfinden. Das war am Mittwoch. Seitdem habe ich ihn nicht mehr gesehen.«

»Er gab sich aber nicht zufrieden. Zumindest hat er Ihnen ständig weiter SMS und E-Mails geschickt. Und am Samstagnachmittag, ein paar Stunden vor seinem Tod, haben Sie sogar noch einmal mit ihm telefoniert. Worum ging es dabei?«

Sie antwortete, ohne zu zögern. »Ich habe ihm gesagt, dass er mich endlich in Ruhe lassen soll.«

»Das war alles? Vielleicht haben Sie sich später mit ihm in der Kanzlei getroffen, um die Sache ein für alle Mal zu klären. Und ihn dann getötet.«

»Nein, das ist absurd.«

»Ist es das? Ihre Kollegin vom Empfang hat mir gerade erzählt, dass Sie Japanologie studieren. Und Ihr Liebhaber Hendrik Jürgens ist mit einem Samurai-Schwert umgebracht worden. Finden Sie nicht auch, dass das ein komischer Zufall ist?«

Sie sah ihn entsetzt an. »Ich habe Hendrik nicht getötet. Ja, er hat mir von der Veranstaltung am Samstag in der Messe erzählt. Und mich gedrängt, danach zu ihm in die Kanzlei zu kommen. Aber ich wollte nicht. Für mich war es vorbei.«

»Also haben Sie sich nicht mit ihm getroffen?«

»Nein, ich war den ganzen Abend zu Hause.«

»Allein?«

»Ja, ich kann auch mal gut ohne Männer sein.« Sie lächelte ihn – wie er fand – ein wenig zu kokett an.

»Was ist mit Ihrem Freund Nick? Halten Sie es für möglich, dass er zu Jürgens in die Kanzlei gefahren ist und ihn dort bedroht und anschließend getötet hat?«

»Nein, das kann ich mir nicht vorstellen. So weit würde er nicht gehen. Nick ist kein Mörder.«

»Ist Ihnen an Jürgens in letzter Zeit etwas aufgefallen? Ich meine, bevor Sie mit ihm Schluss gemacht haben.«

»Nein, er war fast immer gut gelaunt, wenn wir zusammen waren. Und sehr leidenschaftlich.« Wieder sah sie ihn sonderbar an.

Aus einem Impuls heraus zeigte ihr Brokat ein Foto, das die Spurensicherung vom Handgelenk des Toten gemacht hatte.

Sie schluckte, als ihr klar wurde, von wem die Hand auf dem Bild stammte.

»Haben Sie so etwas schon einmal gesehen?«

»Ja, das ist ein japanisches Schriftzeichen.«

»Und was bedeutet es?«

»Gerechtigkeit«, antwortete sie, ohne nachzudenken. »Das ist das Kanji-Schriftzeichen für ›Gerechtigkeit‹.«

Als er schon an der Tür war, rief sie ihn zurück.

»Ich habe Angst«, sagte sie.

»Wovor?«

»Vor Nick. Davor, dass er es doch war. Und dass er mir auch etwas antun könnte.«

»Haben Sie mir nicht eben gesagt, dass Sie ihn nicht für fähig halten, eine solche Tat zu begehen?«

»Doch, das habe ich. Aber wenn er wütend wird, ist er manchmal nicht mehr er selbst. Dann rastet er aus und wird völlig unberechenbar.«

Brokat überlegte kurz.

»Hat Ihr Freund lange Haare und arbeitet als Handwerker?«, fragte er.

Sie nickte erstaunt.

»Und besitzt er ein Samurai-Schwert?«

»Natürlich, sogar mehrere. Schließlich macht er seit Jahren Kenjutsu.«

»Und was bedeutet das?«

»›Kenjutsu‹ ist der Oberbegriff für die japanische Kunst des Schwertkampfes.«

***

Nach dem Gespräch im Fitnessstudio rief Brokat vom Auto aus Kunert an.

»Ich will, dass ihr Nick Lorsbach, den Freund von Katharina Lenz, aufs Präsidium bringt. Wir haben genug Verdachtsmomente gegen ihn für ein Verhör, möglicherweise sogar einen Haftbefehl. Er wohnt in Mülheim in der Keupstraße. Laut Lenz hat er heute Nachtschicht. Aber bitte schnell – ich will nicht, dass er abhaut oder ihr was antut.«

Er fuhr über die Nord-Süd-Fahrt und die Deutzer Brücke auf die »Schäl Sick«, vorbei am Messegelände und der Lanxess Arena auf die Deutz-Kalker Straße. An der Ecke zum Walter-Pauli-Ring bog er links ab und stellte seinen Volvo gegen halb vier im Parkhaus des Präsidiums ab.

Im Flur traf er Christian Schmid und Ann-Kathrin Petersen, die gerade mit dem Obduktionsbericht und den vorläufigen Ergebnissen der KTU zurückkamen. Über die Neue hatte er sich noch keine abschließende Meinung gebildet. Sie war forsch und wirkte aufgeweckt – zweifellos. Aber offensichtlich fehlte es ihr an Erfahrung für einen solch schwierigen und gefährlichen Job. Er hätte sie mit Sicherheit nicht in seinem Team haben wollen. Aber sein Chef Jan Vonderschmitt hatte ihn wieder einmal vor vollendete Tatsachen gestellt. Das passierte in letzter Zeit leider häufiger und zeugte kaum von einem kooperativen Führungsstil. Vielleicht hing es aber auch damit zusammen, dass Vonderschmitt ihn nicht mochte – was durchaus auf Gegenseitigkeit beruhte – und ihm deshalb immer wieder Knüppel zwischen die Beine schmiss.

»Chef, wir wissen jetzt den Todeszeitpunkt.«

Brokat fand, dass Christian Schmid schlecht aussah, ausgemergelt und übernächtigt, genau das Gegenteil der neuen Kollegin, die wie das blühende Leben wirkte.

Schmid hielt den Bericht des Rechtsmediziners hoch wie eine Trophäe.

»Hendrik Jürgens ist Samstagnacht zwischen halb elf und halb eins getötet worden – da ist sich Berschke sicher.«

»Nach Aussagen Hubers und anderer Gäste hat Jürgens die Feier gegen zehn verlassen«, überlegte Brokat. »Wahrscheinlich ist er direkt ins Büro gefahren. Huber meinte, dass er sich abends häufig dort aufgehalten hat.« Er sah Schmid an. »Habt ihr seinen Wagen gefunden?«

»Ja, er stand in der Tiefgarage«, bestätigte der. »Hinweise darauf, dass er vorher noch woanders war, gibt es keine. Aber wir können es natürlich auch nicht ausschließen.« Schmid machte eine kurze Pause, in der er den Bericht der KTU durchblätterte. Dann fuhr er fort: »Wenn Jürgens den direkten Weg genommen hat, müsste er spätestens um halb elf in der Kanzlei angekommen sein. Er ist in sein Büro gegangen, vielleicht um nach dem anstrengenden Empfang noch etwas auszuspannen. Darauf deuten ein Glas Whisky und eine unangezündete Zigarre hin, die wir dort gefunden haben, beides übrigens vom Feinsten.« Schmid blickte auf. »In seinem Büro haben wir zahlreiche Fingerabdrücke sichergestellt, vor allem seine, aber auch andere, die wir noch nicht auswerten konnten. Kurz danach – er hat sein Glas nicht angerührt – muss Jürgens auf den Flur gegangen sein. Ob ihn der Mörder herausgelockt hat oder er ein Geräusch hörte, wissen wir nicht. Offensichtlich hatte er Angst und nahm deshalb den Brieföffner mit.«

»Huber will gehört haben, wie Jürgens bereits am Donnerstagabend in seinem Büro von einem Unbekannten bedroht worden ist«, unterbrach ihn Brokat. »Möglicherweise von Nick Lorsbach, dessen Freundin Katharina Lenz mit Jürgens eine Affäre hatte.«

»Wir haben Lorsbach überprüft«, erklärte Schmid. »Er hat ein Vorstrafenregister so lang, wie der Dom hoch ist – und er gilt als gewalttätig.«

Sie schwiegen einen Moment. Schließlich nahm Schmid den Faden wieder auf. »Im Flur muss es stockdunkel gewesen sein, denn der Täter hatte alle Sicherungsschalter umgelegt. Fingerabdrücke haben wir am Sicherungskasten keine gefunden, auch nicht auf der Tatwaffe. Wir gehen davon aus, dass der Mörder Handschuhe trug. Er stand wahrscheinlich in der hintersten Ecke am Ende des Flurs, als er zuschlug. Instinktiv versuchte Jürgens, den ersten Hieb mit dem rechten Arm abzuwehren. Er traf ihn unterhalb des Armgelenks und zerschlug die Elle. Danach stach ihm der Täter in die Brust.«

»Wie ist der Mörder ins Gebäude gekommen?«, hakte Brokat nach.

»Die Mitarbeiter haben ausgesagt, dass die Haustür abends häufig nicht verriegelt ist«, antwortete Petersen. »Wenn die Putzfrauen da sind, ziehen sie die Tür meist nur zu, weil sie zum Beispiel den Müll rausbringen müssen. Das war auch am Samstagabend der Fall. Wir wissen allerdings noch nicht, wie lange sie im Gebäude waren.«

»Also hätte jeder ins Haus kommen können«, meinte Brokat düster.

4

Nick Lorsbach stand auf, als es an der Tür klingelte. Es war fünf Uhr. Sofort war er hellwach. Ob das schon die Bullen waren? Katharina hatte ihn völlig aufgelöst um die Mittagszeit angerufen: »Hendrik ist tot. Das war es doch, was du wolltest«, hatte sie gesagt und aufgelegt.

Lorsbach fühlte sich furchtbar. Die anstrengenden Schichten der letzten Woche steckten ihm in den Knochen. Aber an Schlaf war nicht mehr zu denken. Bei seiner Vergangenheit würde die Polizei ihn als Ersten verdächtigen. Auch früher schon war er immer wieder mit der Staatsgewalt in Kontakt gekommen. Wenn er richtig abgefüllt war und ihm jemand komisch kam, verlor er schnell die Kontrolle über sich. In solchen Momenten stieg eine fürchterliche Wut in ihm hoch, über sein verkorkstes Leben, aber vor allem über diejenigen, denen es besser ging als ihm. Erst wenn der andere auf dem Boden lag und ihm das Blut aus Nase oder Mund lief, war er zufrieden. Dass ihn nach derartigen Ausfällen die Bullen direkt einbuchteten, fand er am Anfang gar nicht so schlimm. Zumal er ja sowieso irgendwo seinen Rausch ausschlafen musste. Aber dann, wenn die Wirkung des Alkohols nachließ, kam der Katzenjammer: vorbestraft, Job weg, keine Kohle mehr – so hatte er sich in die Scheiße geritten.

Da hatte er Katharina kennengelernt, und alles war anders geworden. Sie war die schönste Frau, die er je getroffen hatte. Er verliebte sich sofort in sie. Und sie bewunderte ihn, auch und gerade wegen seiner unkontrollierten Kraft und Unbeherrschtheit, die er selbst manchmal so hasste. Das hatte seinem Selbstbewusstsein gutgetan. Und anscheinend meinte sie es ernst. Schließlich war sie diejenige gewesen, die nach den ersten gemeinsamen Dates eine feste Beziehung wollte. Und sie war es auch, die zuerst vom Heiraten gesprochen hatte. So hatten ihn die zehn Monate, die er mit Katharina zusammen war, zu einem für seine Verhältnisse glücklichen und ausgeglichenen Menschen gemacht. Und einen Job hatte er auch wieder, wenn auch nur als Leiharbeiter in den Chemieanlagen in Godorf.

Und nun hatte sich dieser Lackaffe Jürgens an sie rangemacht. Er hatte sofort gemerkt, dass etwas faul war. Er mochte zwar nicht besonders helle sein, aber für Veränderungen hatte er ein Gespür. Und sie waren bei Katharina kaum zu übersehen: Plötzlich trug sie fast jeden Tag neue Klamotten und Schmuck. Teures Zeug, das sie sich selbst nicht leisten konnte. Und dann hatte sie kaum noch Zeit für ihn. Schließlich schlief sie auch immer seltener mit ihm. Schnell war ihm klar geworden, dass sie einen anderen hatte.

Dennoch stellte er sie anfangs nicht zur Rede. Katharina war gut im Quatschen, besser als er. Sie wäre mit tausend Ausreden gekommen. Am Ende hätte er als derjenige dagestanden, der mit seiner krankhaften Eifersucht alles kaputtmachte. Also nahm er sich ein paar Tage frei, um sie abends, wenn sie aus dem Büro kam, heimlich zu beobachten. Dafür hatte er sich extra das Auto eines Freundes geliehen, weil Katharina seine alte rote Karre sofort bemerkt hätte. Sogar eine Kamera hatte er sich besorgt. Wie so ein blöder Detektiv in den Kriminalromanen war er sich vorgekommen. Aber letztlich hatten sich die Tarnung und der Fotoapparat als nützlich erwiesen. Schon am zweiten Abend war sie nicht in ihren kleinen Fiat gestiegen, sondern hatte an der Straße gewartet. Kurz darauf war Jürgens aufgetaucht. Ganz der Kavalier alter Schule hatte er ihr die Beifahrertür seines schweineteuren Jaguars aufgehalten. Dann hatte er sie geküsst. Es war ein richtiger Kuss, und in diesem Moment war es mit Lorsbachs Selbstbeherrschung vorbei. Geistesgegenwärtig hatte er den Auslöser der Kamera betätigt und so den Impuls unterdrückt, seinen Wagen mit voller Wucht in die Fahrerseite des Jaguars zu jagen.

Als regelmäßiger Express-Leser hatte er Jürgens sofort erkannt. Schließlich war erst vor wenigen Tagen aus Anlass seines sechzigsten Geburtstags so ein ekelhaft aufgemotztes Promiporträt über ihn erschienen.

Als er Katharina am nächsten Tag die Fotos gezeigt hatte, war sie sehr kleinlaut gewesen. Sie hatte nicht einmal den Versuch gemacht zu leugnen. Vielmehr kam sie ihm auf die Jammertour. Wie lange Jürgens sie bedrängt und was er ihr alles geschenkt hatte. Und dass sie irgendwann schwach geworden war. Aber dass es nichts Ernstes und ihre Beziehung sowieso das Wichtigste für sie sei. Und dabei hatte sie Tränen in den Augen gehabt.

Sie wusste genau, wie sie ihn packen konnte. Aber dieses Mal zog ihre Tour bei ihm nicht. Er war völlig ausgerastet, hatte sie beschimpft und als »miese Schlampe« bezeichnet. Außer sich hatte er ihr ein paar heftige Ohrfeigen verpasst. Sie hatte echt Schiss bekommen, als er Anstalten machte, sie richtig zu verprügeln. Am Ende war sie zu allen Zugeständnissen bereit. Natürlich würde sie sofort mit Jürgens Schluss machen. Und es mache ihr gar nichts aus. Und ganz bestimmt liebe sie nur ihn.

Lorsbach zog sich schnell an. Draußen klingelten die unerwünschten Besucher mittlerweile Sturm. So penetrant konnten sich nur die Bullen aufführen.

Ihre Untreue war das eine. Er musste sehen, wie er damit fertigwürde. Letztlich liebte er sie ja noch immer. Aber dass der blasierte Angeber Jürgens seine Katharina gefickt hatte, das konnte er ihm nicht durchgehen lassen. Er war so wütend wie schon lange nicht mehr.

Aus Katharina hatte er auch herausgequetscht, dass Jürgens häufig abends noch im Büro war. Und so hatte er diesen aufgeblasenen Wichser aufgesucht und ihm ordentlich die Meinung gesagt. Wie hatte er ihn angebrüllt! Jürgens hatte zurückgeschrien, was ihn nur noch mehr gereizt hatte. Gerade so konnte er sich beherrschen, nicht auf ihn einzuschlagen. Nun war Jürgens tot, und er steckte wieder im Dreck – und dieses Mal richtig.

Jetzt musste er erst einmal hier weg. Er hatte nicht die geringste Lust, sich von den Bullen einsperren zu lassen. Langsam ging er zur Tür.

»Wer ist da?«, fragte er, während er durch den Spion blickte. Lorsbach konnte zwei Männer sehen, die vor der Wohnungstür im Hausflur warteten. Der vordere war klein und schmächtig, der andere hatte einen Bürstenhaarschnitt und wirkte etwas kräftiger. Zum Fürchten sahen sie beide nicht aus. Wenn unten an der Haustür nicht noch Verstärkung postiert war. Aber das musste er riskieren. Entschlossen öffnete er die Tür.

»Sind Sie Herr Lorsbach?«, fragte ihn der kleinere.

»Ja, was ist denn?«, antwortete er und hob besänftigend die Arme, wie um zu zeigen, dass er nichts zu verbergen habe.

Der schmächtige ließ sich dadurch jedoch nicht ablenken und trat einen Schritt zurück. Dabei hob er seinen Bullenausweis hoch.

Das gab Lorsbach die Gelegenheit, wieder näher heranzugehen, um so zu tun, als würde er die Plastikkarte lesen.

»Kripo Köln. Wir müssen Sie bitten, uns zum Präsidium zu beglei–«

Weiter kam er nicht. Lorsbach versetzte ihm mit der Rechten einen kräftigen Haken, der ihn unterhalb des Auges traf. Der Beamte ging zu Boden.

Lorsbach spurtete los. Er war schon fast an dem Bürstenkopf vorbei, als ihm dieser reaktionsschnell ein Bein stellte. Lorsbach stolperte und fiel beinahe hin. Er war jedoch sofort wieder auf den Beinen. Wütend ging er auf seinen Gegner los. Er legte seine ganze Kraft in einen fürchterlichen Schlag gegen das Kinn des Kurzhaarigen, der selbst einen Elefanten niedergestreckt hätte.

Statt zurückzuweichen, duckte sich dieser und drehte sich dabei in einer einzigen fließenden Bewegung von ihm weg. Lorsbachs Fausthieb ging ins Leere. Er konnte seine Vorwärtsbewegung nicht mehr stoppen, rollte über seinen Gegner hinweg und stürzte schmerzhaft auf den Boden. Bevor er wieder aufstehen konnte, war der Polizist über ihm und bog ihm die Arme hinter den Rücken. Ehe er es sich versah, klickten die Handschellen.

***

Gegen halb sechs saß Brokat zum ersten Mal an diesem Tag in seinem Büro. Die Stapel an Akten und Papieren, die sich während des Urlaubs angesammelt hatten, deprimierten ihn. Jedes Jahr nahm der Verwaltungskram zu. Bald würde er keinen

Schritt mehr gehen können, ohne dazu einen Antrag stellen oder ein Formular ausfüllen zu müssen. Sein Job degradierte ihn immer mehr zum Schreibtischtäter. Dafür war er nicht zur Polizei gegangen!

Seufzend schob er die Papiere beiseite. Er musste an Maria denken. Was sie wohl gerade machte? Ob sie jetzt ohne ihn auf der Terrasse von Giuseppes kleinem Ristorante direkt am Meer saß? Fast jeden Abend waren sie dort gewesen. Und schon beim ersten Mal hatten ihn die Atmosphäre, die warmherzige Art des Besitzers und nicht zuletzt das exzellente Essen begeistert. Eigentlich hatte er versprochen, sie sofort nach seiner Rückkehr in Köln anzurufen. Aber was sollte er ihr sagen? Dass er tief in einem schwierigen Mordfall steckte? Und dass er keine Ahnung hatte, wann er sie wieder besuchen konnte? Das wollte sie sicher nicht hören. Aber so war nun einmal seine Realität hier. Sie war ein Teil seines Lebens, ob ihr das nun passte oder nicht. Brokat wollte gerade zum Hörer greifen, als es an der Tür klopfte.

Sein Chef, Polizeidirektor Jan Vonderschmitt, trat ein.

»Wie war Ihr Urlaub?«, fragte er. Da Brokat wusste, dass das eher eine rhetorische Frage war, schwieg er. Und tatsächlich kam Vonderschmitt wie immer sofort zur Sache. »Heute Mittag haben wir einen ersten Pressebericht zum Tod von Jürgens herausgegeben. Seitdem stehen die Telefone nicht mehr still.« Er sah auf. »Ich habe gehört, dass Sie den Mörder möglicherweise bereits verhaften konnten.«

»In diesem Stadium ist es nicht mehr als ein Verdächtiger«, entgegnete Brokat.

»Da hört sich Kunert aber anders an.«

»Dann müssen Sie etwas missverstanden haben. Meine Kollegen wissen genauso gut wie ich, dass wir erst am Anfang der Ermittlungen stehen.«

»Herrgott noch mal, Brokat, seien Sie nicht so schrecklich formal. Es deuten doch alle Indizien auf Lorsbach hin. Wir wissen, dass er hochgradig gewalttätig ist und dass er Jürgens bedroht hat. Und er hat ein Motiv.«

»Trotzdem bin ich nicht überzeugt, dass er der Mörder ist.«

Vonderschmitt beugte sich über den Tisch und sah Brokat

scharf an. Er konnte sogar den Atem seines Vorgesetzten riechen, worauf er auch gern verzichtet hätte.

»Ihnen sollte klar sein, dass wir der Öffentlichkeit in dieser Sache schnell einen Fahndungserfolg präsentieren müssen. Das sind wir Hendrik schuldig, der so viel für unsere Stadt und die Menschen hier getan hat.«

»Sie kannten Jürgens?«, fragte Brokat erstaunt, ohne auf Vonderschmitts hochtrabende Phrasen einzugehen.

»Natürlich, Hendrik und ich haben in Köln zusammen Jura studiert.«

»Dann waren Sie womöglich …«

»… in der Messe auf dem Empfang zu seinem Geburtstag? Ja, ich hatte die Ehre, eingeladen zu sein. Und es war eine Veranstaltung, die seiner Bedeutung wirklich gerecht wurde.«

»Ist Ihnen irgendetwas an Jürgens aufgefallen?«

»Nein, absolut nichts«, entgegnete Vonderschmitt ungeduldig. »Er wirkte ruhig und souverän, so wie immer.« Er holte tief Luft. »Was ich Ihnen jetzt sage, ist vertraulich und muss unter uns bleiben.«

»Natürlich«, antwortete Brokat, neugierig auf das, was sein Chef jetzt noch auftischen würde, um ihm Beine zu machen.

»Also gut. Sie müssen nämlich wissen, dass ich mich auf eine wichtige Position beim LKA in Düsseldorf beworben habe.«

»Was hat das denn damit zu tun?«, fragte Brokat erstaunt.

»Offiziell überhaupt nichts.« Vonderschmitt zögerte. »Aber sagen wir mal so: Ein schneller Fahndungserfolg bei diesem bedeutsamen Fall wäre möglicherweise das Tüpfelchen auf dem i, das eine Entscheidung zu meinen Gunsten beschleunigen könnte.« Vonderschmitt stand auf. »Brokat, ich weiß, Sie lassen mich nicht im Stich. Schließlich habe ich Ihnen immer den Rücken freigehalten.«

Brokat nahm die dreiste Lüge, die in dem letzten Satz steckte, kommentarlos hin. Als ihm endlich eine passende Antwort einfiel, hatte sein Chef längst das Büro verlassen.

***

Das Verhör verlief zäher, als Kunert erwartet hatte. Brokat nahm Lorsbach gehörig in die Mangel, doch der hatte offenbar auf stur geschaltet. Kunert stand auf der anderen Seite der Scheibe, durch die man von außen in das Vernehmungszimmer sehen konnte. Er betastete vorsichtig sein blaues Auge, das immer noch schmerzte. Er war sauer. Obwohl er wusste, dass Lorsbach gefährlich war, hatte er sich von ihm wie ein Anfänger übertölpeln lassen. Nur gut, dass Maric aufgepasst hatte.

In der Vergangenheit hatte er sich häufiger über dessen Selbstverteidigungskünste mokiert. Heute war er froh, dass sein Kollege es mit einem Gegner wie Lorsbach problemlos aufnehmen konnte. Vor allem aber war er Maric dankbar, dass er Kunerts eigene unrühmliche Rolle bei der Festnahme mit keinem Wort erwähnt hatte. Besonders gegenüber der neuen Kollegin wäre ihm das unangenehm gewesen. Kunert fand sie nicht nur anziehend, sondern auch sympathisch und wollte sich nicht vor ihr blamieren.

Auch Petersen und Maric standen vor der Scheibe und hörten zu. Als sich Kunert umdrehte, sah er zu seinem Erstaunen, dass auch Jan Vonderschmitt im Raum war und das Verhör aufmerksam verfolgte.

»Wann haben Sie erfahren, dass Ihre Freundin Katharina Lenz ein Verhältnis mit Hendrik Jürgens hatte?«, fragte Brokat gerade.

Lorsbach antwortete nicht.

»Geben Sie zu, dass Sie sich an Jürgens rächen wollten?«

»So ein Quatsch, ich kannte den Kerl gar nicht.«

»Sie waren am Donnerstag, zwei Tage vor seinem Tod, bei ihm in der Kanzlei und haben ihn massiv bedroht. Dafür gibt es einen Zeugen.«

Lorsbach schwieg, aber in seinem Gesicht arbeitete es. Offensichtlich verliert er an Terrain, dachte Kunert.

»Aber die Drohung reichte Ihnen nicht aus. Schon in der Vergangenheit hatten Sie immer wieder Probleme, die Kontrolle zu behalten. Und das mit Jürgens und Ihrer Katharina war irgendwann zu viel für Sie. Da sind Ihnen die Sicherungen durchgebrannt.«

Lorsbach schüttelte den Kopf.

»Wenn Sie nichts zu verbergen haben, warum sind Sie dann nicht mit aufs Präsidium gekommen, sondern haben meinen Kollegen niedergeschlagen?«

Lorsbach sah sein Gegenüber wütend an. »Sie wissen, welche Erfahrungen ich früher mit den Bullen gemacht habe. Sie können sich vorstellen, dass ich darauf keine Lust mehr hatte.«

»Wegen der Tätlichkeit können wir Sie in jedem Fall hierbehalten.« Brokat blickte ihn scharf an. »Aber diese Begründung brauchen wir gar nicht. Denn wir wissen, dass Sie Samstagabend noch einmal bei Jürgens in der Kanzlei waren – und ihn da aus Eifersucht erschlagen haben. Dafür haben Sie ein Samurai-Schwert benutzt.«

»Nein, so war es nicht. Es ist richtig, dass ich einige solcher Schwerter besitze – weil ich sie sammle. Aber damit würde ich doch niemals kämpfen.«

»Tatsächlich nicht?« Brokat drückte einen Knopf auf der Fernbedienung, die er in die Hand hielt, und der große Flatscreen an der Wand schaltete sich ein. Übergangslos begann ein YouTube-Video zu laufen. Die Zuschauer konnten deutlich sehen, wie ein Mann mit einem Katana in der Hand einen Bambusstamm mit schnellen fließenden Kampfbewegungen in dünne Scheiben zerteilte. Das Bild war gestochen scharf und Lorsbach gut zu erkennen.

Plötzlich wirkte Lorsbach ziemlich fassungslos. »Das ist doch nur ein Schnitttest«, antwortete er schließlich. »Solche Filme, mit denen man seine Kampftechnik demonstriert, gibt es zu Tausenden im Netz.«

»Das mag sein«, antwortete Brokat. »Allerdings gleicht der Griff des Katanas auffällig dem, das in Jürgens' Brust steckte.« Er blätterte in einer Mappe, die er vor sich liegen hatte. »Herr Lorsbach, ich habe hier die Aussagen zweier Mitarbeiter von Jürgens. Sie haben am Samstagabend gegen neunzehn Uhr dreißig einen Mann vor der Kanzlei gesehen, auf den Ihre Beschreibung zutrifft. Kurz vor Ihrer Vernehmung hat mich ein Kollege zurückgerufen, der mit einem Foto von Ihnen noch einmal in die Kanzlei gefahren ist. Beide Zeugen haben Sie zweifelsfrei identifiziert.«

Auf der anderen Seite der Scheibe flüsterte Ann-Kathrin Petersen Kunert etwas ins Ohr. »Gleich geht er auf ihn los!«, verstand er.

Lorsbach fluchte laut. »Verdammte Scheiße, ich habe ihn nicht umgebracht!« Er schüttelte den Kopf. Er zögerte einen Moment, bevor er ruhiger fortfuhr: »Ja, ich war da. Katharina hat mir gesagt, dass sich Jürgens abends in der Kanzlei mit ihr treffen wollte. Da konnte ich einfach nicht anders und bin hingefahren. Aber ich habe nichts gemacht. Ich schwöre es.«

»Und sie ist nicht gekommen?«

»Nein. Ich habe ungefähr eine halbe Stunde vor dem Haus gewartet. Dann bin ich wieder gegangen. Schon das Gespräch am Donnerstag mit Jürgens lief beschissen. Mir war klar, dass eine Fortsetzung das Ganze nur noch verschärfen würde.«

»Waren Sie betrunken, als Sie zur Kanzlei gefahren sind?«

»Nein, natürlich nicht.«

»Nach Aussage der Zeugen machten Sie einen ziemlich alkoholisierten Eindruck.«

»Vielleicht habe ich vorher ein oder zwei Bier gekippt.«

»Ich denke eher, dass Sie sich Mut angetrunken haben. Und als Sie dann ordentlich getankt hatten, sind Sie ins Haus geschlichen, um auf Jürgens zu warten.«

»Wie hätte ich denn ohne Schlüssel reinkommen sollen?«, höhnte Lorsbach.

»Diese Frage haben wir uns auch gestellt. Zumal am Wochenende das Büro normalerweise nicht besetzt ist. Gestern war das jedoch anders. Die Putzfrauen waren bis etwa halb neun bei der Arbeit und hatten die Tür nur zugezogen. Es war also kinderleicht für Sie, ins Gebäude zu kommen. Wahrscheinlich haben Sie früher mit Jürgens gerechnet, weil Sie nichts von dem Empfang wussten. Aber so konnten Sie die Zeit nutzen, um sich den Sicherungskasten anzusehen und den besten Platz für den Mord zu wählen.«

Lorsbach sah ihn fassungslos an. »Sie sind verrückt«, sagte er nur.

Brokat stand auf: »Wo waren Sie am Samstagabend zwischen Viertel nach zehn und halb eins?«

Lorsbach zuckte mit den Schultern. »Nach der Warterei vor der Kanzlei bin ich nach Hause gefahren.«

»Waren Sie allein?«

»Ja, um mich abzuregen, habe ich Fußball gesehen.«

»Das heißt, Sie haben kein Alibi. Das sieht ganz schlecht für Sie aus.«

***

Es war schon halb neun, als Brokat das Präsidium verließ. Er hatte Hunger und beschloss, ins »Palermo« zu fahren. Das Ristorante an der Nord-Süd-Fahrt neben der Dauerbaustelle der Oper war Brokats Lieblingsitaliener in Köln und hatte früher seinem Freund, dem Gastronomen Francesco Leone, gehört. Inzwischen hatte es ein neuer Besitzer übernommen. Er hatte das Gebäude gründlich renoviert und innen völlig umgestaltet, was Brokat sehr recht war. So erinnerte es ihn nicht so an frühere Zeiten. Der neue Inhaber kam aus Padua. Den Namen hatte er jedoch gelassen, da das »Palermo« bei Gourmets und Liebhabern der gehobenen italienischen Küche in Köln noch immer einen guten Ruf besaß. Nicola, so hieß der Besitzer, war es gelungen, den hohen Qualitätsanspruch zu behaupten und dennoch seinen eigenen Stil zu kreieren.

Brokat hatte Glück. Sein Lieblingstisch war noch frei, und Nicola, der ihn lange nicht mehr hier gesehen hatte, begrüßte ihn herzlich. Der Kommissar kam meistens allein hierher. Er mochte den neuen Inhaber, gerade weil dieser vom Typ her ganz anders als Francesco war. Er verfügte nicht über den Charme und die Souveränität, mit der dieser einen sofort für sich eingenommen hatte. Nein, Nicola war eher spröde, und erst auf den zweiten Blick merkte man, wie tüchtig er auf seinem Gebiet war. Wenn sie ihn besser kennengelernt hatten, schätzten Besucher wie Brokat seine unaufdringliche Gastfreundlichkeit umso mehr. Außerdem hatte er eine schöne Stimme und erfreute seine Gäste bei besonderen Anlässen gern mit Arien von Verdi oder Puccini.

Brokat nahm sich viel Zeit mit der Bestellung. Schließlich

wählte er die Bruschetta mit Tomaten und anschließend den Steinbutt auf Radicchio di Treviso. Während er an einem Glas Colli Euganei Chardonnay, einem vorzüglichen Weißwein aus der Heimat Nicolas, nippte, versuchte er vergeblich, nicht über den Mord nachzudenken. Morgen würde Lorsbach dem Haftrichter vorgeführt. Die vorhandenen Indizien und Zeugenaussagen belasteten Katharina Lenz' Freund schwer und reichten sicher aus, um ihn in Untersuchungshaft zu nehmen.

Trotzdem war Brokat nicht von der Schuld des jungen Mannes überzeugt. Zugegebenermaßen hatte Vonderschmitt recht, wenn er auf die klare Indizienlage verwies. Aber auch wenn die Hinweise eindeutig waren, so waren es doch keine Beweise. Seine Fingerabdrücke auf dem Schwert, das in Jürgens' Brust steckte – damit hätte man Lorsbach festnageln können. Aber offensichtlich war alles sorgfältig abgewischt worden. Sein Instinkt sagte ihm, dass sie gut daran taten, noch in andere Richtungen zu ermitteln, und darauf konnte er sich in aller Regel verlassen.

Insgesamt war für Brokats Geschmack bisher alles zu schnell gegangen. Sie ermittelten gerade einmal einen Tag, und schon hatte sich die Polizei auf einen Täter festgelegt – vor allem, was Vonderschmitt betraf. Aber auch Katharina Lenz, Peter Huber, Jürgens' Witwe Martha und mehrere Mitarbeiter der Kanzlei hatten für die Mordnacht kein Alibi und möglicherweise ein Motiv, Jürgens den Tod zu wünschen. Von eventuellen Neidern oder Feinden, die sich Jürgens im Laufe seiner Karriere gemacht hatte, ganz zu schweigen. Er konnte sich allerdings kaum vorstellen, dass die beiden Frauen das Schwert selbst geschwungen hatten. Aber vielleicht gab es ja Helfer? Noch wussten sie viel zu wenig über »Kölns Staranwalt« (so hatte ihn der Kölner Express genannt) und seine Vergangenheit.

Der Kellner brachte die Vorspeise, als Brokat an einem der Nachbartische zwei Männer auffielen, die dort aßen und sich angeregt unterhielten. Einer der beiden trug eine Cordhose und einen legeren Pullover. Brokat war sich sicher, dass er ihn kannte. Da er über ein ausgezeichnetes Personengedächtnis verfügte, musste er nicht lange grübeln. Heute Morgen in der Kanzlei hatte er im Anzug ganz anders gewirkt. Kleider machen

Leute, dachte Brokat. Der junge Mann war einer der beiden Mitarbeiter, die Lorsbach am Samstagabend vor dem Gebäude hatten warten sehen. Brokat überlegte gerade, ob es passend war, den Anwalt hier in diesem Rahmen anzusprechen, als ihn sein Gegenüber ebenfalls erkannte. Artig stand er auf und kam an Brokats Tisch.

»Sie sind doch der Kommissar, der die Ermittlungen zum Tod unseres Chefs leitet?«, fragte er. Sein Händedruck war fest, und sein Lächeln wirkte offen und freundlich. »Ich habe Sie heute Morgen nur kurz gesehen. Mein Name ist Kai van Nelsen. Sind Sie denn mit Ihren Ermittlungen weitergekommen?«

»Na ja, wir haben immerhin einen Verdächtigen. Und Ihre Aussage hat uns sehr geholfen.«

»Sie meinen den Mann, den Robert und ich vor der Kanzlei gesehen haben?«

»Dazu darf ich Ihnen leider nichts sagen. Aber ich bin unhöflich. Wollen Sie sich nicht einen Moment setzen?«

»Gern, aber dann störe ich Sie beim Essen.«

»Nein, das ist schon in Ordnung.« Brokat machte eine einladende Handbewegung, und van Nelsen ließ sich ihm gegenüber nieder.

»Mein Kollege ist übrigens auch hier.«

Brokat sah zum anderen Tisch und erkannte Robert Heilmann, der ihm kurz zuwinkte. Er hatte vorher halb verdeckt hinter einer Säule gesessen, sodass ihn Brokat nicht richtig hatte sehen können.

Van Nelsen blickte den Kommissar erwartungsvoll an.

»Können Sie mir bitte noch einmal schildern, was Sie genau gesehen haben?«, bat Brokat.

»Aber das habe ich doch schon alles Ihren Kollegen erzählt.«

»Natürlich. Und ich weiß, dass Sie auf dem Foto den Mann vor der Kanzlei wiedererkannt haben. Trotzdem, manchmal fällt einem ja noch nachträglich etwas ein.«

»Eigentlich waren Robert und ich auf dem Weg von Rodenkirchen, wo wir beide wohnen, zu Jürgens' Empfang. Da ist mir eingefallen, dass ich die Einladungskarte im Büro vergessen hatte. Also sind wir noch in der Kanzlei vorbeigefahren.«

»Um wie viel Uhr war das?«

»Wir haben Radio Köln gehört. Die Verkehrsnachrichten um halb acht sind gerade gelaufen.«

»Wo stand der Mann?«

»Direkt gegenüber vom Eingang. Wir fanden es merkwürdig, dass er so auffällig auf das Haus starrte.«

»Wie hat er auf Sie gewirkt?«

»Er schwankte und stand unsicher. Meiner Meinung nach war er ziemlich alkoholisiert. Als er uns gesehen hat, ist er ein Stück zurückgegangen und hat in die andere Richtung gesehen, so als ob er auf jemanden warten würde.«

»War denn die Haustür offen?«

»Ja, die Putzfrauen waren noch im Haus.«

»Ist es normal, dass das Gebäude dann offen steht?«

Van Nelsen wirkte etwas verunsichert. »Na ja, ich weiß nicht. Wahrscheinlich müssen sie häufiger rein und raus, zum Beispiel um den Müll zum Container zu bringen. Aber im Sinn der Hausordnung ist das sicher nicht.«

»Könnte in dieser Zeit jemand ungesehen ins Haus kommen«?

Van Nelsen dachte kurz nach. »Ich denke schon. Als wir reingegangen sind, waren die Putzfrauen in den oberen Etagen. Wir hätten problemlos etwas mitnehmen und dann wieder verschwinden können.«

»Und wenn Sie sich im Gebäude verstecken wollten?«

»Das wäre auch kein Problem gewesen. Wir hätten beispielsweise in den Keller gehen können. Dort wird bestimmt nicht geputzt.«

»Erzählen Sie bitte weiter«, bat Brokat.

»Viel zu sagen gibt es nicht mehr. Wir haben die Karten aus dem Büro geholt und sind dann wieder in die Tiefgarage zum Auto gegangen. Insgesamt hat das nicht länger als fünf Minuten gedauert.«

»Ist Ihnen im Haus irgendetwas aufgefallen?«

»Nein, alles war wie immer.«

»Als Sie rauskamen, stand der Mann noch dort?«

»Ja, genauso wie vorher. Und wieder hat er sich umgedreht und in die andere Richtung gesehen.«

»Gut, danke. Wie lange arbeiten Sie eigentlich schon bei Jürgens?«

»Seit etwa drei Jahren. Ich habe mein Referendariat hier gemacht. Ich hatte Glück, dass ich danach einen Job in einer so renommierten Kanzlei bekommen habe.«

»Welchen Eindruck hatten Sie von Ihren Chefs?«

Wieder überlegte der junge Mann kurz. »Na ja, ich hatte mehr mit Peter Huber zu tun, der mich auch in meinem Referendariat betreut hat. Mit dem komme ich gut klar. Dr. Jürgens habe ich seltener gesehen. Er wirkte manchmal etwas einschüchternd auf mich. Aber ich glaube, das ging allen so.«

»Und wie sind die beiden miteinander zurechtgekommen?«

»Die Rollen waren klar verteilt, würde ich sagen. Jürgens war der Chef und Huber derjenige, der die Arbeit gemacht hat.« Er sah Brokat an. »Womit ich nicht sagen will, dass Jürgens nicht gearbeitet hat. Er hat sich wahrscheinlich nur mit anderen Dingen beschäftigt.«

»Wie meinen Sie das?«

»Na ja, die prominenteren Klienten hat Jürgens persönlich betreut. Davon haben wir nicht viel mitbekommen und Huber wohl auch nicht.«

»Ist Ihnen an Jürgens in letzter Zeit etwas aufgefallen?«

»Nein, er wirkte ganz normal.«

»Und an den Abläufen in der Kanzlei? War irgendetwas anders als sonst – ich meine, zum Beispiel bei den Kollegen oder vielleicht den Klienten?«

»Nein, alles war wie immer. Hektisch, aber dank Huber gut organisiert. Jürgens war sehr unregelmäßig im Haus. Aber das ist eigentlich auch immer so gewesen.«

»Gut, vielen Dank, das genügt mir. Sie sollten Ihren Kollegen nicht so lange warten lassen.«

Van Nelsen stand auf. Er zögerte einen Moment. »Eine Sache ist mir noch eingefallen. Ich weiß aber nicht, ob sie wichtig ist.«

»Erzählen Sie.«

»Der Mann, der am Samstag vor der Kanzlei gewartet hat …«

»Ja, was ist mit ihm?«

»Ich erinnere mich daran, dass er eine Tasche dabeihatte.«

»Wieso haben Sie das nicht schon vorher erzählt?«

Van Nelsen wirkte zerknirscht. »Tut mir leid, aber das ist mir jetzt erst wieder eingefallen.«

»Sind Sie sicher?«

»Absolut. Sie sah aus wie eine Sporttasche, war aber dafür ziemlich groß.«

***

Auf dem Heimweg, es war kurz nach zehn, rief er Kunert auf dem Handy an. »Bist du schon zu Hause?«

»Nein, im Büro«, antwortete der Kollege. »Wir gehen noch einmal die Protokolle und Berichte durch.«

»Wer ist ›wir‹?

»Ann-Kathrin hilft mir.«

»Aha, welcher Einsatz«, merkte er sarkastisch an. »Und seid ihr weitergekommen?«

»Wir sind noch dran. Wir geben gerade alle Fakten in meinen Laptop ein.«

»Was soll das denn bringen?«

»Ich habe ein Programm, das unterschiedliche Daten übersichtlich darstellen und einzelne Fakten sogar in Beziehung zueinander setzen kann. Das funktioniert ein bisschen wie Mindmapping. Ich habe es vom letzten Seminar für angewandte kriminalistische Deduktion mitgenommen«, fügte Kunert stolz hinzu.

»So ein Quatsch«, raunzte ihn Brokat an. »Logische Schlüsse aus vorhandenen Fakten zu ziehen ist immer noch Aufgabe des Kriminalisten.«

»Sicher«, lenkte Kunert ein. »Aber ein solches Programm kann bei komplizierten Ermittlungen trotzdem enorm helfen.«

»Dann kann ich also künftig dein Gehalt an den Computer überweisen, da er ja eigentlich deine Arbeit macht?«

Kunert schwieg gekränkt. Natürlich kannte er die Abneigung seines Chefs gegen neue Technologien und insbesondere Computer. Er unternahm einen neuen Anlauf: »Wir haben aufgrund der vorhandenen Fakten ein Täterprofil erstellt. Es passt zu fünfundachtzig Prozent auf Nick Lorsbach. Er ist aggressiv, gewalttätig, und wie wir aus der Vergangenheit wissen, verliert er häufiger die Kontrolle über sich. Und an diesem Abend war er betrunken und entsprechend enthemmt. Außerdem hatte er die Gelegenheit und ein Motiv für den Mord.«

»Da gebe ich dir recht. Möglicherweise hatte er sogar eine Tasche dabei, in der er die Tatwaffe transportieren konnte. Kai van Nelsen, einer der Zeugen, behauptet das. Aber andererseits sprechen deine Annahmen genauso auch gegen ihn als Täter.«

»Wie meinst du das?«, fragte Kunert erstaunt.

»Wir kennen Lorsbach als einen sehr emotionalen Menschen, der in bestimmten Situationen seinen Verstand einfach ausschaltet. Dazu hatte er an diesem Abend getrunken und war in seiner Wahrnehmungsfähigkeit eingeschränkt. Der Mord wurde jedoch exakt geplant: Der Täter wusste, wie er ins Haus kommt. Um Jürgens zu überraschen, legte er vorher die Sicherungsschalter um. Und er hat den Platz für seinen Angriff sorgfältig ausgewählt. Also, für mich passt das nicht zusammen.«

5

Es war unerträglich heiß. Der dichte Qualm, der durch die Luke nach draußen drang, raubte ihm fast den Atem. Irgendetwas musste sich entzündet haben. Aus dem Schiffsinneren hörte er die hektischen Rufe seines Vaters und die schrille Stimme der Mutter. Neben ihm im Cockpit saß sein Bruder, unbeweglich und starr vor Angst. Wie hypnotisiert starrte er auf den dunklen Rauch, der aus dem Niedergang nach oben stieg.

Über dem Meer lagen tiefe Wolken. Es wurde langsam dunkel. Der Sturm, der am frühen Abend begonnen hatte, ließ nicht nach. Er versuchte, seinen Bruder zu beruhigen, drückte seinen Arm und sagte ihm, dass alles gut werden würde.

»Ins Dingi, ins Dingi«, brüllte der Vater plötzlich.

Er sprang auf und zog seinen Bruder mit zum Heck. Dort tanzte das Beiboot, mit dem sie sich bei gutem Wetter gerne ziehen ließen, wild in der rauen See. Mit aller Kraft zog er die Leine heran und stolperte hinein. Danach streckte er die Hand aus, um seinem Bruder herüberzuhelfen.

Doch der war zum Niedergang zurückgelaufen, offensichtlich um nach den Eltern zu sehen. Er selbst saß hilflos im Dingi und schrie nach seinem Bruder. Aber der beachtete ihn nicht. Was sollte er nur tun? Er griff nach der Leine, um sich zum Schiff zurückzuziehen, als plötzlich etwas explodierte und eine Feuerwalze durch den Niedergang nach oben schoss. Die Flammen trafen seinen Bruder mitten ins Gesicht. Ohnmächtig musste er mit ansehen, wie er orientierungslos und schreiend vor Schmerzen zum Heck wankte.

Innerhalb von Sekunden stand das Schiff in Flammen. Von seinen Eltern war nichts mehr zu sehen oder zu hören. Er wusste, dass er etwas tun musste. Alles hing an ihm. Mühsam bugsierte er das Beiboot näher ans Schiff und versuchte, die Hände seines Bruders zu ergreifen. Endlich schaffte er es, ihn zu packen und ins Boot zu ziehen. Als sein Bruder mit schmerzverzerrtem und vom Feuer gezeichnetem Gesicht neben ihm lag, stand er auf und schrie, so laut er konnte, zum Schiff zurück: »Vater, haltet durch, ich hole Hilfe!«

Er wollte die Leine lösen, als er sich aus einem Impuls heraus umdrehte. Wenige Meter neben ihrem Boot lag eine große Segelyacht in der rauen See, die wie aus dem Nichts erschienen war. Auf dem Deck standen zwei Männer, die ihn regungslos ansahen.

Schweißgebadet wachte er auf. Einen kurzen Moment spürte er Erleichterung. Es war nur ein Traum – Gott sei Dank. Doch das Gefühl der Erleichterung hielt nur an, bis er richtig wach war.

Sicher, er hatte nur geträumt. Aber das, was er geträumt hatte, war Wirklichkeit gewesen. Und er erlebte sie immer wieder. Nacht für Nacht, Woche für Woche, Jahr für Jahr. Und das schon so viele Jahre lang. Sein Mund war trocken, und ihm war übel. Er stand auf und ging in die Küche ein Glas Wasser trinken. Auf dem Weg zum Schlafzimmer sah er auf dem Wohnzimmertisch eine dicke Mappe liegen. Er konnte nicht anders und schlug sie auf.

Da waren sie, die Fotos und Zeitungsberichte von jenem Tag. Er schloss dic Augen und sah zur Decke. Im Geiste zitierte er den Satz des großen japanischen Schwertmeisters Miyamoto Musashi, den ihm sein Vater wieder und wieder vorgelesen hatte: »Durch die wunderbare Macht des Langschwerts bezwingt man die anderen, bezwingt man sich selbst; insofern ist es das Langschwert, wovon die Kampfkunst ausgeht. Die Macht des Langschwerts erfasst zu haben bedeutet: Ein Mann besiegt ihrer zehn; hundert Männer besiegen ihrer tausend; tausend Männer besiegen ihrer zehntausend.«

Es waren drei, die ihm das angetan hatten. Jetzt forderte er Gerechtigkeit. Er würde sie bezwingen. Sie würden die Macht des Langschwerts zu spüren bekommen!

***

Die letzten Septembertage brachten schlechtes Wetter. Von seinem Büro im dritten Stock des Polizeipräsidiums aus konnte

Brokat durch den Regen hindurch in der Ferne den Verkehr auf der Zoobrücke sehen, der wegen der ewigen Baustellen träge dahinkroch. Seine Laune war auf dem Tiefpunkt, zumal er es immer noch nicht geschafft hatte, Maria anzurufen.

Es war Montagnachmittag. In den neun Tagen seit Jürgens' Tod waren sie in ihren Bemühungen, einen Beweis für Lorsbachs Täterschaft zu finden, nicht wesentlich weitergekommen. Zwar war es den Kriminaltechnikern gelungen, in Jürgens' Büro auch Fingerabdrücke von Lorsbach sicherzustellen. Diese konnten aber genauso von seinem Besuch am Donnerstag zuvor stammen. Auch ließ sich nicht nachweisen, dass die Tatwaffe Lorsbach gehört hatte. Diese wies zwar eine gewisse Ähnlichkeit mit dem Katana auf, das Lorsbach in dem Video benutzt hatte. Wie der von ihnen konsultierte Experte der Abteilung »Kriminaltechnik« beim LKA in Düsseldorf erläuterte, handelte es sich um den gleichen Klingentyp. Er wurde als »Soshu Kitae« bezeichnet, eine aufwendige Konstruktion mit insgesamt sieben Stahllagen. Beide Katanas seien jedoch Nachbildungen eines traditionellen japanischen Langschwerts, die entsprechende Anbieter mittlerweile überall im Internet verkauften.

Auch die Ermittlungen im beruflichen Umfeld von Jürgens brachten sie nicht weiter.

»Mit Anwälten ist es so wie mit Ärzten. Im Laufe ihres Berufslebens teilen sie die Geheimnisse vieler Menschen«, hatte Brokat erklärt und Petersen und Kunert angewiesen, sich die Mandantenbeziehungen des Prominentenanwalts genauer anzusehen. Auffälligkeiten fanden sie jedoch keine. Bei der Verteidigung seiner Klienten kämpfte Jürgens mit harten Bandagen, aber anscheinend immer im Rahmen des Steuerrechts. Durch seine Mandate, durch Vorträge und Veröffentlichungen hatte Jürgens im Laufe der Jahre ein beträchtliches Vermögen angehäuft: Außer Aktien und Wertpapieren im Wert von mehr als einer Million Euro gehörten ihm die Villa in Hahnwald und zwei Ferienhäuser. Außerdem war er stolzer Besitzer des wertvollen Oldenburger Wallachs »Best Choice«, mit dem seine Frau und seine Tochter in der Vergangenheit einige Erfolge bei

Dressurturnieren errungen hatten. Aber auch hier schien alles legal zugegangen zu sein.

Da Vonderschmitt der Meinung war, dass der Fall Jürgens praktisch aufgeklärt und ein Geständnis Lorsbachs nur noch eine Frage der Zeit war, hatte er Brokat an diesem Morgen von den Ermittlungen abgezogen. Jetzt saß er wieder über dem Russenmafia-Mord, an dem sich schon Kunert während seines Urlaubs die Zähne ausgebissen hatte.

Die Untersuchungen zu diesem Fall steckten in einer Sackgasse: Vor etwa sechs Wochen war der bekannte russische Kriminelle Alexej Iwanowitsch in seinem Landhaus am Rande des Königsdorfer Forsts, ungefähr fünfzehn Kilometer von der Domstadt entfernt, ermordet worden. Er hatte sich durch Drogenhandel und Prostitution in Köln einen Namen gemacht. Nachweislich unterhielt er enge Kontakte zur russischen Mafia. Der Mord ereignete sich unmittelbar vor dem von der Kölner Kripo sorgfältig geplanten Zugriff auf Iwanowitsch.

Hauptverdächtiger war der Leibwächter des Toten, der von der Polizei beim Erstürmen des Hauses festgenommen wurde. Die Obduktion ergab, dass Iwanowitsch kurz zuvor mit einer Pistole vom Kaliber neun Millimeter erschossen wurde. Die dabei verwendete Patrone war speziell für eine Pistole entwickelt worden und deshalb leicht zu identifizieren: Es handelte sich um eine Makarow, die Standard-Pistole der früheren Sowjetarmee, die in Russland nach wie vor weit verbreitet war. Der Bodyguard behauptete, einen etwa halbstündigen Spaziergang im Wald unternommen und bei der Rückkehr seinen Boss tot aufgefunden zu haben. Eine Waffe besitze er nicht, weswegen er Iwanowitsch auch nicht habe erschießen können, selbst wenn er das vorgehabt hätte – was natürlich völlig abwegig sei.

Über das Netzwerk Iwanowitschs in Deutschland wussten sie wenig. Zwar hatten sie eine Reihe von jungen Russen im Visier, die für ihn in Köln die Geschäfte führten. Doch das waren nach Einschätzung Brokats eher Kleinkriminelle. An die Hintermänner waren sie bisher nicht herangekommen. Im Rahmen der Amtshilfe suchten sie auch Kontakt zu den russischen

Behörden, die ihnen in der Vergangenheit bereits Hinweise auf Iwanowitschs Mafiazugehörigkeit gegeben hatten. Aber bis auf ein formelles Schreiben mit vielen Stempeln, in dem ihnen jede nur erdenkliche Hilfe zugesichert wurde, hatten sie nach seinem Tod nichts mehr aus Russland gehört.

Dass der Leibwächter wirklich keine Waffe besessen hatte, erschien äußerst unwahrscheinlich. Da er aber bei seiner Verhaftung keine Pistole bei sich trug und auch im Haus nichts gefunden wurde, konnte das Gegenteil nicht bewiesen werden. Und andere brauchbare Spuren hatten sie keine.

So weit die Fakten, die Brokat zur Genüge kannte. An dem Stand vor seinem Urlaub hatte sich in der Zwischenzeit nichts geändert. Frustriert warf er die Akte auf den Schreibtisch. Dann rief er Kunert an und bat ihn, noch einmal sämtliche Spuren und Zeugenaussagen im Fall Jürgens zu überprüfen. Vonderschmitt würde von dieser Maßnahme nicht begeistert sein, aber das war ihm egal. Solange Nick Lorsbach nicht hundertprozentig als Mörder überführt war, sah er es als seine Pflicht an, weiterzuermitteln.

Brokat holte sich am Automaten im Flur einen Kaffee, als sein Telefon klingelte. In der Stimme Vonderschmitts war der Triumph nicht zu überhören.

»Der Untersuchungsrichter hat mich eben angerufen. Nick Lorsbach hat ein umfassendes Geständnis abgelegt. Damit ist der Fall jetzt auch offiziell aufgeklärt.« Er zögerte etwas, ehe er fortfuhr. »Ich weiß, dass wir häufiger unterschiedlicher Meinung sind. Aber dieses Mal haben Sie wirklich hervorragende Arbeit geleistet. Ich werde dafür sorgen, dass Ihr Einsatz gebührende Anerkennung findet.« Bevor Brokat etwas sagen konnte, legte Vonderschmitt auf.

Brokat fluchte laut. Irgendwie gelang es seinem Chef immer, das letzte Wort zu behalten. Vielleicht war das auch ein Grund dafür, dass Vonderschmitt bei der Polizei ein hohes Tier und er nur der Laufbursche war, der sich immer wieder die Finger schmutzig machte.

Was hatte es mit dem Geständnis auf sich? Hatte er womöglich mit seiner Annahme falschgelegen, Lorsbach sei zu einem planvoll ausgeführten Mord nicht fähig? Er musste noch einmal mit ihm reden.

Das war gar nicht so einfach, denn Lorsbach saß in U-Haft, und Brokat brauchte für einen Besuch die Genehmigung des Staatsanwalts. Damit wuchs natürlich die Gefahr, dass Vonderschmitt von der Sache Wind bekam. Aber dieses Risiko musste er eingehen.

Er griff zum Telefon und wählte die Nummer des zuständigen Staatsanwalts Sebastian Klemm. Mit diesem konnte er es gut, und so war es relativ einfach, eine Besuchserlaubnis noch für denselben Tag zu bekommen. Brokat gelang es sogar, Klemm davon zu überzeugen, dass Vonderschmitt von dem Termin zunächst nichts erfahren musste: »Wissen Sie, ich will das Geständnis nur noch einmal im Licht der uns vorliegenden Fakten überprüfen. Wenn ich nichts Auffälliges finde, müssen wir ja hier nicht alle Pferde scheu machen.«

»Gut, einverstanden«, seufzte Klemm. »Ich weiß zwar nicht so recht, was das jetzt noch bringen soll, aber fahren Sie in Gottes Namen hin.«

Erleichtert nahm Brokat erneut den Hörer in die Hand und vereinbarte für den Abend einen Besuchstermin in der JVA in Ossendorf.

***

Auf dem Flur traf Ann-Kathrin Petersen Mato Maric. Es war halb acht, und er war auf dem Weg nach Hause. Er verabschiedete sich höflich, aber, wie sie fand, auch ein wenig distanziert. Petersen seufzte. Sie hatte geahnt, dass es nicht einfach würde, von ihren neuen Kollegen für voll genommen zu werden. Schließlich war sie fast noch Berufsanfängerin und obendrein auch noch eine Frau. Ihr war bewusst, dass die Arbeit bei der Kripo in den Augen vieler Vorgesetzter immer noch eine Männerdomäne war. Und irgendwie hatte sie ihren Chef im Verdacht, dass auch er daran in naher Zukunft nichts ändern wollte. Wahrscheinlich war er von ihrer Anstellung wenig begeistert.

Eigentlich sollte sie genügend Selbstbewusstsein besitzen, um ihn von ihren Fähigkeiten zu überzeugen. Erneut seufzte sie. Seit jenem katastrophalen nächtlichen Einsatz kurz nach der Übernahme in den regulären Polizeidienst war ihr Selbstvertrauen nur noch gespielt. In Wirklichkeit war sie ein Schatten ihrer selbst; denn sie hatte Angst, dass sich das, was in jener Nacht passiert war, wiederholen könnte. Dann wäre ihre Karriere zu Ende, bevor sie richtig begonnen hatte.

So wie Maric, den sie persönlich ausgesprochen sympathisch fand, verhielten sich auch die anderen – höflich, aber neutral. Lediglich Niko Kunert bildete eine Ausnahme. Er war nett zu ihr, schon fast ein wenig zu nett. Momentan war sie allerdings nicht gut auf ihn zu sprechen; denn er hatte ihr gerade – mehr oder minder im Vorübergehen – alle Akten zum Fall Jürgens auf den Tisch geknallt. Dabei hatte er sie beauftragt, das Material noch einmal durchzugehen. Brokat wünsche das so, und er selbst habe mit dem Russenmafia-Fall schon genug am Hals.

Petersen war sauer. Sie hatte eigentlich vorgehabt, nach der Arbeit mit einer Freundin ins Kino zu gehen. Jetzt würde sie mindestens bis zehn über den Akten sitzen. Sie zwang sich dazu, sich auf die Arbeit zu konzentrieren. Sorgfältig arbeitete sie noch einmal alle Zeugenaussagen durch.

Wirklich beliebt war Jürgens als Chef anscheinend nicht gewesen. Einhellig bezeichneten ihn seine Mitarbeiter als streng, fast schon autoritär und in seinen Äußerungen häufig verletzend. Daraus alleine ließ sich jedoch sicherlich kein Mordmotiv ableiten. Von den zwölf Mitarbeitern der Kanzlei hatten acht für die Tatnacht kein eindeutiges Alibi, darunter Peter Huber sowie Kai van Nelsen und sein Kollege Robert Heilmann, die Lorsbach vor der Kanzlei gesehen hatten. So richtig als Täter konnte sie sich von den Mitarbeitern dennoch keinen vorstellen. Huber noch am ehesten, der hatte auf Brokat einen sehr nervösen Eindruck gemacht. Andererseits schadete der Tod von Jürgens der Kanzlei eher, als dass er ihr nützte. Aber möglicherweise hatte Huber noch ein anderes Motiv? Oder Jürgens' Frau Martha? Vielleicht wollte sie sich für die andauernden Seitensprünge ihres Mannes rächen? Und dazu die, wie Ann-Kathrin Petersen aus den Unterlagen wusste, nicht unerhebliche Summe aus der Lebensversicherung ihres Gatten kassieren.

Aber würde eine Frau eine solche Waffe für einen Mord wählen? Wenn man die Technik beherrschte, war es sicherlich auch für eine Frau kein Problem, mit einem Katana umzugehen. Die allgemein vorherrschende Annahme, dass ein Samurai-Schwert eine typische Männerwaffe war, musste nicht zwingend zutreffen. Schließlich kam es immer auf den konkreten Fall und das Motiv an.

Als Nächstes nahm sie sich den Bericht der Spurensicherung vor. Aus der Übersicht der Fakten, die Kunert mit seinem Computerprogramm erstellt, danach ausgedruckt und am Whiteboard aufgehängt hatte, wusste sie, dass Lorsbachs Fingerabdrücke in Jürgens' Büro gefunden worden waren – sogar gleich an mehreren Stellen. Sie konnten allerdings auch von seinem Besuch am Donnerstag stammen. An Jürgens' Kleidern konnten keine brauchbaren Fingerabdrücke nachgewiesen werden. Sie sah sich die gestochen scharfen Bilder des toten Jürgens an. Die Schriftzeichen auf dem linken Handgelenk waren mit wasserfester Tusche in Kanji-Schriftzeichen ausgeführt worden, in einer von drei in Japan gebräuchlichen Schriften. So hatte es ihnen der Experte vom Museum für Ostasiatische Kunst in Köln erklärt, den sie hinzugezogen hatten. Da die Kanji-Schriftzeichen als eigenständige Logogramme meist den ganzen Wortstamm abbildeten, ließen sich so mit wenigen Schriftzeichen komplexe Begriffe darstellen – wie in diesem Fall das Wort »Gerechtigkeit«.

Petersen stutzte. War es wirklich denkbar, dass jemand, der unter Alkoholeinfluss in blinder Wut einen brutalen Mord beging, sich danach hinsetzte und in aller Ruhe mit Tusche ein japanisches Schriftzeichen auf Jürgens' Handgelenk zeichnete? Nein, das konnte sie sich beim besten Willen nicht vorstellen.

Sie schlug den Bericht auf, in dem, wie sie sich erinnerte, der Name des Kampfsportstudios stand, das Nick Lorsbach regelmäßig besuchte. Kurz darauf war sie mit dem Geschäftsführer des »Shonen Kendo Club« in Mülheim verbunden. Ja, Nick Lorsbach sei langjähriges Mitglied im Club, erklärte er. Auf ihre

Frage nach seiner Einstellung zum japanischen Schwertkampf fiel ihm zuerst nichts ein. Nach kurzem Nachdenken antwortete er, dass es Lorsbach, so wie er ihn einschätze, vor allem um das Kämpfen und den Spaß dabei gehe. Ein Interesse an Bushidō, der Philosophie der Samurai, habe er bei ihm nicht feststellen können.

Die bisherige Annahme, dass Lorsbach mit dem Kanji-Schriftzeichen mehr Aufmerksamkeit auf sich lenken oder eine Art persönliche Unterschrift hinterlassen wollte, war somit nicht stichhaltig. Warum sollte jemand, der sich offenbar überhaupt nicht für die östliche Kultur und Philosophie interessierte, ausgerechnet eine komplizierte Kalligrafie wählen?

Nein, sie musste anders denken. Was wäre, fragte sie sich, wenn das Schriftzeichen und das Schwert eine Einheit bildeten? Und zusammen eine Botschaft darstellten – an die Polizei oder auch an jemand anderen? Wenn das so war, konnte dies nur als Teil eines komplexen Plans gedeutet werden. Und das wiederum würde bedeuten, dass Brokat mit seinen Zweifeln an der Täterschaft Lorsbachs recht gehabt hatte.

Sie griff zum Telefon und wählte erst Kunerts und dann Brokats Nummer. Aber bei beiden meldete sich nur die Mailbox.

***

Die Fahrt zum »Klingelpütz«, wie das berühmt-berüchtigte Gefängnis in Ossendorf im Volksmund genannt wurde, in dem einst auch Ulrike Meinhof und Andreas Baader eingesessen hatten, war ein echter Höllenritt. Der Spätsommer musste endgültig beschlossen haben, sich zu verabschieden. Es goss so stark, dass die Scheibenwischer von Brokats altersschwachem Volvo asthmatisch rüttelten, ohne jedoch eine wirkliche Wirkung zu erzielen.

Bevor der Kommissar gegen acht den Besucherraum betrat, gab er sein Handy wie vorgeschrieben bei dem Beamten an der Anmeldung ab.

Nick Lorsbach sah schlecht aus. Sein Gesicht war eingefallen, und er hatte Ringe unter den Augen. Wahrscheinlich litt er unter

Schlaflosigkeit. Wie erwartet machte er alles andere als einen gesprächsbereiten Eindruck.

»Können Sie mich nicht in Ruhe lassen? Ich habe ein Geständnis abgelegt. Was wollen Sie denn noch?«

»Genau darüber wollte ich mit Ihnen sprechen«, erwiderte Brokat.

»Wieso das denn? Es steht doch alles im Protokoll. Es war genauso, wie Sie es vermutet haben. Ich war betrunken, hatte einen fürchterlichen Hass auf Jürgens und habe deshalb im Haus auf ihn gewartet. Als er kam, habe ich ihn getötet.«

»Wann war das genau?«

»Keine Ahnung. Mann, ich war völlig blau und durchgeknallt. Da guckt man doch nicht ständig auf die Uhr.«

»Wie genau haben Sie Jürgens getötet?«

»Mit einem Samurai-Schwert, das wissen Sie doch schon.«

»Mit einem von Ihren Schwertern?«

»Ja, natürlich, mit welchem denn sonst?«

»Und wieso haben Sie dann die ganze Zeit geleugnet, dass die Tatwaffe Ihnen gehört?«

Nick Lorsbach antwortete nicht.

»Wie haben Sie das Schwert transportiert?«, wollte Brokat wissen.

»Ich habe für das Training immer ein oder zwei Übungsschwerter in meiner Sporttasche«, antwortete Lorsbach.

»Und an diesem Abend? Haben Sie die Tasche mit zu Jürgens genommen?«

Lorsbach gab keine Antwort.

Brokat fuhr ungerührt fort. »Wo standen Sie, als Sie Jürgens angegriffen haben?«

»Das habe ich doch schon dem Untersuchungsrichter gesagt. Ich stand hinter der Tür und bin ihm gefolgt.«

»Wohin?«

»Das weiß ich nicht mehr genau. Ich bin ihm nachgegangen, bis er gestolpert ist. Dann habe ich auf ihn eingeschlagen.«

Brokat sah ihn an. »Herr Lorsbach, was ist an dem Abend wirklich passiert?«

Lorsbach sah zu Boden. Er wirkte nicht mehr aggressiv, eher

schon verzweifelt. »Ich kann mich nur noch erinnern, dass ich zur Kanzlei gefahren bin. Ich weiß nicht, ob mit oder ohne Tasche. Der Rest des Abends ist weg – absoluter Blackout. Irgendwann bin ich dann zu Hause aufgewacht, weil ich einen total trockenen Hals hatte, was häufiger vorkommt, wenn ich ordentlich einen tanke.« Er sah auf. »Später habe ich nachgesehen – die Sporttasche war leer. Und die Schwerter sind weg. Also muss ich es getan haben. Jedenfalls bin ich in der festen Absicht zu Jürgens gefahren, ihn umzubringen.«

»Haben Sie das so auch dem Untersuchungsrichter gesagt?«

»Nein, wohl nicht. Zumindest habe ich nicht erwähnt, dass ich einen totalen Filmriss hatte.«

»Aber warum nicht? Selbst wenn Sie den Mord wirklich begangen haben, würde das eventuell strafmildernd wirken.«

»Ich weiß aber gar nicht, ob ich das will. Wenn ich einen Menschen getötet habe – und davon muss ich ausgehen –, wird es doch nicht besser, wenn ich davor gesoffen habe. Eigentlich ist das sogar noch schlimmer.«

Brokat empfand zunehmend Zweifel. Woher kam diese plötzliche Reue? Auch wenn Lorsbach möglicherweise wirklich so betrunken gewesen war, dass er einen Blackout hatte, wirkte das Geständnis angesichts seines bisherigen Verhaltens unglaubwürdig. Er nahm einen neuen Anlauf.

»Erklären Sie mir bitte doch noch einmal, wieso Sie an diesem Abend so wütend waren. Von der Beziehung zwischen Katharina Lenz und Jürgens wussten Sie doch schon länger.«

Lorsbach zögerte etwas, bevor er antwortete: »Es war wegen Katharina. Er hat sie am Nachmittag noch mal angerufen und wollte eine Aussprache. Und sie hatte tatsächlich vor, hinzugehen. Da bin ich ausgerastet. Ich habe sie beschimpft, bis sie abgehauen ist – und dann habe ich angefangen zu trinken.«

»Sie hat Sie besucht?«, fragte Brokat.

»Sie meinen Katharina, hier im Gefängnis?«

»Ja. Was wollte sie denn?«

»Na ja, wissen, wie es mir geht.« Lorsbach brach ab.

»Was haben Sie denn? Erzählen Sie mir bitte, wie der Besuch verlaufen ist.«

»Irgendwie merkwürdig. Ich dachte, dass sie mich trösten würde. Schließlich geht es mir wirklich ziemlich dreckig. Stattdessen hat sie mich ausgefragt.«

»Worüber?«

»Woran ich mich noch erinnern kann an diesem Abend.«

»Und was haben Sie ihr gesagt?«

»Ich bin wütend geworden. Hey, schließlich ist sie schuld daran, dass ich mich an diesem Abend habe vollaufen lassen.«

»Und wie hat sie reagiert?«

Lorsbach kratzte sich hinter dem Ohr. Er zögerte einen Moment, bevor er antwortete: »Ganz komisch. Sie ist überhaupt nicht darauf eingegangen, sondern hat mich angemacht und beschuldigt, dass ich Jürgens' Leben und das seiner Familie zerstört hätte – und ihres noch dazu. Und dann hat sie noch gesagt, dass ich nicht zum ersten Mal im Suff gewalttätig geworden bin und deswegen eigentlich vorgewarnt sein müsste.«

»Das hört sich ja fast so an, als hätte sie Sie des Mordes bezichtigt?«

»Sie hat gesagt, sie ist davon überzeugt, dass ich Jürgens getötet habe.«

»Und wie haben Sie das aufgenommen?«

»Erst war ich ziemlich außer mir. Aber dann bin ich darauf gekommen, dass sie ja irgendwie recht hat.«

»Haben Sie deswegen das Geständnis abgelegt?«

Lorsbach schüttelte den Kopf. »Nein, das hat nichts mit Katharina zu tun. Nur etwas mit mir.« Er sah Brokat an. »Irgendwann muss ich ja mal anfangen, die Verantwortung für den Scheiß, den ich angerichtet habe, zu übernehmen.«

***

Als Brokat das Gefängnis verließ, hatte der Regen aufgehört. Um kurz nach neun war es bereits dunkel. Auf dem Weg zum Auto trat er in eine tiefe Pfütze, sodass seine Socken nass wurden. Er war wütend. Je länger er Lorsbach zugehört hatte, desto weniger glaubte er ihm.

Wollte er ihn zum Narren halten? Oder versuchte er, jemand

anderen zu decken? Wenn ja, konnte das nach dem Stand der Dinge nur Katharina Lenz sein. Was für ein Spiel spielte sie eigentlich? Fast sah es so aus, als wollte sie dieses arme Schwein Lorsbach mit voller Absicht ans Messer liefern. Ihm fiel ihre Begegnung im Fitnessstudio ein. Hatte sie nicht am Ende ziemlich unmotiviert gesagt, dass sie Angst habe, dass ihr Freund Jürgens ermordet habe? Im Lichte dessen, was er eben erzählt hatte, hörte sich das kaum mehr nach echter Besorgnis an. Eher erschien es ihm jetzt, als wollte sie allen einreden, einschließlich Lorsbach selbst, dass er der Mörder war.

Nur warum? Wusste sie etwas, was sie bisher verschwiegen hatte? Oder wollte sie gar von sich ablenken, weil sie Jürgens selbst getötet hatte? Die Kraft dazu hatte sie wahrscheinlich.

Auch das Telefonat an Jürgens' Todestag und eine mögliche Verabredung in der Kanzlei nach dem Empfang passten dazu. Aber was für ein Motiv sollte sie gehabt haben? Sie und Jürgens hatten einige Wochen Spaß zusammen im Bett. Danach war Schluss. Jürgens wollte das nicht akzeptieren. Aber war das ein Grund für einen Mord?

Brokat brummte der Kopf. Nicht zuletzt war er wütend auf sich selbst. Wie eingeengt hatten sie die Ermittlungen von Anfang an geführt! Und damit auch noch Vonderschmitt in die Hände gespielt, der mit einem schnellen Ermittlungserfolg zwei Fliegen mit einer Klappe schlagen konnte: zum einen die Kompetenz des Polizeiapparates nach dem aufsehenerregenden Mord an einem Kölner Prominentenanwalt demonstrieren und zum anderen seine eigene Karriere fördern. Brokat fluchte. Bisher war in diesem Fall so gut wie alles schiefgelaufen.

Er wollte gerade den Motor anlassen, als sein Handy summte – eine SMS von Ann-Kathrin Petersen mit der Bitte um Rückruf. Was wollte sie denn um diese Zeit noch von ihm? Eigentlich war doch Kunert ihr Babysitter. Er überlegte kurz, ob er zurückrufen sollte, entschied sich aber, erst etwas essen zu gehen. Er fuhr ins »Maifeld« am Simarplatz in Neuehrenfeld, gegenüber der Sankt-Peter-Kirche.

Das Essen in dem Eckrestaurant war einfach, aber gut. Er wählte den Ziegenkäse im Brik-Teig und anschließend das Rotbarschfilet. Gerade hatte er den Espresso danach ausgetrunken, als sein Handy klingelte. Ihm fiel ein, dass er Petersen noch nicht zurückgerufen hatte. Die Nummer im Display war jedoch die seines Assistenten.

»Chef, du musst sofort kommen«, sagte Kunert, hörbar außer Atem.

»Was ist passiert?«

»Wir haben wieder eine Leiche.«

»Was heißt das?«

»Der Mörder von Jürgens hat erneut zugeschlagen.«

»Wieso denkst du, dass es derselbe Täter ist?«

»Der Mann ist erstochen worden, wahrscheinlich ebenfalls mit einem Samurai-Schwert. Und wir haben bei ihm das gleiche Schriftzeichen gefunden wie bei Jürgens.«

»Auf dem Arm?«

»Nein.«

»Wo dann?«

»Er hat das Zeichen auf dem Bauch. Der Mörder hat es ihm in die Haut tätowiert.«

6

Es war, als ob er so etwas wie ein Déjà-vu erlebte. Als er die schicke Altbauwohnung im Nobelstadtteil Marienburg betrat, hatte Niko Kunert kurz den Eindruck, den ermordeten Jürgens ein zweites Mal vor sich liegen zu sehen. Der Tote auf dem Boden war etwa genauso groß. Er lag auf dem Rücken. Wie Jürgens trug er eine Anzughose und ein weißes Hemd, das vorne offen stand. Die größte Ähnlichkeit zeigte sich jedoch im Gesicht: kurz geschnittene graue Haare und ein eckig wirkendes, markantes Profil. Erst auf den zweiten Blick bemerkte Kunert Ungleichheiten: Der Tote hatte nicht die muskulöse Figur von Jürgens, sondern war deutlich rundlicher. Der auffälligste Unterschied war jedoch ein anderer: In der nackten Brust des Toten steckte diesmal kein Schwert. Dafür prangte auf dem nackten Bauch ein etwa zwanzig Zentimeter großes Tattoo. Obwohl das Bild nur stilisiert war, konnte man deutlich erkennen, dass es ein Schriftzeichen darstellte. Um die Stelle herum war die Haut teilweise angesengt und geschwärzt. Direkt darüber waren drei Stichwunden zu sehen, eine auf Brusthöhe und zwei im Bauchraum. Die Blutlache hatte auf dem Wohnzimmerparkett gezackte rotbraune Flecken hinterlassen. Eine Waffe konnte Kunert nicht entdecken.

Je länger er auf den Toten starrte, desto bekannter kam er ihm vor – und das nicht wegen der Ähnlichkeit mit Jürgens. Plötzlich wusste er, wer da vor ihm lag.

»Das ist doch …«, stammelte er fassungslos.

»… Patrick Morgenstern, der Schauspieler«, ergänzte Berschke, der mit wehenden Haaren und seinem unvermeidlichen Koffer herbeigeeilt kam.

Patrick Morgenstern hatte sich eine beachtliche Popularität als Serienheld in verschiedenen Fernsehreihen erworben. Mit seinen sechzig Jahren gab er glaubhaft den charakterfesten Krankenhaus-Chefarzt genauso wie den seriösen Geschäftsmann oder den konfliktererprobten Familienvater. Mit diesen

Rollen hatte er erst in Vorabendserien, später auch in beliebten Familienformaten zur besten Sendezeit reüssiert. In letzter Zeit war es allerdings ruhiger um ihn geworden, sodass immer mehr Stimmen munkelten, er sei auf dem absteigenden Ast. Den Kölnern war Morgenstern nicht zuletzt als Theaterschauspieler und Charakterkopf am Schauspielhaus bekannt. Kunert fand, dass er gut spielte, mochte ihn aber persönlich nicht. Er erinnerte sich an eine Talkshow, die er vor einigen Monaten gesehen hatte, in der er ihn ziemlich eingebildet und abgehoben fand.

Nun war Morgenstern tot. Offensichtlich war er ermordet worden, eine Tatsache, die Kunerts Chefs überhaupt nicht gefallen würde. Damit hatte es innerhalb kürzester Zeit den nächsten Kölner Prominenten getroffen. Und das bedeutete Ärger, zumal klar war, dass der verhaftete Lorsbach nicht der Täter sein konnte. Presse und Öffentlichkeit würden sich nach dem zweiten Mord wie die Geier auf den Fall stürzen. Flüchtig kam Kunert der Gedanke, ob sich ein Verrückter das Ziel gesetzt haben könnte, die nicht unerhebliche Zahl an Kölner Prominenten (oder solchen, die sich dafür hielten) gewaltsam zu dezimieren.

»Können Sie schon etwas zur Todesursache sagen?«, fragte er Berschke.

Der Rechtsmediziner sah ihn gereizt an. »An dem Tattoo ist er jedenfalls nicht gestorben. Ich bin gerade erst angekommen. Ein wenig Zeit müssen Sie mir schon geben. Oder will die Mordkommission, um die Ermittlungen zu beschleunigen, jetzt auch noch die Todesursache selbst bestimmen?«

Kunert trat einige Schritte zurück, sodass sich Berschke an die Arbeit machen konnte. Derweil sah er sich in der Wohnung um. Morgenstern hatte sie – so viel konnte man auf den ersten Blick erkennen – luxuriös, aber geschmackvoll eingerichtet. Angesichts der Lage in der Marienburger Straße im gleichnamigen Stadtteil war Ersteres auch kein Wunder. Schon bei der Anfahrt war Kunert aufgefallen, dass es sich hier wie bei Jürgens um eine piekfeine Wohngegend handelte. In den vornehmen Altbauten entlang breiter Alleen mit hohen, alten Bäumen wohnte eine ganze Reihe von Kölner Prominenten wie der Entertainer Harald Schmidt oder der BAP-Sänger Wolfgang Niedecken. Kunert dachte daran, dass es von hier aus kaum mehr als vier Kilometer Luftlinie nach Hahnwald waren, wo die Villa von Hendrik Jürgens stand.

Eine ältere Frau, die plötzlich in der offenen Haustür stand, riss ihn aus den Gedanken.

»Sie sind die Nachbarin, die uns angerufen hat?«, fragte er.

»Solveigh Wittgenstein«, stellte sich die in einem vornehmen, aber altmodisch geschnittenen Kostüm gekleidete Frau vor. Sie wirkte erstaunlich gefasst, als sie die Umstände erklärte, unter denen sie den Schauspieler in seiner Wohnung gefunden hatte. »Wir waren um neun zu einem Glas Wein bei mir verabredet. Als er um zehn immer noch nicht da war, habe ich mich gewundert. Patrick ist sonst immer pedantisch pünktlich. Ich habe dann an der Tür geklopft und nach ihm gerufen. Als er immer noch nicht reagierte, bin ich in die Wohnung gegangen.«

»Sie haben einen Schlüssel?«, wunderte sich Kunert.

»Natürlich. Patrick war viel unterwegs. Deshalb bat er mich, in seiner Abwesenheit nach dem Rechten zu sehen.«

Kunert konnte sich annähernd vorstellen, was sie damit meinte, sagte jedoch nichts.

»Hätte er nicht einfach eingeschlafen sein können?«, fragte er.

»Wo denken Sie hin? Patrick geht nie vor zwei ins Bett.«

Während Kunert zuhörte, starrte er immer wieder auf den riesigen Fächer in schreienden Farben, mit dem sie kokett vor ihm herumwedelte. Das kann doch nicht wahr sein, dachte er. Jetzt spielt sie passend zum getöteten Charakterdarsteller die gealterte Diva.

»Ist Ihnen etwas aufgefallen, als Sie die Wohnung betraten?«

Sie erklärte, dass sie Morgenstern so gefunden habe, wie er jetzt daliege, und dann sofort die Polizei gerufen habe.

»Können Sie gleich mit einem Kollegen noch einmal durch die Wohnung gehen und nachsehen, ob etwas fehlt oder anders als sonst ist?«

Solveigh Wittgenstein versprach es.

»Wer kann ihn nur umgebracht haben?«, fragte sie. »Warum tut jemand einer so bedeutenden Persönlichkeit so etwas an?«

Kunert schüttelte den Kopf. »Das wissen wir noch nicht. In welcher Beziehung standen Sie zu Patrick Morgenstern?«

»In gar keiner«, antwortete sie entrüstet. »Mein Mann und ich waren, als wir noch unsere Weinhandlung hatten, mit ihm befreundet. Seit mein Gatte tot ist, trinke ich ab und zu ein Glas Wein mit Patrick, und wir plaudern von den alten Zeiten.«

»Verhielt sich Morgenstern in letzter Zeit anders als sonst? Und zu wem hatte er außerdem noch ein engeres Verhältnis?«

»Nein, er war ganz normal. Patrick hatte zu vielen Menschen Kontakt. Das brachte sein Beruf mit sich. Schließlich war er hier in Köln eine Institution, fast schon ein Denkmal.«

Kunert fand, dass Brokat erstaunlich gut gelaunt wirkte, als er kurze Zeit später am Tatort ankam.

»Ich habe Vonderschmitt aus dem Bett geklingelt«, erzählte er, nachdem er sich die Leiche angesehen hatte. »Mit dem zweiten Mord sind wir wieder im Geschäft. Wir sollen jetzt sogar mit höchster Priorität ermitteln. Die Russenmafia sind wir erst einmal los.« Brokat lachte schadenfroh. »Vonderschmitt ist ziemlich bedrückt, dass die Festnahme Lorsbachs so in die Hose gegangen ist. Und nach dem Tod von Morgenstern wird er noch mehr Druck bekommen. Wir sollen jetzt auch noch Verstärkung bekommen. Lorsbach wird übrigens morgen früh freigelassen.« Er erzählte Kunert von seinem Besuch in der JVA Ossendorf.

Kunert sah zur Wohnungstür, an der immer noch Solveigh Wittgenstein stand und keine Anstalten machte, zu gehen. »Was ist denn noch?«, fragte er.

»Mir ist eingefallen, dass Patrick häufig Damenbesuch hatte. Meistens junge Frauen und immer wechselnde.« Sie sah ausgesprochen missbilligend aus, als sie das sagte, schien aber nicht mehr darüber zu wissen.

Nachdem Brokat ihr versichert hatte, dass sie jetzt eine wichtige Zeugin der Polizei sei und deswegen mit niemandem über den Mord an Morgenstern sprechen dürfe, trat die neugierige Nachbarin schließlich den Rückzug an.

»Das Türschloss scheint unbeschädigt zu sein. Das legt nahe, dass Morgenstern seinen Mörder selbst hereingelassen hat.«

Brokat sah zur Leiche und zu Berschke hin, der aufgestanden war und mit den Männern von der Spurensicherung sprach, die kurz vor Brokat eingetroffen waren.

»Wir müssen herausbekommen, was es mit dem Samurai-Schwert und dem Schriftzeichen auf sich hat«, erklärte Brokat.

»Meinst du wirklich, dass wir es hier ebenfalls mit einem Katana zu tun haben?«, fragte Kunert.

»Da bin ich mir fast sicher. Ich habe vorhin mit Petersen telefoniert. Sie hat versucht, etwas über die Samurai und die Bedeutung des Schriftzeichens herauszubekommen.«

»Aber was will er uns sagen?«

»Ich weiß es nicht. Vielleicht hat das Schriftzeichen ja auch eine symbolische Bedeutung. In jedem Fall muss es eine Beziehung zwischen Jürgens und Morgenstern geben, die uns vielleicht zum Mörder führt.«

Berschke kam zu ihnen. »Erst macht ihr viel Wind, und dann wollt ihr gar nicht mehr wissen, wie Morgenstern gestorben ist«, meinte er schlecht gelaunt.

»Natürlich brennen wir auf deine Erkenntnisse«, sagte Brokat. »Was kannst du uns sagen?«

Berschke wirkte etwas besänftigt, als er antwortete. »Morgenstern ist mit ziemlicher Sicherheit zwischen acht und neun gestorben. Der Mörder hat von vorn dreimal auf ihn eingestochen. Zweimal hat er den Bauchraum getroffen, der letzte Stich ging vermutlich ins Herz.«

»Was kannst du uns zur Tatwaffe sagen? Könnte es wieder ein Katana gewesen sein?«

»Sehr gut möglich. Die Stichwunden sind auffällig groß. Das deutet auf eine sehr lange und breite Klinge hin. Mehr kann ich erst nach der Obduktion sagen, wenn wir den Stichkanal genauer untersucht haben. Leider hat die Spurensicherung in der Wohnung bisher nichts gefunden, was als Tatwaffe in Frage kommt.«

»Warum hat er dann beim ersten Mord die Waffe dagelassen und so auffällig arrangiert?«

Berschke schüttelte den Kopf. »Keine Ahnung, und ich bin froh, dass es nicht mein Job ist, das herauszufinden.«

»Was kannst du uns zum Tattoo sagen?«, wollte Brokat wissen.

»Das Zeichen ist eindeutig das gleiche wie bei Jürgens – da gibt es keinen Zweifel. Ansonsten ist mein Eindruck, dass der Mörder in großer Eile und ziemlich stümperhaft gearbeitet hat.«

»Woher willst du das wissen?«

»Weil die Linien immer wieder verlaufen und das Tattoo voller blauer Flecke und Abschürfungen ist.«

»Das kann aber auch daran liegen, dass sich Morgenstern gewehrt hat«, wandte Brokat ein.

»Das glaube ich nicht«, erwiderte Berschke. »Ich gehe eher davon aus, dass er da schon tot war. Es gibt weder Hinweise auf einen Kampf noch darauf, dass Morgenstern gefesselt war. Endgültig wird das die Obduktion zeigen.«

»Warum dieses Mal eine auffällige Tätowierung auf dem Bauch?«, wollte Kunert wissen. »Wieso ändert er seine Vorgehensweise?«

Brokat sah ihn düster an. »Weil er selbstbewusster geworden ist – und ungeduldig. Er will, dass wir seine Botschaft verstehen. Die Zeit des Versteckens ist vorbei, jetzt sucht er unsere Aufmerksamkeit.« Er zögerte kurz. »Es kann aber noch etwas anderes bedeuten.«

»Was denn?«

»Dass er vorhat, weiterzutöten.«

***

Am frühen Dienstagnachmittag hatte sich das Team zu einer Lagebesprechung versammelt. Der Morgen war damit vergangen, dass sie mögliche Zeugen in der Nachbarschaft befragt und Spuren gesichert hatten. Die Kollegen von der Spurensicherung hatten mehr oder minder durchgearbeitet und jede Ecke der Wohnung durchkämmt. Gegen sieben waren sie schließlich abgerückt. Um zehn war Vonderschmitt mit den zwei Kollegen, die das Team ab sofort verstärken sollten, in Brokats Büro erschienen.

Sie saßen um den großen ovalen Tisch im Besprechungszimmer. Kunert hatte für die Neuen, die aus der Kriminalinspektion 1 in Bonn vorübergehend abgestellt waren, zusätzliche Stühle aus dem benachbarten Büro geholt. Auch wenn ihre Nachnamen an das berühmte amerikanische Komikerpaar erinnerten, wirkten Jan Langel und Frank Hardy nicht im Geringsten vertrottelt, sondern machten auf ihn einen kompetenten und erfahrenen Eindruck. Auch Christian Schmid wirkte zum ersten Mal seit Tagen wieder etwas entspannter. Nicht so Brokat, der unruhig wie ein Tiger im Käfig um den Tisch herumlief und den anderen die Stimmung verdarb. Dabei hatte Mato Maric sogar Kaffee gekocht und Ann-Kathrin Petersen Kuchen beim Traditionsbäcker Schlechtrimen auf der Kalker Hauptstraße geholt. Alle sahen demonstrativ auf ihre Teller, während Brokat anscheinend Selbstgespräche führte und dabei weiter seine Runden drehte.

»Soweit wir wissen, hatte außer Solveigh Wittgenstein und dem Hausverwalter niemand einen Schlüssel zur Wohnung. Also hat Morgenstern seinem Mörder wohl selbst geöffnet. Die Attacke muss für ihn überraschend gekommen sein, denn es gibt keine Hinweise darauf, dass er sich gewehrt hat. In jedem Fall war der Mord geplant, denn der Täter hatte neben der Tatwaffe auch eine Ausrüstung zum Tätowieren dabei.«

Er blieb stehen und sah seine Mitarbeiter an. »Die ähnliche Ausführung der Morde an Jürgens und Morgenstern legt nahe, dass es sich um denselben Täter handelt. Allerdings gibt es auch Unterschiede: Der Mörder hat die Tatwaffe dieses Mal mitgenommen. Und statt der sorgfältig ausgeführten Kalligrafie auf dem Unterarm hat er eine eher hässliche Tätowierung auf dem Bauch hinterlassen. Aber es ist eindeutig das gleiche Kanji-Schriftzeichen.«

Brokat nahm die Wanderung um den Tisch wieder auf. In diesem Moment erinnerte er Petersen an ein Raubtier, das seine Beute umkreiste – langsam, leise, aber unaufhaltsam. Sie fragte sich, wie ihre Kollegen ihren Chef wohl sahen. Bei Gelegenheit würde sie Kunert danach fragen. Brokat redete weiter und riss sie aus den Gedanken.

»Uns bleibt keine Wahl. Wir müssen jetzt mit dem zweiten Mord an die Öffentlichkeit gehen. Die Medien werden sich wegen der Prominenz der beiden Opfer an dem Fall festbeißen. Und uns gehörig Dampf machen. Wir stehen also unter Zeitdruck. Und das umso mehr, als der Mörder jederzeit wieder zuschlagen kann. Also, was wissen wir bisher über Morgensterns Tod?«

Kunert nahm den Faden auf. »Leider sehr wenig. Wir haben alle Nachbarn befragt. Niemand hat gestern Abend eine fremde Person gesehen, die in der fraglichen Zeit das Haus betreten hat. Die Nachbarn sagen einhellig aus, dass Morgenstern selten zu Hause war, was bei seinem Beruf auch kaum verwunderlich ist. Außerdem gilt er als ausgesprochen arrogant. Kaum, dass er mal gegrüßt hat. Außer zu Solveigh Wittgenstein, die früher tatsächlich einmal eine bekannte Opernsängerin war, hat er anscheinend zu niemandem in der Nachbarschaft engeren Kontakt gehabt.«

Petersen hob die Hand. »Auf den Obduktionsbericht warten wir noch. Und den vorläufigen Bericht der KTU bekomme ich gleich.«

»Warum dauert das so lange?«, wollte Brokat wissen.

Sie blieb ruhig. »Tut mir leid. Ich habe schon gedrängt. Die Kollegen tun ihr Möglichstes.«

Brokat sah sie an, sagte jedoch nichts.

Ann-Kathrin Petersen räusperte sich. »Mir ist noch etwas aufgefallen.«

»Was denn? Hat Kunerts Computerprogramm noch einen Allgemeinplatz ausgespuckt?«, fragte Brokat gereizt.

»Nein, aber ich habe etwas über die Samurai gefunden«, meinte sie trotzig. Sie schlug ein Buch auf und begann zu lesen: »Bushidō ist der Kodex jener moralischen Grundsätze, welche die Ritter beachten sollten. Es ist kein in erster Linie schriftlich fixierter Kodex; er besteht aus Grundsätzen, die mündlich überliefert wurden. Es ist ein Kodex, der wahrhafte Taten heiligspricht, ein Gesetz, das im Herzen geschrieben steht.«

»Und was hat dieser geschwurbelte Unsinn mit unserem Fall zu tun?«

Petersen blieb ruhig. »Bushidō war der Ehrenkodex der Samurai. Sozusagen ihre Bibel. Und die ersten von sieben Tugenden, die die Samurai zu befolgen hatten, waren Aufrichtigkeit und Gerechtigkeit.«

»Sind die Samurai als japanischer Kriegeradel nicht mit dem Ende des Mittelalters ausgestorben?«, fragte Maric.

»Aber das Gedankengut des Bushidō ist auch im heutigen Japan noch fest verankert. Das wird in dem Buch ›Bushido‹ von Inazō Nitobe, einem allgemein anerkannten Werk, eindeutig festgestellt.« Sie schwieg einen Moment. Als ihr niemand widersprach, fuhr sie fort: »Was ist, wenn sich der Mörder aus irgendeinem Grund als Samurai sieht und deren Kodex befolgt?«

»Aber dann müsste er doch selbst Japaner sein. Oder zumindest eine enge Beziehung zur japanischen Kultur haben«, meinte Kunert skeptisch.

»Vielleicht will der Mörder mit dem Symbol seine Taten legitimieren. Er will uns sagen: Seht her, mir ist Unrecht zugefügt worden. Die Morde waren aus seiner Sicht eine Art ausgleichende Gerechtigkeit und damit notwendig.«

»Also müssen wir im Leben der beiden Toten nach Ungerechtigkeiten suchen, die sie anderen zugefügt haben?«, fragte Maric.

»So ist es«, sagte Petersen. »Und damit ist sicher nicht gemeint, dass sie jemandem mal einen Bleistift geklaut haben.«

***

Auf dem Nachhauseweg in die Südstadt machte Brokat noch einen Abstecher ins Belgische Viertel zu einem kleinen Weinladen in der Antwerpener Straße. Der Laden lag kurz hinter dem Restaurant »sorgenfrei«. In diesem hatte er vor einiger Zeit einmal ein Weinseminar mitgemacht, das ihm in angenehmer Erinnerung geblieben war. Reinhold Berschke hatte sich für den Abend zum Schachspielen angesagt. Der Rechtsmediziner hatte sich seit seinen letzten Frankreichurlauben zu einem Weinkenner entwickelt, und Brokat wollte ihm einen guten Wein anbieten können.

Nach einigem Überlegen entschied sich Brokat für einen 2010er Domaine de Marcé Touraine Sauvignon von der Loire. Er packte die sechs Flaschen in seinen Volvo, den er verbotenerweise vor der Einfahrt gegenüber geparkt hatte. Da sah er ein Stück vor sich eine junge Frau die Antwerpener Straße in Richtung Brüsseler Straße laufen.

Brokat traute seinen Augen nicht. Er sah auf die Uhr. Es war genau acht. Aus einer Eingebung heraus ließ er den Volvo stehen und folgte Katharina Lenz in gebührendem Abstand. Anfangs wechselte er dabei häufiger die Straßenseite und achtete auf Deckung durch Autos oder Bäume. Schon nach kurzer Zeit wurde ihm jedoch klar, dass sie in Eile war und überhaupt nicht daran dachte, sich auch nur einmal umzudrehen. Raschen Schrittes ging sie die Brüsseler Straße entlang, vorbei an der Szenekneipe »Alcazar«, bis sie schließlich den Stadtgarten erreichte. Dort lief sie – immer parallel zur Spichernstraße – weiter durch den Park.

Während ihm die in Kölns ältester Parkanlage zu Hunderten beheimateten Halsbandsittiche die Ohren vollschrien, begann Brokat am Sinn seines Tuns zu zweifeln. Vielleicht machte Katharina Lenz nur einen Spaziergang oder war auf dem Weg nach Hause? Er wollte schon entmutigt umkehren, als sie am Ende des Parks plötzlich rechts in Richtung Ringe abbog. Brokat war sofort wieder bei der Sache, als ihm klar wurde, dass sie geradewegs auf die Anwaltskanzlei von Jürgens zuging. Was hatte sie vor? Wollte sie dort jemanden treffen?

Über diese Überlegungen verlor er für einen Moment die Konzentration. Als er wieder auf die Straße blickte, nahm er gerade noch wahr, wie sie in die Werderstraße abbog. Er sprintete die dreißig Meter bis zur Straßenecke und sah sie in einem Hauseingang verschwinden. Ratlos blieb er stehen. Also wollte sie doch nicht zur Kanzlei. Aber wenn er jetzt schon so weit hinter ihr hergelaufen war, konnte er sich zumindest das Haus ansehen und sie gegebenenfalls zur Rede stellen. Der Gedanke war verlockend, denn er hatte wegen der Sache mit Lorsbach noch ein Hühnchen mit ihr zu rupfen.

Ohne sich weiter zu verstecken, ging er die siebzig Meter bis zum Haus. Es war das einzige alte Gebäude auf dieser Straßenseite, ein schöner vierstöckiger Altbau von der Jahrhundertwende mit hohen Giebeln und einem kleinen Vorgarten. Nachdem er einen kurzen Blick auf die Klingelschilder geworfen hatte, drückte er gegen die Haustür. Sie war nur angelehnt, und Brokat trat ein. Das Treppenhaus war wegen der hohen Kiefer vor der Fensterfront ziemlich dunkel. Er vermied es jedoch, den Lichtschalter zu betätigen. Von oben vernahm er das Geräusch von Schritten.

Leise stieg er die Treppe hoch und behielt dabei die Türschilder im Auge. Im dritten Stock blieb er für einen Augenblick stehen und blickte durch das Fenster nach draußen. Er stutzte. Stand dort auf der anderen Straßenseite nicht Katharina Lenz und sah zu ihm hoch? Plötzlich hörte er eine Diele hinter sich knarren. Ehe er sich umdrehen konnte, bekam er einen heftigen Schlag auf den Hinterkopf. Lautlos brach er zusammen.

***

Zur selben Zeit saß Niko Kunert bei seinem Lieblingsitaliener, dem kleinen Ristorante »Toscanini« in der Südstadt, gegenüber dem »Severinsklösterchen«, wie das Krankenhaus der Augustinerinnen in Köln genannt wurde. Er wartete auf Ann-Kathrin. Nach der Teambesprechung am Nachmittag hatte er sie gefragt, ob sie nicht später mit ihm essen gehen wolle. Erst wirkte sie zögerlich. Deshalb fügte er schnell hinzu, dass sie ja dabei noch einmal den Fall durchsprechen könnten. Am Ende hatte sie zugestimmt.

Über seine Motive für die Einladung war er sich selbst nicht im Klaren. Natürlich wollte er ihr damit auch den Einstieg in den Job erleichtern. Schließlich war er während der Einarbeitungszeit ihr Mentor, und als solcher musste er sich um sie kümmern. Das war jedoch nur die halbe Wahrheit. Die neue Kollegin gefiel ihm ausnehmend gut. Und das nicht nur, weil sie eine offene Art hatte und über eine rasche Auffassungsgabe verfügte. Nein, da war noch mehr. Er fand sie ausgesprochen attraktiv und fühlte sich zunehmend zu ihr hingezogen.

Ihre Ankunft riss ihn aus den Gedanken. Mit ihrer weißen

Bluse, ihren hautengen Jeans und hohen Stiefeln sah sie umwerfend aus. Das Essen verlief nicht ganz so, wie er sich das vorgestellt hatte, was mit Sicherheit nicht an der exzellenten Pasta des Hauses lag. Um die Verlegenheit, die er anfangs verspürte, zu überspielen, war er schnell auf den Fall zu sprechen gekommen. Bald diskutierten sie über das rätselhafte Schriftzeichen.

»Wenn du mit deiner Vermutung recht hast, fordert der Täter Sühne. Er sucht Vergeltung für Ungerechtigkeiten, die seine Opfer jemand anderem zugefügt haben.«

»Wahrscheinlich einer Person, die ihm sehr nahesteht. Vielleicht sogar ihm selbst.«

»Aber warum geht er dann nicht zur Polizei?«, wollte Kunert wissen.

»Womöglich war er ja da, aber ohne Erfolg. Vielleicht kann er die Taten nicht beweisen. Oder die Ungerechtigkeiten, von denen wir reden, sind nicht im strafrechtlichen Sinn relevant.«

»Wie meinst du das?«

»Na ja, möglicherweise ist er von Jürgens oder Morgenstern immer wieder abgewiesen worden. Und irgendwann hat es ihm einfach gereicht.«

»Du denkst, er wollte etwas von ihnen? Etwas, von dem er denkt, dass es ihm zusteht? Geld oder Anerkennung?«

Sie antwortete nicht. Kunert fiel nichts Erhellendes mehr dazu ein, deshalb goss er ihr etwas Wein nach. Ann-Kathrin wirkte auf einmal nachdenklich. Und plötzlich war die Verlegenheit, die am Anfang zwischen ihnen geherrscht hatte, wieder da. Das Schweigen hielt an, und während er an seinem Weinglas nippte, suchte er verzweifelt nach Gesprächsstoff.

»Sag mal, hältst du mich eigentlich für eine gute Polizistin?«, fragte sie unvermittelt.

»Doch, das tue ich«, antwortete er, von der Frage überrascht. »Sicher fehlt dir noch Erfahrung, aber du hast eine gute Kombinationsgabe. Und du weißt, wie man bei einer Ermittlung vorgehen muss.« Er sah sie an. »Aber wieso fragst du? Du hast mir doch erzählt, dass du in deiner Ausbildung immer nur die besten Noten hattest.«

»Was heißt das schon?«, sagte sie verächtlich. »Ich weiß, dass ich schon einmal fürchterlich versagt habe. Und das kann jederzeit wieder passieren.«

»Wie meinst du das?«

Aus ihrem hübschen Gesicht sprach Verbitterung, als sie antwortete: »Wie kann jemand eine gute Polizistin sein, der, sobald er eine Waffe in die Hand nimmt, völlig gelähmt ist? Gelähmt vor Angst, sie auch benutzen zu müssen.«

»Was ist passiert?«, fragte er behutsam.

»Es ist jetzt ungefähr drei Monate her, kurz nach dem Ende meiner Ausbildung. Ich war mit zwei Kollegen im Einsatz. Unser Auftrag war, einen Mann zu verhören, der mit den Drahtziehern eines Bankraubs verwandt war. Mein Chef dachte, dass er möglicherweise etwas über den Überfall wissen könnte. Also eigentlich keine besonders schwierige Aufgabe. Meine Kollegen waren deutlich älter als ich und sehr erfahren. Wir klingelten an der Tür. Der Gesuchte öffnete und schoss ohne Vorwarnung einem meiner Kollegen in den Bauch. Den anderen traf er ins Bein, sodass er ebenfalls zu Boden ging. Ich stand ein Stück hinter den beiden, versteckte mich hinter einem Auto und zog meine Waffe. Der Mann richtete seine Pistole auf den Kollegen, den er ins Bein geschossen hatte. Dieser sah mich an und schrie: ›Schieß doch, um Gottes willen, schieß endlich!‹« Petersen war sehr blass, als sie weiterredete. »Ich bin eigentlich eine gute Schützin. Mir hat das Schießen auf eine Zielscheibe immer Spaß gemacht, und ich hatte nie Probleme damit. Bis zu diesem Tag, an dem ich auf einen echten Menschen schießen sollte.«

Sie schwieg einen Moment. Kunert merkte, dass es ihr schwerfiel, weiterzureden.

»Meine Kollegen waren in Gefahr, und ich musste etwas tun. Aber ich war wie gelähmt. Ich konnte einfach nicht abdrücken. Aber der Verdächtige, der konnte es. Er schoss noch einmal. Gott sei Dank traf er nicht, da sich mein Kollege schnell weggedreht hatte. Der Mann lief an uns vorbei und wollte fliehen. Da zog mein Kollege seine Pistole und schoss ihm liegend von hinten ins Bein. Der Verdächtige blieb blutend auf der Straße liegen und wurde schließlich von mutigen Passanten überwältigt.«

Petersen sah Kunert an. »Der Kollege mit dem Bauchschuss ist bei dem Einsatz schwer verletzt worden und hat nur knapp überlebt. Natürlich gab es eine Untersuchung. Der andere Kollege sagte für mich aus. Er erklärte, das Ganze sei so schnell gegangen und ich hätte so ungünstig gestanden, dass ich einfach nicht zum Schuss gekommen wäre. So kam ich unbeschadet aus der Sache raus. Ich weiß bis heute nicht, warum er gelogen hat. Er hat es mir nie gesagt. Allerdings hat er danach sehr deutlich gezeigt, dass er nicht mehr mit mir zusammenarbeiten will. Wenig später habe ich meine Versetzung nach Köln beantragt.«

Sie sah ihn an. »Ich musste das einfach mal loswerden. Bis heute habe ich es niemandem erzählt. Ich hoffe, ich kann dir vertrauen.«

Kunert wusste nicht, was er sagen sollte, deshalb nickte er einfach.

Als sie kurz danach erklärte, sie wolle jetzt gehen, bot er an, sie nach Hause zu fahren. Sie lehnte ab und ließ sich von der Bedienung ein Taxi rufen. Kunert wartete mit ihr zusammen vor der Tür. Als das Taxi kam, verabschiedete sie sich schnell und ziemlich einsilbig von ihm.

***

Als Brokat wieder zu sich kam, war es draußen dunkel. Seine Armbanduhr zeigte zweiundzwanzig Uhr an. Er hatte fürchterliche Kopfschmerzen, und es dauerte eine Weile, bis sein Erinnerungsvermögen wieder richtig funktionierte. Er hatte Katharina Lenz bis ins Haus verfolgt. Dann plötzlich der Schlag. Kurz zuvor hatte er sie jedoch noch durch das Fenster auf der Straße gesehen. Wie war das möglich? Sie war eindeutig vor ihm in das Gebäude gegangen! Er befühlte seinen Schädel – das würde eine schlimme Beule geben. Vorsichtig versuchte er, sich aufzurichten. Das ging besser als erwartet, obwohl er sich noch etwas wackelig fühlte.

Brokat sah sich um. Im Hausflur war es dunkel und still. Von irgendwo her hörte man leise Musik. Er sah auf das Klingelschild mit der Aufschrift »Lenz«. Er legte das Ohr an die Tür und lauschte. Kein Geräusch kam aus der Wohnung. Er klingelte.

Wie zu erwarten öffnete niemand. Langsam ging er die alte Holztreppe herunter bis ins Erdgeschoss, vorbei an der Eingangstür und weiter durch den Flur zur Rückseite des Gebäudes. Am Ende stieß er auf eine kurze Treppe mit einer weiteren Tür dahinter. Sie war unverschlossen und führte in einen kleinen Garten. Er ging um das Anwesen herum, bis er wieder vorn auf der Straße stand.

Katharina Lenz war also gar nicht nach oben gegangen, sondern hatte das Haus durch den Hintereingang sofort wieder verlassen. Aber warum? Die einzig logische Erklärung war, dass sie ihn bemerkt hatte und nicht mit ihm reden wollte. Allerdings war auch noch jemand anders im Haus gewesen, der nicht gesehen werden wollte. Brokat hatte seine Schritte gehört. Der Unbekannte hatte sich am Treppenaufgang gegenüber von Katharina Lenz' Wohnung versteckt und ihm dann eins über den Schädel gehauen.

Anfangs noch leicht schwankend machte sich Brokat auf den Rückweg zum Weinladen in der Antwerpener Straße. Die frische Luft tat ihm gut, und seine Kopfschmerzen wurden etwas besser. Möglicherweise hatte er ja auch eine Gehirnerschütterung. Er nahm sich vor, morgen früh als Erstes zum Arzt zu gehen. Vielleicht würde er sich ja sogar krankschreiben lassen. So erging er sich in Träumereien über ein paar gemütliche Tage zu Hause, bis er wieder vor dem Weinlokal stand.

Brokat sah sich um. Die Einfahrt, in der er seinen Volvo geparkt hatte, war leer. Was zum Teufel war mit seinem Auto passiert?

Ein junger Mann mit schütterem Haar, der vor dem »sorgenfrei« inbrünstig an einer Zigarette saugte, klärte ihn auf: »Hier hat vorhin so ein armer Irrer seine Karre in der Einfahrt geparkt. Ein Bewohner wollte raus und hat gehupt wie blöd. Irgendwann hat er dann die Polizei gerufen, und die haben den Wagen abschleppen lassen.« Er sah Brokat mitleidig an. »Ich hoffe, das war nicht Ihr Auto. Das wird nämlich teuer.«

Nach einer unfreiwilligen Bahnfahrt mit der Linie 15 vom Friesenplatz zum Chlodwigplatz kam er schließlich um kurz vor Mitternacht im Kartäuserhof an. Mit letzter Kraft schleppte er sich in seine Wohnung im zweiten Stock und schlug die Tür hinter sich zu. Nachdem er sich zehn Minuten auf die Couch im Wohnzimmer gelegt hatte, setzte er sich auf den alten Lehnstuhl und zündete eine Cohiba an. Aber sein Schädel dröhnte immer noch, sodass er den Zigarillo angeekelt wieder ausmachte. Auch auf sein Buch – eine kürzlich erschienene Biografie des argentinischen Revolutionärs Che Guevara, die ihm sein Sohn Alexander geschenkt hatte – konnte er sich nicht konzentrieren.

Er beschloss, wegen der Kopfschmerzen sofort ins Bett zu gehen, als sein Blick auf den blinkenden Anrufbeantworter fiel. Er hörte die Nachricht von Berschke ab. Der hörte sich ziemlich verschnupft an, nachdem er mehr als eine halbe Stunde vergeblich auf Brokat gewartet hatte. Er nahm sich vor, sich am nächsten Tag bei dem Rechtsmediziner zu entschuldigen. Er wollte gerade ins Bad gehen, um zu duschen, als das Telefon läutete. Genervt ging er ins Wohnzimmer zurück. Er nahm ab und hörte Marias vertraute Stimme. Sofort meldete sich sein schlechtes Gewissen. Wie sollte er ihr erklären, warum er sich immer noch nicht gemeldet hatte?

Maria schien seine Befangenheit zu spüren und erzählte von sich. Dass sie vorgestern wieder nach La Ciaccia gefahren sei, um dort noch ein paar Tage am Meer im Haus ihres Freundes Franco zu verbringen. Und dass sie eben in Giuseppes Ristorante eine wunderbare Pasta gegessen hatte und dabei an ihn denken musste. Und dass sie daraufhin spontan beschlossen hatte, ihn anzurufen. An der Stelle versiegte ihr Redestrom, und Brokat merkte, dass sie genauso wenig unbeschwert war wie er selbst.

»Du arbeitest an einem schwierigen Fall, oder?«, fragte sie schließlich.

Er bejahte.

»Weißt du, ich merke das schon an der Art, wie du dich meldest. So abwesend, so weit weg, so in deiner Welt versunken.«

»Das alles kannst du aus drei Wörtern herauslesen?«, staunte er.

»*Mio caro*, ich glaube, du verstehst nur wenig von Frauen«, antwortete sie. »Ich höre deine Gefühle aus deiner Stimme heraus. So ist das, wenn man jemanden liebt.« Sie klang traurig.

»Ich weiß nicht, wann ich wieder zu dir kommen kann«, sagte er. »Wir haben es hier mit einem Serienmörder zu tun.«

»Und du musst ihn aufhalten, oder?«

Um alles in der Welt, hätte er beinahe geantwortet, sagte jedoch nichts.

»Irgendwann wirst auch du lernen, dass du nicht immer wieder allein die Welt retten kannst.«

»Aber ich bin überhaupt nicht allein.«

»Doch, irgendwie schon. Schlaf gut und träum von mir – und nicht von irgendwelchen Serienmördern.«

Sie legte auf.

Er fand, dass er jetzt doch noch einen Zigarillo rauchen musste. Und ein Glas Wein dazu trinken sollte. Eine Stunde später – er lag im Bett und war kurz vor dem Einschlafen – dachte er noch, dass er eigentlich gern allein war.

7

Hubers Anruf bei ihr am Montag nach Jürgens' Tod war wenig erfolgreich gewesen. Seine Schilderung des Gesprächs mit dem Polizeikommissar hatte sie kaltgelassen. Er hatte etwas mehr Verständnis für seine Lage erwartet. Schließlich saßen sie doch im selben Boot. Sie schien das nicht so zu sehen, sondern erklärte ihm, dass mit der Zerstörung des Videos ihre Zusammenarbeit ein für alle Mal beendet sei. Daraufhin sah er sich genötigt, ihr mitzuteilen, dass er den Film gar nicht vernichtet hatte. Als er noch hinzufügte, dass er das Video vielmehr dazu nutzen wollte, Jürgens zu erpressen, war sie völlig außer sich geraten.

»Ich glaube es nicht«, hatte sie ihn angeblafft. »Kannst du dir vorstellen, wie viel Mühe es mich gekostet hat, herauszubekommen, wo Jürgens die DVD versteckt hat?« Ihre Stimme war schrill geworden. »Du hast mich belogen und unsere Vereinbarung gebrochen. Und mit deiner unbedachten Aktion hast du mich jetzt auch noch in Gefahr gebracht.« Sie hatte einen Moment geschwiegen, bevor sie barsch fortfuhr: »Du wirst mir deine Kopie und eventuelle weitere Mitschnitte aushändigen – auf der Stelle. Ich bestehe darauf.«

Wütend hatte er aufgelegt. Dabei war es ihre Idee gewesen, den Film aus Jürgens' Tresor zu entwenden. Eine Woche vor seinem Tod, es war ein Samstag, hatte sie plötzlich vor seiner Haustür gestanden und ihn gefragt, ob er ihr helfen könne. Sie war sehr attraktiv, und Huber wusste sofort, dass er ihr kaum würde widerstehen können. Er hatte sich ihre Geschichte angehört. Sie war wirklich unglaublich! Und er hatte endlich etwas, mit dem er Jürgens eins auswischen konnte! Das hatte er ihr aber nicht gesagt, sondern so getan, als müsse er erst nachdenken. Nach längerem Zögern hatte er schließlich zugestimmt, sie jedoch darauf hingewiesen, dass sie diese Hilfe einiges kosten werde. Zu seiner Überraschung war sie sofort bereit gewesen und hatte ihm sozusagen als Vorleistung direkt in seiner Wohnung einen geblasen. So begann ihre Kooperation überaus erfreulich. Am folgenden Tag, es war Sonntag und deswegen niemand in der Kanzlei, war er zur Tat geschritten. Sie hatte herausgefunden, dass Jürgens das Video im Firmentresor aufbewahrte. Bis heute konnte Huber kaum glauben, dass Jürgens so unvorsichtig war. Aber wahrscheinlich hatte er gedacht, dass dort kein Mensch danach suchen würde. Huber hatte schon häufiger Akten oder Korrespondenz mit vertraulichem Inhalt im Tresor deponiert. Natürlich war ihm aufgefallen, dass Jürgens dort auch private CDs und DVDs aufhob. Den Aufschriften der Hüllen nach waren es Aufzeichnungen von Talkshows oder anderen Fernsehauftritten. Huber hatte es Jürgens' Eitelkeit zugeschrieben, dass er die Aufnahmen im Firmentresor aufbewahrte.

Den richtigen Film zu finden hatte ihn weniger als zehn Minuten gekostet. Alle Hüllen waren mit Angaben zur jeweiligen Sendung beschriftet, nur eine trug keine Aufschrift. Wie mit ihr besprochen, hatte er die DVD gegen einen leeren Rohling ausgetauscht. Zu Hause sah sich Huber den knapp zehnminütigen Film zweimal an. Das Video war von guter Qualität und offensichtlich mit einem versteckten Camcorder aufgenommen worden. Darauf deutete der feste Fokus ohne Zoom oder Perspektivenwechsel hin. Der Inhalt faszinierte ihn gleichermaßen, wie er ihn abstieß. Aber das war am Ende unwichtig. Denn beim zweiten Durchlauf hatte er in einer Szene ein Detail entdeckt, das ihn völlig überraschte und dem Video eine ganz neue Bedeutung gab. Erst konnte Huber fast nicht glauben, was er da sah. Er spielte die Sequenz fünf Mal ab, bis er sicher war, dass er sich nicht geirrt hatte. Er lehnte sich in seinem Stuhl zurück und klopfte sich auf die Schenkel. Dann fing er an zu lachen. Er lachte wie ein Wahnsinniger und konnte gar nicht mehr aufhören. Nun hatte er etwas in der Hand, mit dem er Jürgens fertigmachen konnte!

Mit großer Geste hatte er ihr am nächsten Tag das Video überreicht. Sie hatte sich von ihm den Anfang zeigen lassen. Danach hatte sie die DVD mit einer Schere in kleine Stücke geschnitten. Was, wenn es noch weitere Kopien gäbe, wendete er ein. Sie war jedoch sicher, dass das nicht der Fall war. Anschließend hatte sie mit ihm geschlafen. Als sie ihm beim Weggehen freundlich, aber entschieden erklärte, dass ihre Schulden bei ihm jetzt beglichen seien, hatte er nichts eingewendet. Er wollte nicht undankbar erscheinen. Zumal er ja noch einige Kopien des Videos für sich gemacht hatte.

Noch am selben Abend schrieb er einen Brief an Jürgens. Der Inhalt war ebenso kurz wie eindeutig: Er bezichtigte Jürgens der Teilnahme an einer Vergewaltigung und forderte vierzigtausend Euro für die Vernichtung des Originalvideos, das er als Beweis in der Hand habe. Andernfalls werde er das Material an die Presse geben. Da außer seinem Partner und ihm nur noch drei Mitarbeiter der Kanzlei Zugang zum Tresor hatten, würde ihn dieser schnell verdächtigen. Aber das war ihm egal. Was konnte er schon tun? Er, Huber, hatte alle Trümpfe in der Hand.

Heute sah das Ganze eindeutig weniger erfreulich aus. Jürgens war ermordet worden, und die Polizei war ihm auf den Fersen. Und mit dem Brief an Jürgens hatte er auch noch einen direkten Hinweis auf sich hinterlassen.

Und als ob das nicht genug wäre, hatte er vorhin vor ihrer Wohnung auch noch diese unerfreuliche Begegnung mit dem aufgeblasenen Kommissar gehabt. Eine Begegnung, die der allerdings nicht so schnell vergessen würde. Jetzt musste er umgehend etwas unternehmen, um aus der verfahrenen Situation wieder herauszukommen. Und um wenigstens einen Teil der vierzigtausend Euro zu kassieren. Er brauchte das Geld dringender denn je.

***

Am Mittwochmorgen frühstückte Brokat auf dem Weg ins Präsidium in »Susis Caffé-Bar«. Um kurz nach sieben war es dort noch angenehm ruhig, sodass er in Ruhe den Express lesen konnte. Auf der ersten Seite schlug ihm die Schlagzeile »Patrick Morgenstern tot« entgegen. Darunter stand in kaum kleineren Lettern: »Hat es irrer Killer auf Kölner Prominente abgesehen?«

Bei einem Espresso und einem Buttercroissant las er den Artikel im Innenteil. Er fand ihn ziemlich dünn. Neben dem Hinweis auf den mysteriösen Mord an einer »Kölner Schauspielerlegende« und einer ausführlichen Würdigung des »wunderbaren Menschen Morgenstern« enthielt der Bericht keine nennenswerten Fakten. Die Beziehung zum Tod von Jürgens stellte der Reporter in einem abschließenden Satz her, ohne einen konkreten Beleg für einen Zusammenhang zu liefern. Statements von Kölner Prominenten, die ihre Betroffenheit über das plötzliche und unerwartete Ableben Morgensterns äußerten, füllten den Rest der Seite.

Brokat war zufrieden. Der Artikel ließ offen, wie der Schauspieler gestorben war. Er wusste jedoch, dass sie die Medien nicht lange würden hinhalten können. Noch heute Vormittag mussten sie zu einer Pressekonferenz einladen. Aber wenigstens das rätselhafte Schriftzeichen auf Jürgens' Handgelenk und vor allem das fürchterliche Tattoo auf Morgensterns Bauch wollte er erst einmal unter der Decke halten. Darüber musste er gleich mit Vonderschmitt sprechen. Die Erwähnung der ungewöhnlichen Mordwaffe ließ sich jedoch nicht vermeiden – falls inzwischen bewiesen war, dass auch Morgenstern mit einem Katana getötet worden war. Aber eigentlich hatte er daran keinen Zweifel. Der Hinweis auf das Samurai-Schwert jedoch würde aus zwei Morden an Kölner Prominenten, die nicht in einem Zusammenhang stehen mussten, einen Doppelmord machen, dem jederzeit weitere folgen konnten. Er war sich bewusst, dass sie auf einer Zeitbombe saßen und dass der Zünder tickte – nur wie schnell, das wusste niemand.

Brokat kam um kurz vor neun im Präsidium an. Er hatte Glück und erwischte Vonderschmitt vor einer Besprechung, die mit Sicherheit wieder einmal unendlich lange dauern würde. Brokat kannte die Vorliebe seines Chefs für nicht enden wollende Konferenzen zur Genüge. Er vermutete, dass sie vor allem seiner Eitelkeit geschuldet war. Ihm waren sie ein Gräuel. Meist blieben die Ergebnisse dünn, und Brokat fühlte sich danach völlig erschöpft.

Vonderschmitt hörte sich Brokats Argumente mit kaum verhohlener Ungeduld an, während er seine Unterlagen für die Sitzung sortierte.

»Machen Sie schnell. Gleich kommen ein paar Kollegen vom LKA, um dringende Angelegenheiten mit mir zu besprechen.«

Daher weht der Wind, dachte Brokat. Demnach war das Thema der Beförderung Vonderschmitts nach der Panne mit Lorsbach wohl doch noch nicht vom Tisch.

Als Brokat erklärte, dass die Bedeutung des Kanji-Schriftzeichens nach wie vor ungeklärt war und verfrühte Äußerungen dazu möglicherweise sogar die Ermittlungen erschweren konnten, sah Vonderschmitt kurz auf. Er widersprach jedoch nicht. Wahrscheinlich will er sich nicht noch einmal so weit aus dem Fenster hängen, dachte Brokat.

»Einverstanden, das lässt sich mit ermittlungstechnischen Gründen rechtfertigen«, meinte Vonderschmitt schließlich. »Da müssen wir auch nicht über die unschöne Tätowierung auf Morgensterns Bauch reden. Ansonsten kommen aber alle Fakten auf den Tisch. Wir können es uns nicht leisten, die Medien zu vergraulen. Ich rufe gleich Milbrad an. Er soll die Pressefritzen für halb zwei einladen. Sie sind natürlich auch dabei.«

Milbrad war Pressesprecher der Kölner Polizei. Dass er neben Milbrad und Vonderschmitt auch an der Pressekonferenz teilnehmen sollte, passte Brokat gar nicht. Vermutlich wollte ihn sein Chef stärker in den Vordergrund stellen, um zu vermeiden, dass eventuelle weitere Misserfolge unmittelbar mit seiner Person verbunden werden konnten.

Petersen und Kunert saßen an ihren Schreibtischen, als Brokat in ihr Büro kam.

»Chef, es gibt Neuigkeiten«, sagte Kunert zur Begrüßung.

»Die können wir jetzt gebrauchen«, kommentierte Brokat knapp. »Vonderschmitt hat für den Mittag eine Pressekonferenz angesetzt. Bis dahin brauchen wir mehr Fakten.«

»Okay, zuerst zum Obduktionsbericht. Berschkes Vermutungen zu Todeszeit und Todesursache haben sich bestätigt.«

»Also Tod durch Erstechen mit einem Samurai-Schwert?«

»Ja, höchstwahrscheinlich. Der Stichkanal ist außergewöhnlich groß. Das deutet auf eine Klinge mit einer sehr langen und scharfen Schneide hin. Berschke weist allerdings darauf hin, dass theoretisch auch ein großes Messer als Tatwaffe in Frage käme, zum Beispiel ein Entbeinungsmesser.«

»Was schreibt er zum Tathergang?«

»Der Mörder hat dreimal von vorn zugestochen. Es gibt keine Anzeichen dafür, dass sich Morgenstern gewehrt hat. Der erste und zweite Stich sind in den Bauch gegangen und haben die Milz verletzt. Beim dritten Mal ist die Waffe auf der linken Brustkorbseite in einem relativ geraden Winkel in die rechte Herzkammer eingedrungen. Morgenstern ist dann an inneren und äußeren Blutungen gestorben.«

»Er war nicht direkt tot?«

Kunert wirkte angespannt, als er antwortete. »Nein, Berschke meint, er könnte noch bis zu einer Viertelstunde gelebt haben.«

»Und der Mörder hat ihn verbluten lassen und danach tätowiert?«

»So sieht es aus, ja.«

Die drei Polizisten schwiegen einen Moment. Brokat dachte, dass ihr Beruf manchmal nur schwer zu ertragen sei.

»Und niemand im Haus hat etwas gehört?«, fragte er.

»Kein Mensch. Vermutlich konnte Morgenstern nicht mehr um Hilfe rufen. Und eine Tätowiermaschine macht nur wenig Lärm.«

»Der Mörder hat eine Maschine verwendet?«

»Ja, das Tattoo wurde nicht von Hand gestochen, sagen unsere Spezialisten. So eine Tätowiermaschine kann man heutzutage leicht und völlig anonym im Internet bestellen.«

»Gibt es denn sonst irgendetwas, was uns weiterbringt?«

Auch Ann-Kathrin Petersen schien mitgenommen zu sein, versuchte aber, sich nichts anmerken zu lassen. »Leider nein. Die Durchsuchung der Wohnung hat nichts Auffälliges ergeben. Das Blut auf dem Boden ist das des Toten. Brauchbare Abdrücke haben wir nur von ihm gefunden. Inzwischen konnten wir mit seiner Agentur sprechen. Morgenstern hat seit Längerem keinen Film mehr gedreht. Nächste Woche sollte er zu einem Drehtermin für die neue Staffel seiner Arztserie nach Österreich reisen. Daraus wird ja nun nichts mehr.«

Brokat fiel auf, dass Petersen, als sie redete, jeglichen Blickkontakt mit Kunert vermied. Auch der schaute demonstrativ zur Seite. Was war da los? Wer zickte hier mit wem rum? Kaum war Petersen zwei Wochen hier, da fingen die Probleme schon an. Insgeheim verfluchte Brokat Vonderschmitt erneut dafür, dass er die neue Kollegin eingestellt hatte, ohne vorher mit ihm zu reden.

»Morgenstern konnte auf der professionellen Ebene mit jedem gut, privat war er eher ein Einzelgänger«, redete Petersen weiter. »Er hat noch eine ältere Schwester in Hamburg, die wir gestern verständigt haben. Sie hat ihren Bruder vor einem Jahr das letzte Mal gesehen.«

»Und die Anwohner? Ist denen nichts aufgefallen?«

»Im Zusammenhang mit Morgenstern nicht«, antwortete Kunert. »Viele kannten ihn gar nicht persönlich. Aber eine Sache ist merkwürdig.« Er zögerte einen Moment.

»Was denn? Lass dir doch nicht jeden Satz aus der Nase ziehen«, sagte Brokat ungeduldig.

»Ein Bewohner des Anwesens gegenüber will in der Woche zuvor mehrmals einen Mann gesehen haben, der Morgensterns Haus beobachtet hat.«

»Was heißt ›mehrmals‹?«

»Dreimal hat er ihn beobachtet, und zwar immer, kurz bevor es dunkel wurde. Natürlich könnte er noch häufiger da gewesen sein. Jedes Mal stand er etwa eine halbe Stunde lang reglos da, dann verschwand er wieder.«

»Wie kann er sich sicher sein, dass es sich um dieselbe Person handelt?«

»Er sagt, der Mann habe auffällig ausgesehen. Sein Gesicht sei durch Narben verunstaltet gewesen. So jemanden könne man kaum verwechseln.«

»Klingt mysteriös.«

»Das dachte ich erst auch. Aber dann habe ich mich an eine Aussage in den Protokollen der Zeugenvernehmungen nach Jürgens' Tod erinnert.« Kunert öffnete eine Mappe, die er neben sich liegen hatte. »Sie stammt von Peter Richling, Fachanwalt für Steuerrecht in Jürgens' Kanzlei. Er erklärte, ungefähr eine Woche vor dessen Tod aus seinem Bürofenster einen Mann gesehen zu haben, der mindestens eine Viertelstunde von der Straße aus auf das Gebäude starrte. Und jetzt zitiere ich: ›Der Mann ist mir aufgefallen, weil sein Gesicht von Narben überzogen war, als hätte er schlimme Verbrennungen erlitten.‹« Er sah Brokat an. »Das kann doch kein Zufall sein?«

8

Ein solch tiefes Gefühl der Befriedigung hatte er lange nicht mehr gespürt. Nachdem Hendrik Jürgens zu Boden gegangen war, hatte er das Licht im Flur wieder angemacht und sich die Leiche genau angesehen. Trotz des Bluts und des Schwerts in der Brust sah sie für sein Empfinden noch zu unversehrt aus. Auf jeden Fall nicht so, wie seine Eltern ausgesehen haben mussten, nachdem sie unter fürchterlichen Qualen im Unterdeck des Schiffes verbrannt waren. Dann hatte er ihm mit Tusche sein Zeichen auf das Handgelenk geschrieben. Die Kalligrafie an sich war nicht schwierig. Aber sie musste zügig und in einem Durchgang fertiggestellt werden. Dazu brauchte man innere Ruhe. Deshalb hatte er sich erst einmal hingesetzt, um sich von allen störenden Gefühlen frei zu machen.

Als er fertig war, verspürte er Stolz. »Beim Samurai, und das ist wichtig, spricht man vom doppelten Weg des Pinsels und des Schwerts. Der Samurai muss den einen wie den anderen Teil dieses Weges mit Inbrunst betreiben.« So hatte Miyamoto Musashi geschrieben. Wie sein großes Vorbild hatte er begonnen, den Weg des Kriegers zu gehen. Sein Vater wäre zufrieden. Gelassen und mit aller Sorgfalt hatte er sich darangemacht, seine Spuren zu beseitigen.

In dieser Nacht hatte er noch bis zum Morgengrauen an seinem Schreibtisch gesessen. Vor ihm lag ein Fotoalbum. Viele Bilder darin zeigten Hendrik Jürgens. Das letzte war von seiner Geburtstagsfeier in der Messe. Er stand an seinem Tisch, das Glas erhoben und mit leicht geöffnetem Mund, weil er gerade seine Dankesrede hielt. Er wirkte souverän und sympathisch. Dabei war er nur ein unvorstellbar mieses Schwein gewesen.

Lange hatte er gebraucht, um eine Entscheidung zu treffen. Anfangs hatte er noch auf die Unterstützung seines Bruders gehofft. Aber diese war ausgeblieben. Später nahm der Weg des Samurai in seinen Phantasien immer konkretere Gestalt an. Aber Auslöser war ein Gespräch mit Jürgens vor etwa drei Wochen gewesen. Plötzlich wusste er, dass er ihm nicht länger etwas vorspielen konnte. Da hatte er sich zu erkennen gegeben. Wie ein Krieger hatte er über Ehre gesprochen und Gerechtigkeit gefordert. Doch Jürgens hatte nur gelacht. Erneut hatte er jede Schuld von sich gewiesen, ihn sogar verhöhnt und als total krank bezeichnet. Am Ende hatte er mit einer Anzeige gedroht, falls er ihn noch jemals auf die Vergangenheit ansprechen sollte. An diesem Tag hatte er den Entschluss gefasst, Hendrik Jürgens zu töten.

Er nahm das Foto, das er soeben ausgedruckt hatte, und klebte es daneben. Darauf war der tote Anwalt zu sehen. Er lag auf dem Boden vor seinem Büro mit dem Schwert des Samurai, seinem Schwert, in der Brust. Er sah sich das Bild lange an. Und noch immer verspürte er keine Reue. Danach schlief er tief und ruhig. Und zum ersten Mal seit Wochen verschonten ihn die Alpträume.

Nun, zehn Tage nach Jürgens' Tod, kamen die Zweifel. Sicher, er war den ersten Schritt gegangen und hatte Miyamoto Musashi, dem größten aller Samurai-Krieger, Ehre gemacht. Hendrik Jürgens hatte den Tod verdient, und er hatte nach den Regeln des Bushidō gehandelt. Alle sollten das wissen. Aber würden sie die Botschaft des Schwerts und das Schriftzeichen auch verstehen? Bis jetzt schien es nicht so, und das machte ihn wütend. Was nutzte ihm Jürgens' Tod, wenn die Welt nicht sah, was er für ein Verbrecher gewesen war?

Mit den Zweifeln kamen auch die Träume von jener schrecklichen Nacht zurück, in der sein normales Leben endete. Wie oft hatte er die Ereignisse seitdem im Geist noch einmal erlebt. Er verspürte dabei vor allem Trauer und einen unbändigen Hass auf die, die ihm das angetan hatten. Aber auch Schuldgefühle wegen seines kläglichen Versagens. Denn er war der Einzige in dem brennenden Schiff gewesen, der in der Situation noch hätte reagieren können. Aber er hatte es nicht geschafft. Seine Eltern starben in den Flammen.

In den ersten Tagen nach Jürgens' Tod hatte er häufig Zeitung gelesen. Anfangs überboten sich die Kölner Blätter mit überschäumenden Nachrufen. Man hätte meinen können, dass ein Ausbund an vorbildlichem Verhalten, Gemeinsinn und Tugend gestorben sei. Als er im Express den Beitrag über »einen der besten und ehrsamsten Bürger von Köln« las, der »auf schreckliche Weise aus dem Leben gerissen wurde«, schrie er und schlug vor Wut gegen die Wand. Zwar wurde das Schwert erwähnt, aber so, als sei es die Waffe eines wahnsinnigen Mörders gewesen. Zu dem Schriftzeichen kein Wort. Konnte es wirklich sein, dass die Polizei eine so deutliche Botschaft übersehen hatte? Oder waren die Polizisten, mit denen er zu tun hatte, einfach unfähig? Er wusste es nicht. Und mit den Tagen wurde ihm immer klarer, dass sein Weg noch nicht zu Ende war.

Jetzt musste er auch den nächsten Schritt gehen. Am Ende würden sie verstehen. Da war er sicher.

***

Beim zweiten Besuch der Polizei wirkte Martha Jürgens längst nicht mehr so gefasst. Eine knappe Stunde nach ihrem Anruf im Präsidium war Mato Maric am Mittwochmorgen über die Bonner Straße auf die A 555 gefahren und hatte die Abfahrt Rodenkirchen genommen. Von der Bonner Landstraße war er schließlich nach Hahnwald abgebogen. Er fuhr vorbei an hohen Bäumen und Mauern, hinter denen man die weißen Villen häufig nur erahnen konnte. Schließlich parkte er in der Straße »Am Eichenwäldchen«. Das schmiedeeiserne Tor und die Betonmauern des Anwesens der Familie Jürgens wirkten genauso wenig einladend wie die über dem Eingang angebrachte Videokamera. Hier wohnen Leute, die einiges zu verlieren haben, dachte Maric.

Wie beim letzten Mal öffnete sich das Tor wie durch Zauberhand, nachdem er seinen Namen in eine Gegensprechanlage gemurmelt hatte. Er schritt durch einen kleinen Park mit säuberlich gestutzten Hainbuchen und weiten Rasenflächen auf die Villa zu. Nirgendwo war ein Mensch zu sehen.

Maric fiel auf, wie blass Martha Jürgens war, als sie ihm

die Tür öffnete. Sie hatte Ringe unter den Augen und wirkte übermüdet. Kaum hatte er in einem der tiefen Ledersessel im Wohnzimmer Platz genommen, warf sie einen geöffneten Briefumschlag auf den Tisch. »Den hat die Polizei wohl übersehen. Dabei hatte er ihn doch nur in der Sockenschublade versteckt.« Die Schärfe in ihrer Stimme war nicht zu überhören.

Maric, der von ihrer Eröffnung des Gesprächs völlig überrascht war, ließ sich nichts anmerken. Sorgfältig streifte er Handschuhe über, bevor er das gefaltete maschinengeschriebene Blatt aus dem Kuvert nahm und langsam las. Seine demonstrative Ruhe schien sie noch mehr zu provozieren.

»Hier haben Sie Ihren Mörder! Und eine zusätzliche Bestätigung dafür, was für ein gemeines Schwein mein Mann war«, brach es aus ihr heraus.

Maric ignorierte den Ausbruch und sah sich stattdessen den Umschlag an. Der Brief trug keine Briefmarke. Nur Jürgens' Name stand in Maschinenschrift auf der Vorderseite. Auf seine Frage erklärte sie, dass sie den Umschlag am Vorabend gefunden hatte, als sie die Sachen ihres Mannes wegräumen wollte.

»Wahrscheinlich wurde das Kuvert eingeworfen. Haben Sie mitbekommen, wann Ihr Mann den Brief erhalten hat?«

»Nein, mir ist nichts aufgefallen. Natürlich hat er auch nicht mit mir darüber geredet.« Ihre Wut schien verraucht zu sein. Sie hatte jetzt Tränen in den Augen. »Verzeihen Sie, aber das ist so erniedrigend.« Sie brauchte eine Weile, bis sie sich wieder gefasst hatte. »Mit seinen Affären hat sich Hendrik dafür gerächt, dass ich aus dem gemeinsamen Schlafzimmer ausgezogen bin. Ich habe mich bemüht, seine Frauengeschichten so gut es ging zu ignorieren. Aber dass er so weit gegangen ist, junge Frauen mit Gewalt zum Sex zu zwingen – das hätte ich nie von ihm gedacht!«

»Frau Jürgens, ich verstehe Ihre Erregung«, meinte Maric. »In dem Brief steht, dass das Video eine versuchte Vergewaltigung zeigt, an der Ihr Mann beteiligt war. Ob das stimmt, wissen wir nicht, solange wir das Video nicht haben. Jedenfalls will der Absender vierzigtausend Euro für die Vernichtung des Films haben.«

»Natürlich war Hendrik der Vergewaltiger. Warum sollte ihn denn sonst jemand erpressen wollen?«

»Ich weiß es nicht«, antwortete Maric. »Aber wir werden es herausbekommen.«

»Genauso, wie Sie den Mörder meines Mannes gefunden haben?« Martha Jürgens war aufgestanden und sah ihn herausfordernd an. »Wahrscheinlich wollte sich Hendrik dem Erpresser nicht beugen. Ihn hat noch nie interessiert, was andere von ihm wollen. Irgendwann hat der die Geduld verloren und meinen Mann umgebracht.«

Maric hätte ihr antworten können, dass Erpresser ihre Opfer gewöhnlich so lange wie nur irgendwie möglich ausnehmen, fand das aber angesichts ihres Gemütszustands unpassend. »Wenn Ihr Mann wirklich ein so mieser Typ war, liegt es doch nahe, dass er Feinde hatte«, sagte er stattdessen.

»Oh ja. Sehen Sie sich nur Clara an«, sagte sie bitter. »Immer hat er sie abgewiesen, wenn sie ihn brauchte. Sie war ja nur seine Stieftochter. Schließlich hat sie angefangen, ihn zu hassen.«

Maric sah sie an. »Haben Sie Ihren Mann gehasst?«

»Nein«, antwortete sie zögernd. »Hass zerstört einen Menschen. Und deswegen habe ich irgendwann jedes Gefühl für ihn in mir abgetötet. Emotional war er für mich nicht mehr existent.«

Plötzlich wirkte sie fast teilnahmslos. »Ansonsten habe ich Ihnen schon beim letzten Mal gesagt, dass ich über eventuelle Feinde nichts weiß – vor allem, seit ich nicht mehr an seinem Leben teilgenommen habe.«

»Gilt das denn auch für Freunde?«

Sie sah ihn verständnislos an. »Dass jemand wie Hendrik keine Freunde hatte, müsste doch selbst Ihnen klar sein.«

Maric unternahm einen letzten Versuch. »Würden Sie nicht sagen, dass Patrick Morgenstern sein Freund gewesen ist?«, fragte er.

An ihrem verblüfften Gesichtsausdruck sah er, dass er ins Schwarze getroffen hatte. »Sie haben recht, sie waren Freunde – zumindest früher«, antwortete sie. »Aber warum fragen Sie ausgerechnet nach Patrick?«

»Weil er ebenfalls tot ist. Es steht heute in der Zeitung«, fügte er hinzu.

»Das ist ja furchtbar«, reagierte sie mit, wie er fand, echtem Entsetzen. »Ist er auch umgebracht worden?«

»Einiges deutet darauf hin«, antwortete er zurückhaltend.

Sie dachte einen Moment nach. Schließlich sagte sie: »Es ist komisch, dass mir Patrick gar nicht mehr eingefallen ist. Sie haben sich vor vielen Jahren auf einer von Hendriks Feiern kennengelernt. Früher ist er häufig bei uns gewesen. Er war meinem Mann ähnlich – genauso dominant, ein typischer Alphatyp und auch so ein …«

»… Egoist?«

»Ja, das war er. Obwohl sich das sonderbar anhören mag, glaube ich, dass sich die beiden auch deswegen so gut verstanden – zumindest solange ihre Interessen in die gleiche Richtung gingen. Das war der gemeinsame Nenner. In letzter Zeit hat uns Patrick allerdings nicht mehr besucht.«

»Wann haben Sie ihn das letzte Mal gesehen?«

Sie überlegte kurz. »Das muss vor etwa zwei Jahren gewesen sein. Da war er einige Male hier, weil er Hendriks beruflichen Rat als Anwalt brauchte.«

»Wissen Sie, worum es dabei ging?«

»Eigentlich nicht«, antwortete sie, und Maric meinte, in ihren Mundwinkeln den Anflug eines Lächelns zu erkennen. »Mein Mann hat immer darauf geachtet, dass bei persönlichen Gesprächen die Tür zu ist. Aber ehrlich gesagt war ich neugierig, und so habe ich gelauscht. Komischerweise ging es bei diesem Gespräch um eine ähnliche Geschichte wie in dem Erpresserbrief an Hendrik. Eine junge Schauspielschülerin wollte Patrick anzeigen, da er sie sexuell belästigt oder sogar vergewaltigt hätte.«

»Und was ist daraus geworden?«

»Das weiß ich nicht. Ich vermute, dass an der Sache nichts dran war. Ich habe jedenfalls nie wieder etwas darüber gehört.«

Als Maric aufbrach, wirkte Martha Jürgens wieder ruhig, ja fast desinteressiert, so als würde sie der Tod ihres Mannes eigentlich gar nichts angehen. Im Hinausgehen fragte er sie, wo sie an dem Abend war, an dem Morgenstern getötet wurde.

»Allein zu Hause.« Die gleiche Antwort, die sie bereits nach dem Tod ihres Mannes gegeben hatte.

***

Der geschmackvoll renovierte vierstöckige Altbau in der Werderstraße mit der hohen Kiefer davor wirkte in der Mittagssonne freundlich und einladend. Ohne zu zögern, ging Peter Huber die Treppen hoch in den dritten Stock.

Sie hatte erstaunlich wenig Sperenzchen gemacht, als er ihr am Telefon sein Anliegen vortrug, und einem Treffen schneller als erwartet zugestimmt. Er hätte sie eigentlich lieber an einen neutralen Ort bestellt. Aber die Aussicht auf ein erneutes Liebesabenteuer ließ ihn den Vorschlag, sich bei ihr zu treffen, dann doch willig annehmen. Er fühlte sich stark und sicher, denn schließlich hatte er nach wie vor alle Trümpfe in der Hand. Kurz tastete er an der Außenseite seines Jacketts nach der DVD-Hülle, bevor er entschlossen auf die Klingel drückte.

Katharina sah umwerfend aus. Sie trug ein kurzes schwarzes Sommerkleid, das ihre Figur betonte. Sie hatte sich nicht geschminkt und wirkte zart und zerbrechlich, als sie ihn hereinbat.

Erst die Arbeit, sagte er sich und hielt bewusst Abstand, als er ins Wohnzimmer voranging und sich unaufgefordert auf die Couch niederließ. Sie setzte sich ihm gegenüber in einen Lehnstuhl und sah ihn abwartend an.

Den kurzen Vortrag mit seinem Angebot, den er ihr anschließend hielt, hatte er am Abend zuvor entworfen. Er enthielt, wie er fand, die richtige Mischung aus Zuckerbrot und Peitsche. Von seiner Notlage war darin die Rede und dass sein Beitrag bei der Beschaffung des Videos ungleich größer gewesen sei als ihrer. Nun müsse er auf einem Ausgleich beharren. Zwanzigtausend Euro seien dafür ein fairer Preis. Schließlich könne sie danach sicher sein, dass der unangenehme Film ein für alle Mal aus der Welt sei.

Sie schwieg eine Weile. »Wer garantiert mir, dass es nicht noch weitere Kopien gibt?«, fragte sie dann. »Immerhin hast du mich schon einmal belogen und das Video entgegen unserer Abmachung nicht vernichtet.«

Er versicherte ihr, dass er es dieses Mal ernst meine. Im Übrigen habe sie keine Wahl. Ansonsten werde er eine Auswahl der besten Szenen an den Express geben – Szenen, in denen es so aussah, als würde sie den gerade ermordeten Kölner Volksschauspieler kaltschnäuzig verführen. Für die Boulevardpresse sei das bestimmt ein gefundenes Fressen.

Als er fertig war, schwieg sie. Draußen auf der Straße hörte er Kinder spielen. Allmählich wurde ihm warm in seinem Jackett.

»Hast du den Film bei dir?«, fragte sie schließlich. Er bejahte. Sie seufzte. »Ich nehme an, es ist zwecklos, dir zu sagen, was für eine miese Ratte du bist. Leider hast du mich in der Hand. Du bekommst das Geld, allerdings habe ich nicht so viel. Und du gibst mir den Film jetzt. Das ist meine Bedingung, sonst läuft der Deal nicht.«

»Wie viel hast du?«, wollte er wissen.

»Zwölftausend. Aber ich muss das Geld erst abheben.«

Das war zwar bei Weitem nicht die Summe, die er brauchte. Es würde jedoch reichen, um zumindest die größten Löcher zu stopfen. Und später konnte er sie ja weiter melken. Nicht umsonst hatte er noch einige zusätzliche Kopien des Videos angefertigt.

»Gut, einverstanden. Aber du holst das Geld sofort. Und ich komme mit.«

Sie nickte. Offensichtlich war sie erleichtert und wirkte auf einmal sehr viel zugänglicher. Er wollte sie schon an sich ziehen, als sie aufstand und vorschlug, auf ihre Versöhnung anzustoßen. Er hatte nichts dagegen, zumal sie kurz darauf mit zwei Gläsern Champagner aus der Küche zurückkam. Sie prostete ihm zu. Er stand auf, stieß mit ihr an und trank. Alles war perfekt gelaufen.

Er wollte sich wieder auf die Couch setzen, als ihm plötzlich schwarz vor Augen wurde. Aus den Augenwinkeln nahm er noch einen großen, kräftigen Mann wahr, der plötzlich mit einem schwarzen Sack oder einer Plane in der Hand neben ihm stand. Dann brach er zusammen.

***

Die von Vonderschmitt für halb zwei anberaumte Pressekonferenz endete mit einem unerwarteten Eklat. Dabei hatte der Vormittag für Brokat eigentlich gut begonnen. Martha Jürgens' Aussage, dass Morgenstern und ihr Mann früher gut befreundet waren, hob seine Stimmung beträchtlich. Dazu kam, dass der Schauspieler sich Jürgens als Anwalt (fern von dessen Fachgebiet, dem Steuerrecht) genommen hatte. Auch der in seinem Haus gefundene Erpresserbrief brachte neue Ansatzpunkte für die Ermittlung. Brokat ärgerte nur, dass der Brief bei der ersten Durchsuchung übersehen worden war. Da hatte jemand aus seinem Team geschlampt, wodurch kostbare Zeit verloren gegangen war. Das würde ein Nachspiel haben.

Aber auch Martha Jürgens musste noch einmal überprüft werden. Sie hatte gute Gründe gehabt, ihren Mann zu hassen. Und da war die stattliche Lebensversicherung von mehr als zweihunderttausend Euro, die sie nun kassieren würde.

Kurz vor der Pressekonferenz war er noch rasch in Kunerts Büro gestürmt, damit dieser die jetzt notwendigen Ermittlungsaufgaben mit Hochdruck vorantrieb. Doch dort hatte er nur Ann-Kathrin Petersen getroffen, die ebenfalls auf Niko Kunert wartete. Brokat stellte seine Bedenken zurück und übergab Petersen die Aufgabe, die nächsten Schritte zu koordinieren. Sie hörte konzentriert zu und stellte die richtigen Fragen. Offensichtlich verfügte sie über eine schnelle Auffassungsgabe, eine wichtige Voraussetzung, um einmal eine gute Polizistin zu werden.

Der Raum im Präsidium, in dem die Pressebriefings üblicherweise stattfanden, war völlig überfüllt. Brokat musste sich nach vorne zum Podium durchkämpfen, wo Milbrad gerade begonnen hatte, die Medienvertreter über die Umstände von Morgensterns Tod zu informieren. Natürlich kamen sofort Fragen nach einem Zusammenhang zwischen den beiden Todesfällen, die der Polizeisprecher geschickt ins Reich der Vermutungen verwies.

»Es ist richtig, dass Morgenstern ebenfalls erstochen wurde. Wir haben jedoch die Tatwaffe bisher nicht gefunden. Nach dem Stichkanal zu schließen, könnte es sich auch um ein größeres Messer, etwa einen Dolch, handeln. Wir können also nicht sicher sein, ob es sich wirklich um denselben Täter handelt«, schloss er.

Wie vereinbart kam das japanische Schriftzeichen auf der Haut der Toten, die einzige eindeutige Verbindung zwischen den beiden Fällen, nicht zur Sprache. Und so verliefen die hartnäckigen Nachfragen einzelner Medienvertreter irgendwann im Sand. Ebenso geschickt wiegelte Milbrad die Äußerung eines Journalisten des Kölner Stadt-Anzeigers ab, der einen Hinweis von einem Informanten bekommen hatte. Dieser wollte gehört haben, dass die Polizei einen jungen Mann aus der Kölner Kampfsportszene als Mörder von Jürgens verdächtige. Natürlich habe man im Zusammenhang mit dem Mord verschiedene Personen im Umfeld des Toten verhört, erklärte Milbrad dazu. Aus ermittlungstaktischen Gründen wolle man dazu jedoch nichts sagen.

Brokat spürte, dass die Stimmung im Raum gereizt war. Ganz offensichtlich hatten die Pressevertreter das Gefühl, von der Polizei hingehalten zu werden. Als er nach etwa einer halben Stunde zu hoffen begann, dass sie doch noch ungeschoren davonkommen würden, platzte die Bombe.

Dieter Gastmann, der Chefreporter des Express, stand plötzlich auf und erklärte, er werde sich die Lügen der Polizei nicht länger anhören. Heute Morgen seien seiner Redaktion Fotos übergeben worden, die die Sache in einem ganz anderen Licht erscheinen ließen. Er schilderte in drastischen Einzelheiten den toten Jürgens mit dem Samurai-Schwert in der Brust. Anschließend beschrieb er das »von einem anscheinend kranken Perversen« aufgebrachte Schriftzeichen auf dem Handgelenk des Anwalts. Offensichtlich hatten Huber oder einer der Mitarbeiter, die vor der Polizei am Tatort waren, ihre Beobachtungen – wahrscheinlich gegen Geld – an die Presse weitergegeben, dachte Brokat mit Abscheu.

Ab diesem Moment standen sie unter permanentem Beschuss. Während Vonderschmitt stoisch schwieg, versuchte Milbrad, mit dem Hinweis auf eine mögliche Gefährdung laufender Ermittlungen die Beamten aus der Gefahrenzone zu manövrieren.

Die ausweichende Antwort Brokats auf die Frage, ob denn auch Patrick Morgenstern das japanische Schriftzeichen auf dem Handgelenk habe, würde von den Journalisten mit Sicherheit als Zustimmung gewertet werden. Bestimmt würden sie morgen in der Presse blühende Beschreibungen der Leichen und wilde Vermutungen über einen wahnsinnigen Serienmörder lesen, was sicher nicht zur Beruhigung der Öffentlichkeit beitrug. Immerhin wisst ihr nichts von dem Tattoo auf Morgensterns Bauch, dachte Brokat, als die gefühlt längste Pressekonferenz seines Lebens schließlich doch noch zu Ende ging.

9

Hendrik Jürgens musste wirklich ein harter Hund gewesen sein. Je tiefer sich Ann-Kathrin Petersen am Mittwochnachmittag in Presseveröffentlichungen, Reden bei offiziellen Anlässen oder den Aussagen seiner Mitarbeiter vergrub, desto stärker verfestigte sich bei ihr das Bild eines absoluten Machtmenschen, der alles seinen eigenen Interessen unterordnete.

Seltsamerweise schien das seinem Image jedoch nicht geschadet zu haben. Ihr fiel auf, dass seine unbeirrte Rücksichtslosigkeit in den Medien meist als Durchsetzungskraft dargestellt und sogar positiv bewertet wurde. Seine Großzügigkeit als Sponsor kultureller Einrichtungen in Köln sowie gute Kontakte zu wichtigen Persönlichkeiten der Stadt taten ein Übriges, ihn in der Öffentlichkeit in einem günstigen Licht dastehen zu lassen.

Wie hatte sein früherer Partner, Peter Huber, zu Brokat gesagt: »Es gab keinen beliebteren und geachteteren Anwalt in Köln als Hendrik.«

Da lasen sich die Aussagen seiner Mitarbeiter schon etwas anders. Obwohl sicher niemand einem Toten etwas Böses nachsagen wollte, zumindest nicht in einer offiziellen Aussage, schimmerte doch immer wieder durch, dass viele Kollegen ihren ehemaligen Chef autoritär fanden. Teilweise hatten sie sogar Angst vor ihm.

Ein Mitarbeiter gab an, dass Jürgens ihn einmal vier Wochen lang geschnitten habe, weil ihm eine Terminsache durchgegangen sei. Zusätzlich habe er noch eine Abmahnung mit Androhung der Kündigung erhalten.

Interessant fand Petersen auch die Aussage von Jürgens' Witwe zu der emotionalen Gleichgültigkeit seiner Stieftochter gegenüber, die Maric erwähnt hatte, ohne dass sie sich jedoch ein abschließendes Urteil darüber erlauben wollte.

Doch das waren Ereignisse aus Jürgens' Vergangenheit, die nichts mit Patrick Morgenstern zu tun hatten. Die von Martha

Jürgens erwähnte Anzeige und Hendrik Jürgens' Übernahme der anwaltlichen Vertretung des Schauspielers waren die einzige eindeutige Verbindung zwischen den beiden, die sie bisher gefunden hatten. Hier musste sie ansetzen. Was mochte Morgenstern dazu bewogen haben, sich in so einer heiklen Angelegenheit nicht von einem Fachanwalt vertreten zu lassen? Versuchte Vergewaltigung war ein Offizialdelikt, bei dem die Justiz von Amts wegen ermitteln musste. Deshalb konnte die Anzeige seinerzeit nicht einfach zurückgezogen worden sein, wie Martha Jürgens behauptet hatte. Wahrscheinlich ist das gut für uns, dachte Petersen. Denn so musste es zu dem Fall eine Akte geben.

Sie wollte sich gerade an den Computer setzen, als es an ihrer Zimmertür, die wie immer offen stand, klopfte. Da sie niemanden sehen konnte, stand sie auf und ging in den Flur.

Dort wartete ein etwa vierzehnjähriger Junge, der sie schüchtern anlächelte. »Entschuldigung, wissen Sie, wo ich Herrn Maric finde? Ich bin mit ihm verabredet.«

»Wie kommst du hier rein? Du bist bei der Polizei«, fragte sie verdutzt.

»Verzeihung«, entschuldigte er sich noch einmal. »Aber ich darf rein, weil mein Vater hier arbeitet.« Er zögerte kurz, bevor er fortfuhr. »Also, eigentlich darf ich auch nur ausnahmsweise rein.«

»Und was ist das für eine Ausnahme?«, hakte sie nach.

»Normalerweise bin ich den ganzen Tag in der Schule. Aber heute Mittag habe ich frei, und da wollte ich mit meinem Vater schwimmen gehen.«

Sie sah ihn genauer an. »Du bist also der Sohn von Mato Maric«, stellte sie fest. »Und warum gehst du nicht mit deiner Mutter schwimmen?«

Der Junge schwieg lange, bevor er sie zum ersten Mal direkt ansah. »Meine Mutter ist tot«, sagte er trotzig.

Ann-Kathrin Petersen erschrak. Was hatte sie nur getan? Erst hatte sie Mato Marics Sohn zur Rede gestellt, ohne einen Grund dafür zu haben. Und dann hatte sie sich auch noch in sein Privatleben eingemischt. Sie wollte sich gerade entschuldigen, als Maric mit federndem Schritt die Treppe hochgelaufen kam.

»Ach, da bist du ja, Ivo«, begrüßte er seinen Sohn erleichtert. »Hat dich der Pförtner doch hochgelassen.« Er sah sie strahlend an. »Ivo und ich haben nämlich gewettet, ob er es schafft, bis zu meinem Zimmer zu kommen. Eigentlich dürfen Kinder hier nur in Begleitung Erwachsener rein.« Er wandte sich an seinen Sohn: »Lass uns gehen. Ich habe nicht endlos lange Mittagspause. – Der Bericht zu meinem Besuch bei Martha Jürgens liegt auf Kunerts Schreibtisch«, rief er Petersen im Weggehen zu.

Die kurze Begegnung mit Mato Maric und seinem Sohn hatte Ann-Kathrin Petersen abgelenkt. Sie hatte von ihrem Kollegen das Bild eines eingefleischten Junggesellen, der sich nur für seine Arbeit und den Sport interessierte. Sie hatte nicht gewusst, dass er einen Sohn hatte. Geschweige denn, dass er verheiratet und seine Frau schon tot war. Das musste schlimm für ihn gewesen sein. Sollte sie ihn danach fragen und ihm ihre Anteilnahme zeigen? Oder würde er das als unerwünschte Einmischung missverstehen? Sie seufzte. Ihr wurde bewusst, wie wenig sie ihre Kollegen kannte und wie weit sie immer noch davon entfernt war, richtig zum Team zu gehören.

Sie versuchte, sich wieder auf ihre Arbeit zu konzentrieren. Schließlich war sie nicht hier, um Freundschaften zu schließen. Oder doch? Seit ihrem Umzug aus Koblenz hatte sie sich von ihren früheren Freunden zurückgezogen. Wahrscheinlich, weil sie sich immer noch für ihr Versagen und ihren unrühmlichen Abgang dort schämte. Auch mit ihren Beziehungen ging in letzter Zeit alles schief. Sie musste sich eingestehen, dass sie einsam war. Sie, die früher immer so beliebt war und stets im Mittelpunkt gestanden hatte, lief Gefahr, eine verbitterte alte Jungfer zu werden. Und wenn sie als Polizistin in Köln erneut versagte? Wo sollte sie danach hin? Vermutlich würde das für ihre Karriere, die eigentlich noch gar nicht richtig begonnen hatte, das endgültige Aus bedeuten.

Sie gab ihre ID und das Passwort in den Computer ein und suchte im polizeilichen Informationssystem KAN nach Morgenstern. Und tatsächlich fand sie eine Akte unter seinem Namen. Aus dieser ging hervor, dass fast auf den Tag genau vor zwei Jahren gegen Patrick Morgenstern, Beruf Schauspieler, Anzeige wegen versuchter Vergewaltigung erstattet worden war. Gegen zwölf Uhr Mittag war eine dreiundzwanzigjährige Frau, die als ihren Beruf ebenfalls »Schauspielerin« angegeben hatte, auf der Polizeiwache Köln-Ehrenfeld in der Venloer Straße erschienen. Sie hatte den seinerzeit siebenundfünfzigjährigen Morgenstern beschuldigt, sie am Vorabend gegen neunzehn Uhr im Rahmen einer privaten Schauspielstunde bei ihm zu Hause erst gezwungen zu haben, sich auszuziehen, und sie dann zu sexuellen Handlungen genötigt zu haben. Als sie seine Zudringlichkeiten entschieden abgewehrt habe, habe er sie auf den Boden geworfen und versucht, sie zu vergewaltigen. Nur weil sie sich mit aller Kraft gewehrt habe und schließlich laut geschrien habe, habe er am Ende von ihr abgelassen.

Die Polizei leitete daraufhin ein Ermittlungsverfahren ein. Morgenstern bestritt alle Vorwürfe. Im Beisein seines Anwaltes Dr. Hendrik Jürgens erklärte er, dass die junge Frau versucht habe, ihn zu verführen, um eine Rolle in einer Fernsehserie mit ihm als Hauptdarsteller zu erhalten. Obwohl sie sich sogar vor ihm ausgezogen habe, sei er auf ihre eindeutigen Avancen nicht eingegangen. Schließlich sei er nicht bestechlich und bewerte Kolleginnen und Kollegen nur nach deren schauspielerischen Leistungen.

Erstaunlicherweise war die elektronische Akte an der Stelle schon fast zu Ende. Es gab nur noch zwei kurze Einträge. Der erste bezog sich auf eine zweite Aussage der jungen Frau. Sie war eine knappe Woche später erneut auf dem Polizeirevier erschienen, um ihre Anzeige zurückziehen. Auf die Erklärung des Beamten, dass die Polizei bereits ermittle, hatte sie zu Protokoll gegeben, dass das Ganze ein Missverständnis und eigentlich ihre Schuld gewesen sei. Sie habe unter allen Umständen eine Rolle in einer großen Fernsehproduktion mit Morgenstern bekommen wollen (hier wurde der Titel genannt, und Petersen erinnerte sich an die erste Folge, die sie seinerzeit nach einer Viertelstunde aus Langeweile ausgestellt hatte). Im Verlauf des Abends sei es zu einer heftigen verbalen Auseinandersetzung gekommen. In ihrer Erregung habe sie seine ablehnenden Äußerungen als sexuelle Nötigungen missdeutet. Dabei sei Morgenstern körperlich keineswegs zudringlich geworden. Inzwischen sei ihr klar, dass sie ihn zu Unrecht angezeigt habe. Natürlich werde sie alle Anschuldigungen zurücknehmen und sich bei Morgenstern persönlich entschuldigen.

Der Schauspieler wurde erneut vorgeladen und brachte wiederum Jürgens mit. Der zweite Eintrag bezog sich auf eine kurze Erklärung, die Morgenstern bei diesem Termin abgegeben hatte. Noch einmal wies er darauf hin, dass er sich stets korrekt verhalten habe. Wenn er die junge Schauspielerin durch seine Kritik verletzt haben sollte, tue ihm das leid. Ansonsten werde er ihr nichts nachtragen und die Angelegenheit von seiner Seite aus als erledigt betrachten. Kurz danach wurde das Verfahren eingestellt.

Nachdenklich schloss Petersen die Akte. Irgendwie kam ihr die ganze Geschichte komisch vor. Als Polizistin wusste sie, wie viel Überwindung es die meisten Frauen kostete, nach sexuellen Übergriffen von Männern Anzeige zu erstatten. Würde eine junge Schauspielschülerin wirklich so weit gehen, aus reiner Berechnung eine bekannte Persönlichkeit wie Morgenstern zu diffamieren? Andererseits war natürlich seine Prominenz ein mächtiges Druckmittel, mit dem sie möglicherweise sogar seine Karriere zerstören konnte.

Sie öffnete erneut die Akte im Computer und schrieb sich die persönlichen Daten der Schauspielschülerin auf. Danach suchte sie im Einwohnermelderegister nach Katharina Steinmann, wohnhaft in der Piusstraße in Köln-Ehrenfeld. Unter dem Eintrag im Melderegister stand der Hinweis, dass sich die Anschrift der gesuchten Person geändert hatte. Die neue Adresse war mit »Werderstraße« angegeben. Als Petersen den zweiten Vermerk las, schlug ihr Herz plötzlich schneller. Dort stand, dass die Gesuchte vor etwa einem Jahr geschieden wurde und ihren

Mädchennamen wieder angenommen hatte. Und dieser lautete Lenz, Katharina Lenz.

***

Das Bild an der Wand zeigte ein schwarzes Rechteck mit zwei dicken Punkten darunter. Die Fläche des Rechtecks war rot ausgemalt und erinnerte ihn an Blut. Kunert, der sich selten moderne Kunst in Museen ansah, empfand bei dem Anblick nichts, außer dass das Rechteck und die rote Farbfläche ein unbestimmtes Gefühl der Disharmonie in ihm auslösten.

»Ist das nicht beeindruckend, wie es Klee gelingt, eine solche Kraft und Ausdrucksstärke in sein Werk zu bringen?«, fragte sein Gegenüber. Niko Kunert stand mit dem Kurator Alexander Schönlau in einem Ausstellungsraum des Museums für Ostasiatische Kunst am Aachener Weiher.

»Was hat Klee mit Japan zu tun?«, wollte er wissen.

»Paul Klee war ein neugieriger Mensch und stets offen gegenüber fremden Einflüssen. Er hat sich sehr intensiv mit der ostasiatischen Kunst beschäftigt und übrigens seinerseits auch japanische Künstler beeinflusst. Deswegen diese Ausstellung«, erklärte Schönlau. Der Kurator war etwa vierzig Jahre alt, schlank und sportlich. Er trug Jeans und ein buntes T-Shirt. Gar nicht so, wie man sich einen trockenen Wissenschaftler vorstellt, dachte Kunert.

Schönlau, der seinen prüfenden Blick spürte, lächelte und nahm Kunert am Arm. »Sie wollten sicher nicht über Paul Klee mit mir sprechen. Kommen Sie, wir gehen in mein Büro.«

Der Raum war hell und freundlich. Auf dem Schreibtisch und den Stühlen lagen dicke Stapel von Büchern und aufgeschlagenen Zeitschriften. Schönlau räumte einen Stuhl für Kunert frei und setzte sich selbst auf die Schreibtischkante.

»Ich muss gestehen, dass ich neugierig geworden bin, als mich Ihre Kollegen nach der Bedeutung des Kanji-Schriftzeichens gefragt haben. Übrigens eine sehr schöne Kalligrafie, die das Foto zeigt. Wollen Sie mir nicht sagen, wie sie auf die Haut eines Toten gekommen ist?«

»Wieso eines Toten?«

»Nun ja, wenn die Mordkommission ermittelt, liegt das doch nahe, oder?«

Kunert erklärte, dass er wegen der laufenden Ermittlungen dazu leider nichts sagen dürfe. Der Kurator schien seine eigenen Schlüsse daraus zu ziehen. »Und jetzt möchten Sie gern wissen, warum sich jemand die Mühe macht, ein solches Zeichen mit Tusche auf den Arm einer Leiche zu schreiben?« Kunert nickte.

»Natürlich kann ich diese Frage auch nicht abschließend beantworten«, erklärte Schönlau. »Aber was ich sagen kann, ist, dass dieser Jemand eine gute Ausbildung in Kalligrafie gehabt haben muss. Die feinen Linien und die saubere Strichführung zeigen das deutlich. Was aber nicht heißen muss, dass der Schreiber Japaner ist.«

»Sie meinen, auch ein Ausländer könnte so schreiben?«

»Natürlich, Kalligrafie ist sehr in Mode. Überall gibt es Schulen und Kurse, in denen man ›Shodō‹ lernen kann. Der Ausdruck stand ursprünglich für die chinesische Kalligrafie und bedeutet ›der Weg des Schreibens‹. Shodō ist eben nicht nur ein Schreibstil, sondern eine innere Haltung, die man erst erlernen muss.«

»Was bedeutet das?«

»Dass man die Technik, Konzentration, gutes Werkzeug und vor allem viel Übung braucht. Und nicht zu vergessen die Atmung.«

»Wieso Atmung?«

»Man muss zur richtigen Zeit ein- und ausatmen, um den Strich nicht zu verwackeln.«

»Und was haben die Samurai mit Shodō zu tun?«

»Ursprünglich gar nichts. Die Kalligrafie kommt eigentlich aus dem Chinesischen und war dort schon immer eine hoch angesehene Kunstform. Sie wurde dann von japanischen Höflingen, buddhistischen Mönchen und später auch Samurai-Beamten übernommen, allerdings eher minimalistisch als bloßer Schreibstil. Heute ist die Kalligrafie auch in Japan eine anerkannte Kunst.«

Kunert versuchte, den Redeschwall des Kurators, der offenbar in seinem Element war, zu bremsen und wieder auf das Thema zu kommen: »Sie sagten, der Schriftzug auf dem Foto sei sehr professionell. Was schließen Sie daraus?«

»Wie ich schon sagte, der Schreiber war ein Künstler, ein Meister der Kalligrafie. Und er wollte eine Botschaft übermitteln. Das, was ein solcher Könner zu Papier – Verzeihung, in dem Fall auf die Haut – bringt, hat immer auch eine tiefere Bedeutung.«

»Was für eine Botschaft könnte das sein?«

»Die einfachste und logischste Erklärung ist für mich, dass das, was er getan hat, für Gerechtigkeit steht.«

Kunert überlegte. »Könnte auch eine Waffe wie ein Samurai-Schwert dafür stehen?«

»Sie meinen, weil dieser Anwalt, Hendrik Jürgens, mit einem solchen Schwert getötet wurde?«

Kunert antwortete nicht. Schönlau lächelte. »Sie wollen nichts sagen, ich verstehe schon. Aber um auf Ihre Frage zu antworten: Natürlich, denn auf dem Weg des Bushidō ist Gerechtigkeit die erste und höchste von sieben Tugenden.«

»Schön und gut, aber ist das nicht alles längst Vergangenheit?«

»Ja und nein.«

»Was heißt das?«

»Natürlich sind die Samurai schon lange Geschichte. Ihr Ehrenkodex spielt jedoch in der japanischen Gesellschaft auch heute noch eine Rolle. Eine Gesellschaftsform, die so streng auf Regeln und Kodizes beruht, braucht solche Traditionen. Und glauben Sie mir, sie sind auch in der heutigen Erziehung noch von Bedeutung.«

»Und was sagt Ihnen das im Zusammenhang mit unserem Fall?«

»Unser Fall? Sie meinen den toten Anwalt?« Schönlau sah Kunert herausfordernd an. »In den Zeitungen war nie von einem Schriftzeichen die Rede.«

Als Kunert schwieg, zuckte der Kurator die Achseln und hob die Hand wie zum Schwur.

»Also gut, ich sage nichts weiter – versprochen. Aber wenn ich das Schwert in meine Überlegungen mit einbeziehe, komme ich doch zu der Überzeugung, dass der Täter eine sehr enge Beziehung zu Japan und seiner Kultur haben muss. Meiner Meinung nach ist er Japaner oder zumindest als solcher erzogen worden. Und aus irgendeinem Grund sieht er sich selbst als eine Art Samurai.«

10

Anna Hohmann hatte Angst. Schon die Nachricht von Hendrik Jürgens' Tod hatte sie erschreckt. So lange hatte sie versucht, den Namen und die Ereignisse von damals zu vergessen. Gerade als ihr das halbwegs gelungen war, starb Jürgens. Und nun war auch Morgenstern tot. Sie glaubte nicht an Zufälle, vor allem nicht in diesem Fall. In den Zeitungen hatte außer vielen marktschreierischen Vermutungen nichts gestanden, was wirklich Aufschluss über die Ursache ihres Todes gegeben hätte. Sie jedoch hatte die Zeichen erkannt. Sie wusste, dass es zwischen den beiden Morden einen Zusammenhang gab.

Schon einmal, vor fast genau acht Jahren, also sechs Jahre nach den schrecklichen Geschehnissen von damals, hatte sie die Vergangenheit wieder eingeholt. An dem Tag war ein junger Mann mit einem lustigen japanischen Namen zu ihr gekommen, den sie sich nicht hatte merken können. Es war ein warmer Sommermorgen gewesen, und sie hatte noch in ihrer schönen großen Wohnung in Klettenberg gewohnt. Außer dem Namen war an dem Fremden allerdings nichts lustig gewesen. Er hatte sich an ihr vorbei in die Wohnung gedrängt und die Tür geschlossen. Dann war er ins Wohnzimmer gegangen. Schweigend hatte er dagestanden und sie angesehen. Sie hatte ein ungutes Gefühl gehabt, aber versucht, sich nichts anmerken zu lassen. Gerade als sie ihn auffordern wollte zu gehen, begann er plötzlich zu reden.

»Reden« war eigentlich kaum der richtige Ausdruck. Eher brach es wie ein Wortschwall aus ihm heraus. Es ging um die Ereignisse von damals. Einiges kam ihr wirr vor, und sie begriff auch nicht alles, vor allem weil er zwischendurch in eine fremde Sprache wechselte, die wie Japanisch oder Chinesisch klang. Aber eines hatte sie verstanden: Er behauptete, dass sie mitschuldig am Tod seiner Eltern sei. Dann hatte er ihr Fragen zu jenem Abend gestellt: Wie lange sie mit ihrem Boot in unmittelbarer Nähe des brennenden Schiffes gelegen hatten? Warum sie nicht beigedreht und seiner in Seenot geratenen Familie geholfen hatten? Und warum sie später jede Verantwortung leugneten? Sie konnte diese Fragen nicht beantworten und beteuerte immer wieder, von den Ereignissen in der Nacht nichts mitbekommen zu haben.

Der Fremde hatte ihr kein Wort geglaubt. Schließlich war er völlig außer sich geraten und hatte sie angeschrien wie ein Wahnsinniger. Und er hatte ihr gedroht: Sie solle nicht denken, dass sie ungestraft davonkomme. Und am Ende hatte er gesagt, dass er wiederkommen werde.

Sie bekam das Bild des schreienden Besuchers über Wochen nicht aus dem Kopf. Er war ihr verrückt und völlig unberechenbar vorgekommen. Seitdem hatte sie Angst, dass er seine Drohung wahr machen könnte. Zumal sie nicht sicher war, ob Jürgens und Morgenstern über den Ablauf des »Unglücks«, wie sie es nannten, wirklich die Wahrheit gesagt hatten.

Sie war damals als »Gespielin« der beiden – der Ausdruck entsprach der getroffenen Vereinbarung – mit auf eine dreiwöchige Segeltour durch das Mittelmeer von Elba über Korsika nach Sardinien engagiert worden. Sie hatte schon vorher immer mal wieder gegen Bezahlung mit fremden Männern geschlafen und sich damit ihr Studium finanziert. Der Törn war eine willkommene Gelegenheit, für drei Wochen aus dem Prüfungsstress in Köln auszubrechen und dabei auch noch eine Menge Geld zu verdienen. Deshalb hatte sie auch keinen Moment gezögert, als sich auf eine Annonce, die sie hin und wieder aufgab, Jürgens meldete.

Bei einem Treffen an einer Autobahnraststätte außerhalb Kölns hatte er ihr erklärt, was er von ihr erwartete, falls sie sein Angebot annehmen würde. Später an Bord war ihr schnell klar geworden, dass die beiden Männer, mit denen sie sich eingelassen hatte, ebenso reich wie unangenehm waren. Nicht dass sie nicht gut ausgesehen hätten – im Gegenteil waren beide auf ihre Art sogar attraktiv. Aber ihre Arroganz und die brutale Rücksichtslosigkeit, mit der sie sie fast wie eine Sklavin behandelten, hatte nach kurzer Zeit zu einem Gefühl des Ekels bei ihr geführt.

Sie war es gewohnt, von Männern schlecht behandelt zu werden. Mehr als einmal hatte sie schon die Zähne zusammenbeißen müssen, um ausgefallene Wünsche ihrer Kunden zu befriedigen. Aber die Art und Weise, wie Jürgens und Morgenstern nach Belieben über sie verfügten, empfand sie als zutiefst demütigend. Dabei ging es nicht nur um Sex. Sicher, das war das Schlimmste gewesen. Aber darüber hinaus musste sie an Bord auch noch kochen, putzen und all das tun, was unter der Würde ihrer Auftraggeber war.

Nein, sie waren keine netten Menschen, sondern kalt und skrupellos. Und sie waren gut darin, andere Menschen zu manipulieren. Von daher konnte sie es sich durchaus vorstellen, dass es ihnen gelungen war, damals den Kopf aus der Schlinge zu ziehen. Möglicherweise hätten sie die in Seenot geratene Familie retten können. Sie selbst hatte von den schicksalhaften Ereignissen an dem Abend nichts mitbekommen.

Als der Sturm aufkam, war ihr so schlecht geworden, dass sie die ganze Zeit in ihrer Kajüte verbracht hatte. An Deck war sie erst wieder gekommen, als sie in der Nacht von der italienischen Küstenwache aufgebracht und dazu gezwungen worden waren, den Hafen von Olbia anzulaufen. Wie froh war sie gewesen, dass die Behörden ihnen vorerst die Weiterfahrt verboten hatten, sodass der Törn und damit auch die Demütigungen ein jähes Ende fanden.

Seitdem war viel Zeit vergangen. Anna Hohmann war inzwischen fünfunddreißig. Das Geld, das sie damals von Jürgens und Morgenstern für ihre Dienste bekommen hatte, war rasch aufgebraucht. Irgendwie war es ihr zwischen den Fingern zerronnen, so wie ihr ganzes bisheriges Leben. Sie hatte nie wirklich etwas zustande gebracht. Nach ihrem Studienabbruch hatte sie sich einige Jahre lang mit schlecht bezahlten Jobs über Wasser gehalten. Irgendwann kam der Alkohol dazu, bis sie am Ende nicht mehr richtig arbeiten konnte. Seit den Erlebnissen auf dem Schiff hatte sie sich nicht mehr prostituiert. Nachdem kein Geld mehr reinkam, war sie schließlich dazu gezwungen gewesen, von Hartz IV zu leben. Mit der Zeit begannen ihre Erinnerungen an damals zu verblassen, wozu sicher auch der Alkohol beitrug.

Irgendwo hatte sie einmal den Satz gelesen: »Die Zeit heilt alle Wunden.« Vielleicht stimmte das ja. In den letzten Wochen und Monaten hatte sie begonnen, wieder Hoffnung zu schöpfen und über einen Neuanfang nachzudenken. Nach einer Entziehungskur hatte sie auch ihr Alkoholproblem in den Griff bekommen. Vor vier Wochen war sie im Jobcenter gewesen, um sich nach Weiterbildungsangeboten zu erkundigen. Der Berater hatte ihr eine Ausbildung zur Altenpflegerin empfohlen.

In den acht Jahren nach dieser merkwürdigen Begegnung hatte sie den Mann mit dem lustigen japanischen Namen nicht wiedergesehen. Wie hatte der noch mal gelautet? Sie konnte sich nicht erinnern. Auch Jürgens und Morgenstern, die ihr damals in Olbia, ohne zu widersprechen, das von ihr geforderte Rückflugticket nach Köln bezahlt hatten, waren aus ihrem Leben verschwunden.

Doch jetzt kamen die Schatten der Vergangenheit zurück. Seit etwas mehr als zwei Wochen fühlte sie sich beobachtet: ein Auto, das sie verfolgte, ein Mann, der auf der anderen Straßenseite hinter ihr herging und schnell in einer Hauseinfahrt verschwand, als sie sich umdrehte. Ihr Beschatter war vorsichtig. Aber sie glaubte, dass sie sich nicht irrte.

Und seit zwei Tagen hatte der Schatten auch ein Gesicht: Das Licht eines Autoscheinwerfers hatte ihren Verfolger sekundenlang angestrahlt, ehe er sich wegdrehen konnte. Das Gesicht im Scheinwerferlicht war vernarbt und wirkte sonderbar starr.

***

Brokat traute seinen Augen nicht, als er gemeinsam mit Niko Kunert gegen drei die beliebte Kölschkneipe »Severinschänke« am Anfang des Kartäuserwalls, fast direkt am Chlodwigplatz, betrat. Er war einige Wochen nicht mehr hier gewesen, und Manni, der Wirt, hatte die Wände neu dekoriert. Außer den großen Wagenrädern zierten jetzt Tank, Lenker und Gabel einer alten Harley-Davidson die dunkelbraun getäfelte Wand.

Stolz zeigte Manni auf die Motorradteile. »Is dat nit schön, Hans?«, wollte er wissen.

Ohne zu antworten, nickte Brokat und streichelte Mannis kleinen Pudel Hennes II., der wie immer in seinem Hundekorb lag. Anders als beim 1. FC Köln, wo bereits Geißbock Hennes VIII. regierte, war Manni erst beim zweiten Exemplar seines Kneipenhundes angekommen.

Brokat hatte Hunger, und er wusste, dass er auch um diese Zeit noch Mannis hervorragende Schnitzel mit Kartoffelsalat bekommen würde. Nach der Pressekonferenz war seine Laune im Keller. Vonderschmitt hatte ihn in sein Büro gerufen und ihm vorgeworfen, nicht verhindert zu haben, dass Fotos des toten Jürgens an die Presse gelangt waren.

»Anscheinend haben Sie Ihren Laden nicht im Griff«, stellte der Polizeidirektor fest. Offensichtlich seien die Handys der Kanzleimitarbeiter, die den Toten gefunden hatten, nicht überprüft worden. Dabei sei es nicht das erste Mal, dass Zeugen spektakuläre Bilder vom Tatort zu Geld machten. Es sei seine Schuld, dass man jetzt den Spekulationen in den Medien kaum noch werde Einhalt gebieten können. Vor Erregung war Vonderschmitt, der an Bluthochdruck litt, im Gesicht angelaufen, was ihm in Brokats Augen das Aussehen eines kleinen rosa Schweinchens verlieh. Dieses Bild tröstete Brokat darüber hinweg, dass es ihm nicht gelungen war, während der Strafpredigt seines Chefs auch nur einmal zu Wort zu kommen.

Die ersten Onlineveröffentlichungen am Nachmittag sprachen von einer schrecklichen Mordserie an Prominenten in Köln und spekulierten über weitere Taten des offenbar wahnsinnigen Samurai-Mörders. Die Boulevardblätter würden am nächsten Morgen sicherlich noch einen draufsetzen. Ganz Köln war in Aufruhr.

Kunert riss ihn aus seinen Überlegungen. »Schmid hat angerufen. Morgensterns Schwester ist auf dem Weg nach Köln. Es ist jedoch fraglich, ob sie uns weiterhelfen kann, da die beiden kaum Kontakt hatten. Außerdem hat er noch mal mit Morgensterns Agenten gesprochen. Dem ist nichts Auffälliges an Morgenstern aufgefallen.«

»Was ist mit den Frauengeschichten, von denen die Wittgenstein geredet hat?«

»Keine Ahnung, da ist Schmid dran.« Unvermittelt fragte Kunert seinen Chef: »Kann man denn seinen Recherchen trauen?«

»Wieso nicht?«, fragte Brokat erstaunt.

»Na ja, offensichtlich ist er wegen seiner Frau immer noch ziemlich durch den Wind«, meinte Kunert vorsichtig.

»Das wären wir doch in seiner Situation alle, oder? Außerdem wird er dadurch kein schlechterer Polizist. Er braucht einfach etwas Zeit. Und die Arbeit bringt ihn auf andere Gedanken.«

Manni brachte die Schnitzel und zwei Kölsch, als Brokats Handy klingelte. Er hörte gespannt zu. Danach erzählte er Kunert, was Ann-Kathrin Petersen über die Vergewaltigungsanzeige gegen Morgenstern herausgefunden hatte.

»Das könnte der Durchbruch sein«, sagte er dann. »Katharina Lenz hat Morgenstern vor zwei Jahren angezeigt. Jürgens hat ihn damals als Anwalt vertreten. Sie kannte ihn also schon seit dieser Zeit.«

»Es gibt noch einen Zusammenhang«, sagte Kunert und berichtete von seinem Gespräch mit dem Kurator Alexander Schönlau.

Brokat hörte aufmerksam zu. »Also ein Täter, der selbst Japaner ist oder einen engen Bezug zum Land hat«, meinte er nachdenklich. »Die einzige Person, auf die das nach unseren bisherigen Ermittlungen zutrifft, ist …«

»… die Lenz«, ergänzte Kunert. Die beiden sahen sich an.

»Lass uns nicht vorschnell urteilen«, warnte Brokat.

»Aber Katharina Lenz hatte ein Motiv, sich an Morgenstern zu rächen.« Je länger Kunert darüber nachdachte, desto klarer erschienen ihm die Hinweise, auf die sie gestoßen waren. »Und an Jürgens ebenfalls«, fuhr er eifrig fort. »Vielleicht hat sie sich deswegen an ihn rangemacht. Schließlich hatte dieser seinen Kumpel damals rausgepaukt. Und dabei war er sicherlich nicht zimperlich.«

»Du meinst, sie hat die Anzeige nicht freiwillig zurückgenommen?«

»Niemals«, meinte Kunert überzeugt. »Entweder wollte ihr Morgenstern wirklich an die Wäsche, oder sie wollte ihn verführen, um die Rolle zu bekommen. Vielleicht war es sogar eine Kombination aus beidem. Sie hat die Rolle jedoch nicht bekommen. Ob sie sich deswegen rächen oder ihn wirklich wegen eines Vergewaltigungsversuchs anzeigen wollte: Sie hatte keinen Grund, die Anzeige von sich aus zurückzuziehen. Die beiden müssen sie irgendwie unter Druck gesetzt haben.«

»Aber wie passt der Brief dazu, den Jürgens' Witwe gefunden hat?«, fragte Brokat.

»Keine Ahnung. Wir müssen das Video finden, von dem in dem Erpresserbrief die Rede ist. Möglicherweise ist das ja der Schlüssel zur Lösung des Falls.«

Brokat stimmte ihm zu, und sie vereinbarten, beide Wohnungen noch einmal gründlich zu durchsuchen.

Auf dem Weg zum Auto – Brokat hatte am Ende des Kartäuserwalls, kurz vor der Nord-Süd-Fahrt, einen der wenigen freien Parkplätze im Severinsviertel ergattert – kam Kunert noch einmal auf Katharina Lenz zu sprechen.

»Wenn sie wirklich die Täterin ist, was soll dann dieses ganze Samurai-Bohei? Warum erschießt sie die beiden nicht einfach? Was hat sie mit den Samurai zu tun?«

Darauf wusste Brokat auch keine Antwort. Katharina Lenz war eine attraktive Frau, die genau wusste, was sie wollte. Und dafür möglicherweise auch einiges riskierte. Aber der Gedanke, dass sie durchdrungen war von einer fremden Kultur, die sie zu rituellen Handlungen trieb, erschien ihm abwegig.

»Du hast recht«, meinte er dann. »Außerdem trägt diese Samurai-Geschichte nach meinem Gefühl eher männliche Züge.« Mittlerweile waren sie bei Brokats Auto angelangt. Nachdenklich suchte er nach dem Autoschlüssel in seinen Taschen. Als er aufschließen wollte, fiel sein Blick auf den Strafzettel hinter dem Scheibenwischer – bereits der dritte in diesem Monat, und das trotz seines Anwohnerausweises. Er startete den Motor und sah Kunert an. »Ich bin sicher, dass der Mörder uns eine Botschaft übermitteln wollte. Falls Petersen mit ihrer Vermutung richtigliegt, ist die Frage, ob nach den beiden Racheakten die Gerechtigkeit wiederhergestellt ist. Wenn nicht, wird er weitermorden. Indem er sich selbst von jeder Schuld freispricht, senkt er die Hemmschwelle für weitere Taten gegen null.«

11

Das Essen in der »Severinschänke«, aber vor allem der Anruf von Petersen hatten Brokats Laune verbessert. Daran änderte auch der plötzlich einsetzende Regen nichts, der sich mit dunklen Gewitterwolken schon vorher angekündigt hatte. Sie beschlossen, Katharina Lenz einen Überraschungsbesuch abzustatten. Da sie laut Auskunft des Fitnessstudios ihren freien Tag hatte, steuerte Brokat seinen Volvo vorsichtig durch den heftigen Wolkenbruch zu ihrer Wohnung in der Werderstraße. Als sie dort ankamen, hatte der Regen aufgehört, und die Sicht war wieder klar. Schon von Weitem sahen sie Menschen und einen Polizeiwagen auf der Straße stehen.

»Irgendetwas stimmt hier nicht«, meinte Brokat und stellte den Wagen auf der gegenüberliegenden Straßenseite ab.

Vor dem Haus, in dem Katharina Lenz wohnte, hatte sich ein kleiner Menschenauflauf gebildet. Die Menge verdeckte etwas, was von ihrer Position aus nicht zu erkennen war. Neben dem Streifenwagen stand ein Polizist, der sich offensichtlich bemühte, die Leute zu beruhigen. Die beiden Kommissare wühlten sich durch die Menschen, die nur widerwillig Platz machten. In der Zufahrt zum Haus lag ein Mann. Der zweite Polizist versuchte erfolglos, ihn aufzurichten.

»Am helllichten Tag besoffen«, schimpfte eine ältere Frau, die neben Brokat stand.

»Ich würde mich schämen, mich so gehen zu lassen«, meinte ein Mann zu seiner Rechten. »Schließlich spielen hier Kinder!«

Brokat, der sich einmal mehr wunderte, wie viele Menschen an einem normalen Werktag nicht arbeiten mussten, beachtete sie nicht. Schließlich hatte er sich bis zu dem Kollegen durchgekämpft, dem es inzwischen gelungen war, einen ziemlich mitgenommen aussehenden, etwa fünfzigjährigen Mann im Anzug in eine sitzende Position zu bringen.

»Das ist doch Peter Huber, der ehemalige Sozius von Jürgens«, meinte Kunert verblüfft.

»Wie kommt der denn vor die Haustür von der Lenz?«, fragte Brokat, den der Zustand Hubers schmerzlich an sein eigenes Erlebnis bei der Verfolgung der jungen Frau erinnerte. Zwar hatte er den Kollegen von der spontanen Beschattung erzählt, jedoch den heftigen Knock-out im Treppenhaus verschwiegen. Hierfür den Schuldigen zu finden sah er als persönliche Herzensangelegenheit an, die niemanden sonst etwas anging.

***

Artig wie zwei Schulbuben saßen Maric und Schmid an Solveigh Wittgensteins feierlich gedecktem Wohnzimmertisch. Mit spitzen Fingern goss die frühere Operndiva Blümchenkaffee in verschnörkelte Porzellantassen. Während die Polizisten sich lobend über den Zwetschenkuchen ihrer Gastgeberin äußerten, erzählte Solveigh Wittgenstein von ihrer Karriere.

»Ach wissen Sie, die meiste Zeit über war ich ja auf Reisen. Scala, Carnegie Hall, Metropolitan, Royal Opera House, ich hatte überall Auftritte.« Sie seufzte. »Aber irgendwann macht der Körper nicht mehr so mit, wie man will, und auch die Stimme wird nicht besser. Dafür wird die Konkurrenz der jungen Dinger, die mit Anfang zwanzig schon gefeiert werden wie Popstars, immer größer. Und dann hat mich mein Mann ja auch im Weinladen gebraucht.« Sie seufzte erneut. »Mein verstorbener Gatte, Gott hab ihn selig, war ein guter Mensch. Aber er war kein Künstler. Und als Kaufmann hat er auch nicht sonderlich viel getaugt.« Sie schüttelte den Kopf, wie um ihr Bedauern darüber auszudrücken, dass sie eigentlich unter ihren Möglichkeiten geheiratet hatte.

Maric nutzte eine kurze Pause, in der sie Kaffee nachgoss, um zu fragen, wie sie Morgenstern kennengelernt hatte. »Anscheinend hatte er nicht viel Kontakt zu anderen Menschen. Deshalb hoffen wir, dass Sie uns weiterhelfen können.«

»Das ist richtig«, meinte sie. »Aber kann man von einem so großen Künstler wie ihm erwarten, dass er sich mit den Sorgen und Problemen des gemeinen Volkes beschäftigt?«

»Aber Sie waren da eine Ausnahme«, hakte Schmid nach.

Offensichtlich hatte er etwas Falsches gesagt, denn sie verzog entrüstet das Gesicht.

»Wissen Sie, ein Genie erkennt das andere auf den ersten Blick«, erklärte sie im Brustton der Überzeugung. »Schon als Patrick vor etwa zwei Jahren hier einzog, war klar, dass wir Seelenverwandte sind. Und seitdem haben wir uns regelmäßig getroffen. Außerdem verband uns die Liebe zum Wein.«

»Hatte Morgenstern außer Ihnen andere enge Bekannte? Und wie sieht es mit der Familie aus?«

»Nicht dass ich wüsste. Außer meinem Mann vielleicht. Aber das kann man nicht vergleichen. Und mit seiner Schwester hat er sich schon vor vielen Jahren zerstritten.«

»Sie haben gegenüber meinem Kollegen angedeutet, dass Patrick Morgenstern häufiger Besuch von Frauen hatte«, meinte Maric.

»›Angedeutet‹ ist gut.« Die Tatsache, dass sie sich fast an ihrem Kuchen verschluckte, zeigte deutlich, wie erregt sie war. »Mindestens einmal im Monat brachte er so ein junges Flittchen mit hierher. Und soweit ich das mitbekommen habe, sind diese Schwalben meist über Nacht geblieben.« Die Art, wie sie das sagte, legte nahe, dass sie über jeden Schritt Morgensterns bestens Bescheid wusste. »Patrick war ein gefragter Schauspieler. Und natürlich entschied er mit darüber, wie die Rollen in seinen Filmen besetzt wurden. Diese selbst ernannten jungen Starlets haben das schamlos ausgenutzt.« Sie wirkte aufrichtig empört. »Schließlich war er auch nur ein Mann. Manchmal konnte er einfach nicht Nein sagen. Ich habe ihm erklärt, dass er sich damit erpressbar macht. Da ist er böse geworden und meinte, ich solle mich nicht in seine Angelegenheiten einmischen.«

»Es waren also keine dauerhaften Beziehungen?«, traute sich Schmid zu fragen.

»Wo denken Sie hin? Keines der Mädchen ist mehr als ein Mal hier gewesen. Für mich sahen sie alle gleich aus. Blond, hübsch und meist so schmal, dass man Mitleid mit ihnen haben konnte. Allerdings gibt es eine Ausnahme«, meinte sie nachdenklich.

»Inwiefern?«, wollte Maric wissen.

»Na ja, er hat auch eine Frau mitgebracht, die älter ist. Bestimmt schon über vierzig.«

»Und sie ist auch nur ein Mal hier gewesen?«

»Nein, sie hat ihn auch danach noch besucht«, gab Solveigh Wittgenstein widerwillig zu.

Maric horchte auf. »Können Sie sie beschreiben? Welcher Art war ihre Beziehung?«

»Woher soll ich das wissen? Schließlich habe ich Patrick nicht beschattet«, antwortete sie schnippisch, offensichtlich eingeschnappt darüber, dass ihr Seelenverwandter sie nicht ins Vertrauen gezogen hatte. »Wie gesagt, sie war um die vierzig, vielleicht auch etwas älter. Auf gewisse Art war sie zweifellos attraktiv. Und anders als die jungen Mädchen machte sie den Eindruck, als hätte sie Niveau. Mit Sicherheit war sie auch Künstlerin. Aber ich kannte sie nicht.«

»Wie lange hielt diese Beziehung an?«

Die pensionierte Operndiva zögerte. Die Antwort schien ihr schwerzufallen. »Die Besuche begannen unmittelbar nach Patricks Einzug hier ins Haus. Und sie kam mindestens einmal im Monat, wenn Patrick nicht gerade bei einem Dreh war.«

»Und wann war die Beziehung zu Ende?«

»Gar nicht. Das letzte Mal hat sie ihn ungefähr zwei Wochen vor seinem Tod besucht.«

»Und Sie haben wirklich keine Ahnung, wer die Unbekannte ist?«

»Nein. Schließlich konnte ich Patrick doch nicht nach ihrem Namen fragen.«

Die Art und Weise, wie sie das sagte, drückte deutlich ihr Bedauern über diesen Tatbestand aus.

***

»Katharina Lenz hat angerufen. Sie will mit dir sprechen, aber allein.«

Brokat lief Schmid in die Arme, kurz nachdem sie mit Huber im Schlepptau im Präsidium angekommen waren. Der Anwalt wirkte immer noch benommen und schien nicht in der Lage, zu erklären, wie er vor das Haus in der Werderstraße gekommen war. Dafür klagte er über schlimme Kopfschmerzen. Kunert bot an, seinen berüchtigten Nicaraguakaffee zu kochen, der laut Meinung der meisten Kollegen auch Tote wiederauferstehen lassen konnte.

Brokat verabschiedete sich, um Katharina Lenz aufzusuchen.

»Sie hat von Lorsbachs Wohnung aus angerufen. Sie will, dass du so schnell wie möglich kommst. Und sie hört sich an, als hätte sie Angst«, hatte Schmid erklärt.

»Sag Kunert, dass er Huber ausquetschen soll, sobald der wieder einigermaßen normal ist«, rief ihm Brokat im Weggehen zu. »Ich will wissen, was er bei der Lenz zu suchen hatte.«

Brokat nahm die nächste Auffahrt zur Zoobrücke in Richtung Innenstadt und bog dann sofort auf den Pfälzischen Ring ab, der ihn im abendlichen Berufsverkehr durch Mülheim zum Wiener Platz brachte. Der Verkehr war so dicht, dass er für die kurze Strecke fast zwanzig Minuten brauchte. Er fand einen Parkplatz in der Keupstraße, direkt zwischen einem türkischen Gemüseladen und einem Dönerimbiss.

Das vierstöckige Haus aus der Gründerzeit, in dem Lorsbach wohnte, lag direkt daneben. Als Brokat klingelte, registrierte er, dass auf fast allen Klingelschildern türkische Namen standen. Während er wartete, drehte er sich um und sah im abendlichen Sonnenschein auf die Straße hinaus. Dabei musste er daran denken, dass die Geschäftsstraße 2004 Schauplatz eines Nagelbomben-Attentats gewesen war. Zweiundzwanzig Menschen waren dabei verletzt worden, vier von ihnen schwer. Einen rechtsextremen Hintergrund der Tat schlossen die Ermittler anfangs kategorisch aus. Erst acht Jahre später stellte sich heraus, dass der rechtsterroristische »Nationalsozialistische Untergrund« den Anschlag verübt hatte. Gerade lief in München der Prozess gegen Beate Zschäpe und vier mutmaßliche Unterstützer. Seit zwei Jahren wurde in der Keupstraße das deutsch-türkische Kunst- und Kulturfestival »Birlikte« veranstaltet. Es fand jeweils zum Jahrestag des Attentats im Juni statt, und auch Brokat war da gewesen.

Lorsbach öffnete ihm die Tür. Er sah übernächtigt aus.

»Sie sitzt in der Küche. Kommen Sie mit«, forderte er den Kommissar auf.

Als Brokat hinter Lorsbach herging, fiel ihm auf, dass der junge Mann gebeugt ging, so als könne er die Last, die auf seinen Schultern lag, kaum tragen. Katharina Lenz saß am Küchentisch und rauchte. Der Aschenbecher vor ihr war voller Zigarettenkippen. Sie trug Jeans und ein blaues Kapuzenshirt. Sie war nicht geschminkt, und ihr Gesicht war grau.

»Würden Sie ein paar Schritte mit mir gehen?«, fragte sie den Kommissar. »Ich muss hier raus.« Lorsbach sah sie an, aber sie winkte genervt ab. »Ich will allein gehen«, herrschte sie ihn an.

Lorsbach zuckte mit den Schultern, sagte aber nichts.

Sie gingen ins »Café Paradies«, das nur einige hundert Meter entfernt lag. Brokat bestellte türkischen Tee.

»Ich wollte Nick nicht dabeihaben. Er macht sich schon genug Sorgen um mich«, begann sie, nachdem sie einige Minuten schweigend dagesessen und an dem heißen und sehr süßen Tee genippt hatten.

»Dazu hat er auch allen Grund, nach dem, was Sie ihm alles in die Schuhe geschoben haben«, sagte Brokat trocken. Er fragte sich, ob Katharina Lenz wirklich ernsthaft mit ihm reden wollte.

»Wieso meinen Sie, dass ich ihm etwas in die Schuhe geschoben habe?«, fragte sie entrüstet.

»Haben Sie mir nicht erklärt, dass Sie Ihren Freund durchaus für fähig halten, einen Mord zu begehen? Später haben sie ihn so lange bearbeitet, bis er selbst geglaubt hat, der Mörder von Jürgens zu sein.«

»Das ist absurd«, wehrte sie ab.

Brokat, der sie genau beobachtete, hatte das Gefühl, dass ihre Empörung gespielt war.

»Warum wollten Sie mich sprechen?«, fragte er. »Sie sagten meinem Kollegen, dass Sie Angst haben. Wovor?«

»Jürgens und Morgenstern sind tot. Und vielleicht bin ich als Nächste dran.«

»Wie kommen Sie darauf?«

»Ich weiß nicht. Ich denke schon die ganze Zeit, dass die beiden Morde mit den Ereignissen von damals zu tun haben.«

»Inwiefern?«

Sie antwortete nicht.

»Wenn ich Ihnen helfen soll, muss ich wissen, was damals passiert ist«, sagte Brokat. »Ich möchte, dass Sie mir noch einmal Ihre Beziehung zu Hendrik Jürgens schildern.«

Sie dachte einen Moment nach. »Liebe war es nicht, wenn Sie das meinen. Aber ich mochte ihn sehr, als Mann und als Liebhaber.«

Brokat sah sie an. »Wirklich? Eigentlich können Sie nicht allzu gute Erinnerungen an ihn haben.«

»Wieso das denn? Ich hatte eine wunderbare Zeit mit ihm. Nur irgendwann war es eben zu Ende.«

Brokat merkte, wie die Wut in ihm hochstieg. »Wollen Sie mich für dumm verkaufen? Wir wissen, dass Sie Jürgens vor zwei Jahren schon einmal begegnet sind. Und zwar als Freund und Anwalt des Mannes, der damals angeblich versucht hat, Sie zu vergewaltigen. Und der jetzt, kurz nach Jürgens' Tod, selbst umgebracht wurde.« Er holte Luft. »Sind Sie sich eigentlich über Ihre Situation im Klaren? Sie sind das Bindeglied zwischen Jürgens und Morgenstern. Und Sie sind momentan unsere Hauptverdächtige, denn Sie hatten allen Grund, sich an den beiden zu rächen. Und Sie haben für beide Tage kein Alibi.«

Sie zuckte zusammen. »Dann wollen Sie mich jetzt also verhaften?«

Brokat fluchte laut, sodass sich die Kellnerin in dem ansonsten fast leeren Café nach ihnen umdrehte. »Herrgott noch mal, ich will wissen, was damals passiert ist! Und ich will die Wahrheit hören.«

Sie sah zu Boden. Brokat merkte, dass ihr die Tränen im Gesicht standen. Schließlich begann sie zu reden. Sie erzählte ihm die Geschichte von damals, und sie erzählte sie so, wie sie in der Anzeige gestanden hatte. Wie sie als junge ehrgeizige Frau davon überzeugt war, nicht nur hübsch, sondern auch eine begabte Schauspielerin zu sein. Wie sie Morgenstern über dessen Agentur angeschrieben und um ein Vorstellungsgespräch für eine Rolle in seiner neuen Fernsehserie gebeten hatte. Wie sie zu ihm gegangen und er zudringlich geworden war. Wie sie sich gewehrt hatte und schließlich mit Mühe und Not einer Vergewaltigung entgangen war. Katharina Lenz erzählte ruhig und emotionslos. Dennoch hatte der Kommissar das Gefühl, dass ihr die Ereignisse von damals immer noch nahegingen.

»Wieso haben Sie versucht, die Anzeige zurückzuziehen?«

Sie schwieg und sah ihn an, als überlege sie, inwieweit sie ihm vertrauen konnte. Schließlich fasste sie einen Entschluss.

»Das Schwein hat mich mit einer versteckten Kamera gefilmt. Und das Ganze dann so raffiniert zusammengeschnitten, dass es so aussieht, als wollte ich etwas von ihm.«

»Aber wie kann das sein, wenn er Sie doch fast vergewaltigt hätte?«

»Wissen Sie, ich habe eine ziemliche Wirkung auf Männer. Und ich wollte doch die Rolle. Also habe ich ihn am Anfang machen lassen. Aber irgendwann habe ich dann die Kontrolle verloren«, sagte sie kleinlaut. »Zwei Tage nachdem ich ihn angezeigt hatte, tauchte er mit dem Film bei mir auf. Es ist unglaublich, wie man mit ein paar Schnitten die Wirklichkeit verändern kann. Er drohte, das Video ins Internet zu stellen, wenn ich nicht zur Polizei ginge und meine Beschuldigungen zurücknehmen würde.«

»Und das haben Sie gemacht?«

»Was blieb mir anderes übrig?«

»Und war die Sache damit zu Ende?«

»Offiziell ja. Wie Sie wissen, wurde das Verfahren kurz darauf eingestellt. Aber Morgenstern machte sich einen Spaß daraus, mich hin und wieder anzurufen und mir zu sagen, dass er das Video noch habe.«

»Und deshalb haben Sie ihn umgebracht.«

Sie wirkte wirklich schockiert. »Nein, um Gottes willen nicht. Ich habe lediglich versucht, das Video zu bekommen.«

»Sie haben was?«

»Ich hatte solche Angst, dass er das Video ins Internet stellt«, sagte sie trotzig. »Also habe ich ein Treffen vorgeschlagen, bei dem er mir den Film geben sollte.«

»Und wie hat Morgenstern reagiert?«

»Er hat mich ausgelacht und mir erklärt, dass der Film sicher verwahrt sei. Und dass ich weiterhin schön brav sein sollte.«

»Haben Sie ihn seitdem noch einmal gesehen?«

»Nein. Wir sind uns nie wieder begegnet. Das schwöre ich.« Während sie das sagte, legte sie ihre Hand auf seine. Schnell stand er auf und ging zu der Kellnerin, um den Tee zu bezahlen.

Auf dem Rückweg zu Lorsbachs Wohnung fragte er sie nach Jürgens.

»Es war reiner Zufall, dass wir uns wieder begegnet sind. Er hat sein Fitnessstudio gewechselt, und so haben wir uns getroffen.«

»Und dann lassen Sie sich ausgerechnet auf eine Affäre mit dem Mann ein, der Morgenstern geholfen hat, die Vergewaltigung zu vertuschen? Das nehme ich Ihnen nicht ab.«

»Es war aber so«, sagte sie ruhig. »Es hat sofort zwischen uns beiden gefunkt. Die Sache von damals hat dabei überhaupt keine Rolle gespielt.«

»Und dennoch hatten Sie keine Probleme, ihm vier Wochen später den Laufpass zu geben.« Brokat konnte seinen Sarkasmus nicht unterdrücken.

»Ich habe Ihnen doch schon erklärt, wie eifersüchtig Nick werden konnte.«

»Wissen Sie, was ich glaube? Sie hatten von Anfang an vor, Morgenstern umzubringen. Und Sie haben den Kontakt zu Jürgens aus purer Berechnung gesucht. Als Anwalt Morgensterns gaben Sie ihm eine Mitschuld daran, dass er Sie damals derart demütigen konnte. Dafür musste er ebenfalls sterben.«

»Nein, so war es nicht.«

»Deswegen haben Sie ihm auch das Schriftzeichen auf den Arm gemalt. Sie wollten Gerechtigkeit, die Ihnen die Justiz nicht gegeben hat.«

»Ich verstehe Sie nicht.«

»Wie gut ist Ihr Japanisch?«

»Sie meinen, weil ich Japanologie studiere?«

»Hätten Sie die Kalligrafie auch machen können?«

»Japanisch ist eine schwere Sprache. Ich könnte das Kanji-

Schriftzeichen für ›Gerechtigkeit‹ vielleicht hinbekommen, aber nur sehr laienhaft.«

Brokat schwieg einen Moment. Sie weiß mehr, als sie sagt, dachte er.

»Kennen Sie Peter Huber?«, wechselte er das Thema.

»Den Partner von Hendrik? Nur vom Sehen«, antwortete sie schnell – zu schnell, wie er fand. »Können Sie mir sagen, wie er halb ohnmächtig vor Ihr Haus gekommen ist?«

Erstaunt schüttelte sie den Kopf. »Ich habe keine Ahnung.« Brokat sah ein, dass er nicht weiterkam. »Ich muss Sie bitten, morgen früh aufs Präsidium zu kommen. Wir haben noch einiges zu klären«, sagte er förmlich, bevor er ging.

12

Auf dem Weg ins Präsidium wurde Brokat klar, dass er nicht die geringste Lust hatte, sich an diesem Tag noch einmal mit Peter Huber auseinanderzusetzen. Das konnte genauso gut Kunert machen, der sich ja sowieso schon des Anwalts angenommen hatte. Da er Hunger hatte, beschloss er, stattdessen ins »Palermo« zu fahren und den Tag mit einem guten Essen zu beschließen. Er nahm den Weg über die Mülheimer Brücke Richtung Innenstadt und bog dann am Bahnhof auf die Nord-Süd-Fahrt ab. Er stellte seinen alten Volvo im DuMont Carré ab und ging über die Breite Straße bis zur Nord-Süd-Fahrt.

Obwohl die Uhr erst kurz nach acht zeigte, waren bereits fast alle Plätze besetzt. Nicola deutete auf den letzten freien Zweiertisch in der Ecke und machte ihm ein Zeichen, dass er sich jetzt nicht um ihn kümmern konnte. Brokat setzte sich. Nicolas Tochter Paola, die in den Semesterferien häufig ihren Eltern half, bediente heute. Während er sie ansah, fiel ihm auf, wie ähnlich sie in ihrer unbekümmerten Art Maria war.

Sofort bekam er ein schlechtes Gewissen: Seit ihrem Anruf gestern Abend hatte er nicht mehr an sie gedacht. Er wischte den Gedanken beiseite und bestellte bei Paola Meerbarben, die nach Tradition der Fischer aus Livorno in Öl und mit Knoblauch angebraten wurden, und dazu einen Vermentino. Sie wollte gerade wieder gehen, als ihm noch etwas einfiel. »Stimmt es, dass Sie fast ein Jahr lang in Japan gelebt haben?«

Sie lächelte ihn an. »Das hat Ihnen mein Vater erzählt, oder? Ja, ich habe mein Studium für ein Jahr unterbrochen und bin mit einer Austauschorganisation nach Japan gegangen, um dort zu arbeiten und das Land kennenzulernen.«

»Hätten Sie nachher Zeit, mir ein paar Fragen zu beantworten?«

Sie sah sich um. »Leider habe ich momentan sehr viel zu tun. Aber Sie essen ja hier bei uns. Später komme ich gern zu Ihnen.«

Das Essen war wie gewöhnlich exzellent. Brokat hatte sich

einen Kaffee und einen Grappa bestellt, als sie sich zu ihm an den Tisch setzte. »Also, was wollen Sie wissen?«, fragte sie freundlich. »Sie können übrigens gern Du zu mir sagen.«

»Sie … also du hältst große Stücke auf ihn, oder?«

Sie sah zum Nachbartisch hinüber, an dem sich Nicola lebhaft mit einigen Gästen unterhielt.

»Er ist der beste Vater der Welt«, sagte sie zärtlich. »Ohne seine Unterstützung wäre ich nie nach Japan gekommen.«

Brokat dachte einen Moment nach. »Vielleicht kannst du mir dabei helfen, einen schwierigen Fall besser einzuschätzen, bei dem die japanische Kultur eine gewisse Rolle spielt.«

Sie sah ihn aufmunternd an. »Fragen Sie. Ich verspreche auch, nichts auszuplaudern.«

»Vielleicht kommt dir meine Frage komisch vor. Ich wüsste gern, ob sich ein Japaner anders an einem Feind rächen würde als ein Europäer.«

»Das ist wirklich eine sonderbare Frage. Und sie ist schwer zu beantworten – zumal es in Japan wesentlich weniger Verbrechen gibt als bei uns.«

Er sah sie fragend an.

»Sie wollen wissen, warum das so ist? Meiner Meinung nach liegt das zum einen an dem ganz anderen Polizeisystem. In Japan gibt es überall die ›Kōban‹. Das sind kleine Polizeiwachen, die sehr viel stärker in die Gemeinschaft integriert sind als die Polizeistationen bei uns«, erklärte sie. »Damit können die Polizisten vor Ort bei einem Streit oder heftigen Auseinandersetzungen häufig schon im Vorfeld eingreifen und Schlimmeres verhindern. Zum anderen funktioniert die japanische Kultur ganz anders als unsere westeuropäische. Für den Japaner sind Harmonie und die Zugehörigkeit zu einer Gemeinschaft äußerst wichtig. Negatives Verhalten wird bestraft und kann zu einer absoluten Bloßstellung führen. Man spricht in diesem Zusammenhang auch von einer Schamkultur. Ich will damit sagen, dass ein Japaner, der sich an einem anderen Menschen grausam rächt, schon schwerwiegende Gründe dafür haben muss – oder er hat einen Schlag weg.«

»Wie meinst du das?«

»Sie müssen wissen, dass die japanische Gesellschaft sehr

stark von Regeln und Ritualen bestimmt wird. Das gilt auch in hohem Maße für die Erziehung und die Schulbildung. Wer da den Anforderungen nicht genügt oder sonst wie aus dem Rahmen fällt, kann schnell zum Außenseiter werden. Ich hatte beispielsweise einen Freund in Tokio, der ein Hafu war.«

»Ein Hafu?«

»Ja, ein Halbjapaner. ›Hafu‹ bedeutet ›Halber‹, und ein halber Japaner passt nicht ins Bild einer Gesellschaft, die mit Multikulti so überhaupt nichts am Hut hat. Mein Freund hat mir erzählt, wie sehr er sich manchmal wegen seiner Herkunft, einer japanischen Mutter und eines griechischen Vaters, ausgegrenzt fühlte – und wie er unter diesem scheinbaren Makel litt.«

»Aber deswegen hat er sich doch nicht an jemand anderem gerächt?«

Sie lachte. »Nein, natürlich nicht. Ich wollte damit sagen, dass solche Ausgrenzungen schlimme Folgen haben können, zumal der Ausgegrenzte dabei fast immer sein Gesicht verliert. Und das ist in einer so harmonieorientierten Gesellschaft besonders schlimm.«

Brokat begann zu verstehen, dass die japanische Kultur ganz anders war als die westeuropäische. Aber brachte ihn das weiter? Er teilte Schönlaus Einschätzung, dass der Mörder zum japanischen Kulturkreis gehörte, nur teilweise. Warum sollte sich jemand, der das Land von Reisen oder durch ein Studium gut kannte, nicht genauso verhalten? Und, falls er das wollte, in die Rolle eines rächenden Samurai schlüpfen? Zumal die Samurai gerade auch für Europäer etwas von einem Mythos hatten. Er dachte an Katharina Lenz, und wieder gelang es ihm nicht, sie sich als brutale Serienmörderin vorzustellen.

Paola merkte, dass Brokat mit seinen Gedanken woanders war. »Ich hoffe, dass Ihnen meine Antworten weitergeholfen haben.«

»Das haben sie ganz sicher. Ich bin dir wirklich sehr dankbar.«

Sie strahlte ihn voller Freude an, und wieder musste er an Maria denken. Er stand schnell auf, zahlte und ging.

***

Auf dem Weg nach Hause in die Südstadt schweiften seine Gedanken wieder unwillkürlich zu seinem Fall. Zwei prominente Kölner waren kurz hintereinander brutal ermordet worden. Der Täter konnte jederzeit wieder zuschlagen. Die Hinweise, die sie bisher gefunden hatten, reichten nicht aus, um den Mörder zu identifizieren.

Wer kam neben Katharina Lenz noch als Täter in Frage? Eventuell Huber – der hatte Dreck am Stecken, das hatte Brokat schon bei ihrer ersten Begegnung gespürt. Und er schien Katharina Lenz zu kennen. Jedenfalls gab es sonst keinen plausiblen Grund dafür, dass sie ihn vor ihrer Haustür gefunden hatten. Aber welcher Art war ihre Beziehung? Und wo war das Video, von dem Katharina Lenz gesprochen hatte? Handelte es sich um denselben Film, von dem im Erpresserbrief an Jürgens die Rede war? Aber wieso sollte er mit einem Video erpresst worden sein, in dem Morgenstern versuchte, Katharina Lenz zu vergewaltigen?

Brokat war so in seine Überlegungen versunken, dass er überhaupt nicht mehr auf den Weg geachtet hatte. Als er sich wieder auf die Straße konzentrierte, stellte er fest, dass er, anstatt an der Ulrepforte links in den Kartäuserwall zu fahren, von der Nord-Süd-Fahrt rechts auf den Ring abgebogen war. Da er den Barbarossaplatz bereits passiert hatte, beschloss er, bei nächster Gelegenheit zu wenden. Aber irgendetwas trieb ihn, weiterzufahren. Später dachte er, dass es vielleicht die unbewusste Annahme war, dass der Täter immer wieder zum Tatort zurückkehrte.

Auf dem Kaiser-Wilhelm-Ring fand er am Ende des kleinen Parks, kurz hinter der Kanzlei, einen Parkplatz. Er blieb im Auto sitzen und blickte auf das Gebäude, das trotz der Beleuchtung auf dem Ring düster und abweisend wirkte. Da sah er schräg vor dem Haus einen Mann, der wie er vom Park aus das Haus beobachtete. Er trug einen Regenmantel, obwohl es überhaupt nicht nach Regen aussah, und stand von ihm abgewandt, sodass Brokat sein Gesicht nicht sehen konnte. Der Fremde wartete völlig regungslos wie eine Statue.

Einen Augenblick lang schien die Zeit stillzustehen, als plötzlich auf dem Ring ein Polizeiauto mit Blaulicht und Sirene vorbeifuhr. Erschrocken drehte sich der Mann um. Er sah verwirrt aus, so als würde er gerade aus einem Traum aufwachen. Was Brokat jedoch mehr beschäftigte als der Gesichtsausdruck, war das Gesicht selbst: Es wirkte seltsam starr und war durch Narben entstellt.

In dem Moment, in dem Brokat die Autotür aufriss, sah ihn der Unbekannte und rannte in die entgegengesetzte Richtung los. Er war schnell, viel schneller als Brokat. Nach wenigen Sekunden hatte er die nächste Ecke erreicht und bog links in die Christophstraße ein. Brokat brauchte beinahe dreißig Sekunden, bis er ebenfalls die Kreuzung erreicht hatte. Als er sich umsah, war der Fremde verschwunden. Die angetrunkenen holländischen Touristen, die Brokat kurz darauf entgegenkamen, gaben ihm zu verstehen, dass ihnen niemand begegnet war – und dass er doch besser mit ihnen in die Altstadt fahren und weitertrinken solle.

***

Kunert musste sich eingestehen, dass er aus Huber nicht schlau wurde. Zwar hatte der starke Kaffee seine Wirkung getan und den Anwalt wieder halbwegs zu sich gebracht. Dadurch war er jedoch nicht gesprächiger geworden. Anfangs murmelte er nur, dass er sich an nichts erinnern könne und ihm völlig schleierhaft sei, wie er vor das Haus gekommen war. Erst als Kunert damit drohte, ihn über Nacht auf dem Präsidium zu behalten und in eine Ausnüchterungszelle zu stecken, schien er sich seiner Situation bewusst zu werden. Schließlich gab er zu, tatsächlich zu Katharina Lenz unterwegs gewesen zu sein.

»Was wollten Sie denn von ihr?«, erkundigte sich Kunert.

»Ich hatte vor, ihr zu sagen, dass unsere Vereinbarung nach dem Tod von Jürgens nicht mehr gültig ist.«

»Welche Vereinbarung?«

Huber zögerte einen Moment. »Die, die ich im Auftrag von Martha Jürgens mit ihr treffen sollte«, sagte er endlich.

Kunert verstand gar nichts. »Was um alles in der Welt hat Jürgens' Witwe mit Katharina Lenz zu tun?«, fragte er ungeduldig.

»Sie wollte, dass sie das Verhältnis mit ihrem Mann beendete. Und dafür sollte ich ihr Geld bieten.«

»Woher wusste Martha Jürgens von dem Verhältnis?«

»Alle wussten davon. Er hat nichts getan, um es geheim zu halten. Manchmal kam seine Geliebte sogar abends in die Kanzlei, um ihn abzuholen. Natürlich hat es dann auch seine Frau erfahren.«

»Ich dachte, sie und Jürgens wären sowieso nur noch zusammen, um den Schein zu wahren. Wieso war ihr das Verhältnis dann nicht egal?«

»Darüber hat sie nicht mit mir geredet. Vielleicht fühlte sie sich bloßgestellt, weil Jürgens in aller Öffentlichkeit mit seiner neuen Flamme rumgemacht hat.«

»Und dann wollte Martha Jürgens Sie als Vermittler engagieren?«, fragte Kunert zweifelnd.

»Ja, anfangs war ich auch erstaunt. Aber wir kannten uns schon eine Weile über Hendrik. Und offensichtlich hatte sie Vertrauen zu mir. Jedenfalls rief sie mich eines Tages in der Kanzlei an und fragte, ob ich ihr einen Gefallen tun könnte.«

»Wann war das?«

Huber überlegte kurz. »Vor etwas mehr als drei Wochen«, sagte er dann.

»Also zwei Wochen vor Jürgens' Tod, richtig?«

»Genau.«

»Wie viel haben Sie Katharina Lenz angeboten?«, wollte Kunert wissen.

»Zehntausend Euro. Die Hälfte sofort und den Rest, wenn sie Schluss gemacht hatte.«

»Und wie hat sie reagiert?«

»Sie war einverstanden, und ich habe ihr die Anzahlung gegeben.«

»Wie viel ist für Sie dabei rausgesprungen?«

Huber sah zur Seite. »Tausend Euro«, sagte er dann.

Kunert stieß einen Pfiff aus. »Donnerwetter, die Witwe lässt sich das ja richtig was kosten. Und jetzt wollten Sie das Geld wiederhaben? Für sich oder für Ihre Auftraggeberin?«

»Natürlich für Frau Jürgens«, antwortete Huber beleidigt.

»Und die restlichen fünftausend Euro?«

»Ich habe ihr bisher nur die Anzahlung gegeben.«

»Das heißt, Katharina Lenz hat nicht mit Jürgens Schluss gemacht?«

»Dazu kam es nicht mehr, weil er vorher getötet wurde.«

Er lügt, dachte Kunert. Er weiß nicht, dass die Lenz die Beziehung schon vorher beendet hat. Wenn es den Deal wirklich gegeben hätte, dann wäre sie sofort zu ihm gekommen, um das restliche Geld zu kassieren.

»Und konnten Sie mit Katharina Lenz sprechen?«, fragte er.

»Nein, wie Sie wissen, bin ich an der Gartentür zusammengebrochen und ohnmächtig geworden. Ich habe in letzter Zeit häufiger Kreislaufprobleme. Wahrscheinlich war das der Grund.«

»Eine andere Ursache für die Ohnmacht gibt es nicht?«, fragte Kunert zweifelnd.

»Nein, was meinen Sie?«, fragte Huber erstaunt.

»Wussten Sie, dass Ihr Partner erpresst wurde? Martha Jürgens hat in den Sachen ihres Mannes einen Erpresserbrief an ihn gefunden.«

Kunert hatte die Frage eher ins Blaue hinein gestellt, weil er hoffte, doch noch mehr über die Beziehung zwischen Huber und Jürgens herauszubekommen. Ihm entging nicht, dass der Anwalt zusammenzuckte.

»Davon weiß ich nichts«, erklärte er nach kurzem Zögern. »Wie ich Ihrem Kollegen schon gesagt habe, hatte ich mit Hendrik privat wenig zu tun.«

Nachdem das Verhör etwa eine halbe Stunde gedauert hatte, merkte Niko Kunert, dass er nicht weiterkam. Trotz offensichtlicher Ungereimtheiten bestand Huber darauf, dass es den Deal zwischen Jürgens' Witwe und Katharina Lenz tatsächlich gegeben habe und er deswegen in die Werderstraße gekommen sei. Obwohl er spürte, dass Huber ihm etwas verschwieg, hatte er nichts Greifbares gegen ihn in der Hand.

Als Huber schließlich gehen wollte, lehnte Kunert ab. »Sie bleiben hier, bis Martha Jürgens Ihre Geschichte bestätigt hat«, sagte er barsch.

Doch die Witwe ging nicht ans Telefon. Die Streife, die er

daraufhin nach Hahnwald schickte, um Martha Jürgens aufs Präsidium zu bringen, rief eine halbe Stunde später an. Sie hatten nur die Tochter angetroffen, die nicht wusste, wo ihre Mutter war.

Peter Huber hatte sich in der Zwischenzeit vollständig erholt und forderte lautstark, nach Hause zu dürfen, andernfalls werde er die Polizei mit Klagen überziehen. Kunert, der keine Möglichkeit sah, den Anwalt festzuhalten, versuchte, seinen Chef zu erreichen, doch der ging nicht ans Handy. Gegen halb elf ließ er Huber gehen.

***

Die Freilassung Peter Hubers sollte sich bereits am nächsten Morgen als Fehler herausstellen. Am Donnerstag schlug das Wetter um. In der Nacht war das Thermometer auf fünf Grad gesunken, dazu strich ein eisiger Wind über die Stadt. Die letzten Septembertage brachen an, und der Herbst hielt Einzug in Köln.

Brokat hatte schlecht geschlafen und von dem Unbekannten mit dem Narbengesicht geträumt. Er fuhr ins Präsidium mit dem Vorsatz, noch einmal in Ruhe alle Fakten zu prüfen und den Fall neu zu überdenken. Vielleicht hatten sie ja etwas übersehen. Möglicherweise gab es zwischen Katharina Lenz und Peter Huber eine Verbindung, von der sie bisher nichts wussten. Oder sie mussten im Umfeld von Jürgens und Morgenstern einen ganz anderen Ansatzpunkt suchen als die versuchte Vergewaltigung von Katharina Lenz. Beide waren skrupellos genug gewesen, um noch anderen Menschen Unrecht zuzufügen – Unrecht, das offenbar jetzt gesühnt wurde.

Katharina Lenz erschien pünktlich um zehn auf dem Präsidium. Entrüstet erklärte sie, außer von ihrem Freund niemals von irgendjemandem aufgefordert worden zu sein, das Verhältnis zu Hendrik Jürgens zu beenden. Ihre Aussage wurde kurz darauf durch Martha Jürgens gestützt. Sie war in der letzten Nacht spät von einer Einladung zurückgekommen und hatte am nächsten Morgen die Nachricht ihrer Tochter vorgefunden, dass sie sich dringend bei der Polizei melden solle. Auch sie erklärte, niemals mit Peter Huber über ihren Mann gesprochen zu haben. »Sie können sicher sein, dass es mich nicht im Geringsten interessierte, mit welchen Flittchen sich Hendrik herumtrieb«, sagte sie kalt. Sie habe keine Ahnung, wie Peter Huber, den sie kaum kenne, so etwas behaupten könne.

Um halb eins – Brokat und Kunert hatten gerade beschlossen, für eine kurze Mittagspause in die Kantine zu gehen – meldete sich ein Techniker bei Brokat. Der KTU war es gelungen, auf dem bei Hendrik Jürgens gefundenen Brief mehrere Fingerabdrücke sicherzustellen. Neben denen von Martha Jürgens und ihrem Mann wurde noch ein weiterer identifiziert. Es handele sich dabei eindeutig um den Abdruck des Sozius von Jürgens, Peter Huber. Dieser hatte nach Jürgens' Tod ebenso wie die anderen Mitarbeiter der Kanzlei seine Fingerabdrücke freiwillig abgegeben, um der Polizei die Spurensuche im Gebäude zu erleichtern.

Der anschließende Versuch, Peter Huber festzunehmen, scheiterte daran, dass der Anwalt nicht aufzufinden war. Huber hielt sich weder in seiner Wohnung in Lindenthal noch in der Kanzlei auf. Dort hatte er aus »familiären Gründen«, wie er hinterlassen hatte, für eine Woche Urlaub genommen.

13

Fast eine Woche lang hatte er sie beobachtet. Mittlerweile kannte er die Gegend um die Stresemannstraße in Porz mit ihren immer gleich aussehenden Wohnblocks wie seine Westentasche. Seine Geduld hatte sich ausgezahlt. Er war über ihre Gewohnheiten im Bilde, wusste, wann sie ausging und mit wem sie sich traf. Einen Plan zu entwickeln war leicht gewesen, viel einfacher als bei Jürgens. Er hatte erfahren, dass sie arbeitslos und die meiste Zeit zu Hause war. Die Information hatte er von dem Nachbarn in der Wohnung über ihr. Er hatte sich ihm gegenüber als Elektriker ausgegeben, der zu Anna Hohmann wollte. Es war erstaunlich, wie offen die meisten Leute zu einem Unbekannten waren, wenn dieser nur halbwegs wie ein Handwerker aussah.

Zum wiederholten Mal fragte er sich, ob er Skrupel hatte, sie zu töten. Die Antwort war ein klares Nein. Sie trug genauso ihren Anteil an der Schuld wie die beiden anderen. Es durfte auch für sie keine Gnade geben!

Wut flammte in ihm auf, wie immer, wenn er daran dachte, welche Demütigungen er bei dem Versuch erlitten hatte, die Schuldigen am Tod seiner Eltern vor Gericht zu bringen. Niemand hatte ihm geglaubt – weder die Behörden in Italien noch die in Deutschland. Inzwischen war er sicher, dass es Jürgens irgendwie gelungen war, die Richter zu bestechen oder sie mit falschen Angaben zu täuschen. Tatsache war, dass seine Yacht, als der Brand ausbrach, keine zehn Meter vom Schiff seiner Eltern entfernt lag. Statt ihnen zu Hilfe zu kommen und seine Eltern zu retten, hatte sie jedoch abgedreht. Dabei hätten erfahrene Segler wie Jürgens problemlos beidrehen und an Bord kommen können, selbst bei den widrigen Windverhältnissen. Doch sie hatten sich aus dem Staub gemacht, um sich ihre sauberen Finger nicht schmutzig machen zu müssen. Feige, feige, feige! Wie immer, wenn er an das Unglück zurückdachte, überkam ihn ein Gefühl furchtbarer Wut, gepaart mit Verzweiflung.

Bilder aus seiner Kindheit, die er zum größten Teil in Tokio verbracht hatte, stiegen in ihm hoch. Es waren nicht nur glückliche Erinnerungen. Als Sohn einer Ausländerin war er mit seiner Mutter nach Japan gekommen, als er zwei Jahre alt war. Schon früh hatte er gespürt, dass seine Mitschüler in der Grundschule ihn nicht als einen der ihren ansahen. Er war ein Fremder, noch weniger als ein »Hafu«. Häufig hatte ihn sein Vater, wenn er merkte, dass wieder niemand mit ihm spielen wollte, beiseitegenommen und ihm von den großen japanischen Schwertmeistern erzählt. Er liebte diese Geschichten von Helden und ihren Tugenden. Durch seinen Vater lernte er von klein auf, wie wichtig deren Ideale auch in der heutigen Gesellschaft waren. Und sein Vater musste es wissen. Denn er hatte es bis zum Spitzenmanager bei Toyota gebracht, einer der hoch angesehensten Firmen in Japan. »Bushidō war und ist der belebende Geist, der unser Land antreibt« war sein Leitspruch.

Auch der berufliche Weg seiner beiden Söhne begann vielversprechend. Mit sehr guten Noten absolvierten sein Bruder und er die private Grundschule, die ihr Vater ausgesucht hatte. Auch die Aufnahmeprüfung in die ebenfalls private Mittelschule bestanden sie mit Auszeichnung. Damit waren der spätere Besuch einer Oberschule und das Studium an einer Eliteuniversität bereits vorgezeichnet. Doch die normale schulische Ausbildung genügte ihrem Vater nicht. Er war der Meinung, dass sie zu liberal war und die Jugendlichen mit einem riesigen Konsumangebot verweichlichte, statt sie zu ehrenhaften Männern zu machen. Also engagierte er einen Privatlehrer, der sie nicht nur mit den Lehren der Samurai und deren Verhaltenskodex vertraut machte, sondern sie gleichzeitig im traditionellen japanischen Schwertkampf unterrichtete. Doch obwohl er als der ältere der beiden Brüder im Unterricht stets ein Vorbild an Fleiß und Ausdauer war, blieb er in der Schule ein Außenseiter.

Kurz vor dem Abschluss der Mittelschule – er war elf – nahm sein Vater die Familie mit nach Deutschland, nicht zuletzt auf Drängen der Mutter. Dort sollte alles besser und einfacher werden, hatte sie ihm versprochen. Doch nichts wurde besser. Das, was er in Japan über die Tugenden und den Weg des Kriegers gelernt hatte, war in Deutschland bedeutungslos. Hier zählten weder seine Ideale noch Traditionen, die sich auf Begriffe wie Ehre oder Treue und Loyalität bezogen. Sein bisheriges Wertesystem, das ihm einen gewissen Halt und Sicherheit gegeben hatte, brach mit einem Schlag zusammen. Er stürzte in eine schwere Identitätskrise, aus der ihm auch seine Mutter nicht heraushelfen konnte. In dieser Zeit war sein Vater seine einzige Stütze. Als dann seine Eltern starben, hatte er das Gefühl, plötzlich alle Orientierung zu verlieren. Von da an war er auch im gelobten Deutschland ein Fremder.

Heute war Donnerstag. Noch an diesem Abend musste Anna Hohmann sterben. Und dieses Mal würde er seine Botschaft deutlicher formulieren. Endlich würde man ihn verstehen.

***

»Spreche ich mit Herrn Maric?« Solveigh Wittgensteins Anruf erreichte ihn in der Mittagspause, als er gerade dabei war, fürs Abendessen einzukaufen. Er hatte sich vorgenommen, für Mara zu kochen. Die zwanzigjährige Studentin übernahm an den Abenden, an denen er arbeiten musste, die Betreuung von Ivo und half seinem Sohn bei den Hausaufgaben. In den letzten Wochen hatten sich die nächtlichen Dienste bei Maric gehäuft, sodass sie immer wieder kurzfristig einspringen musste. Mit der Einladung wollte er ihr seine Dankbarkeit zeigen. Außerdem verstanden sich Mara und Ivo blendend, und auch er konnte sich in Gegenwart der meist vor guter Laune sprühenden Kroatin wunderbar entspannen.

»Ich habe eine wichtige Entdeckung gemacht«, teilte ihm Solveigh Wittgenstein mit. Seinen Versuch, sie dazu zu bringen, ihm schon am Telefon Näheres zu sagen, wehrte sie ab und bestand auf einem persönlichen Treffen. Kurz wog er ab, ob es sich lohnte, seinen Tagesplan wegen einer überdrehten Egozentrikerin über den Haufen zu werfen, doch dann siegte die Neugier.

Sie verabredeten sich um halb zwei im »Café Stanton«. Maric kannte das Künstlercafé auf der Schildergasse nur vom Hörensagen. Als er das Café betrat, saß die ehemalige Operndiva schon an einem Tisch an der großen Fensterfront. Sie hatte ihre Haare hochgesteckt und trug ein blau-gelbes Kostüm, das sie in etwa so unauffällig aussehen ließ wie einen Ara, an den sie Maric erinnerte. Er sah sich um. An einem anderen Fenstertisch in ihrer Nähe unterhielten sich angeregt einige bekannte Schauspieler und Autoren.

Nachdem er sich einen Bio-Cappuccino mit Kaffee aus der eigenen Rösterei bestellt hatte, wartete er darauf, dass sie ihm von ihrer Entdeckung berichtete. Doch sie hatte offenbar beschlossen, ihn schmoren zu lassen, und erzählte von früheren Besuchen im »Stanton« und mit welchen Berühmtheiten sie damals verkehrt hatte. Maric, der das Gefühl hatte, dass ihm die Zeit davonlief, wurde ungeduldig. Er holte ein Foto von Katharina Lenz aus der Brieftasche, das er von der Internetseite des Fitnessstudios auf der Bonner Straße ausgedruckt hatte.

»Ist das die Frau, die Morgenstern regelmäßig besucht hat?«

Sie warf nur einen kurzen Blick auf den unscharfen Ausdruck, bevor sie verneinte. »Junger Mann, halten Sie mich für senil? Ich hatte Ihnen doch gesagt, dass die Besucherin mindestens vierzig Jahre alt ist – die hier ist eindeutig zu jung.«

Maric fühlte Enttäuschung in sich aufsteigen, obwohl die Wahrscheinlichkeit, dass Katharina Lenz ausgerechnet mit Patrick Morgenstern ein Verhältnis einging, tatsächlich gering war. Aber schließlich hatte sie ja auch etwas mit Hendrik Jürgens gehabt, der seinerzeit seinem Freund aus der Patsche geholfen hatte.

Während die Wittgenstein wieder begann, alte Künstlergeschichten zu erzählen, kam ihm plötzlich ein Gedanke.

»Ich weiß, dass Sie eine gute Beobachterin sind«, schmeichelte er ihr. »Ein Zeuge hat ausgesagt, in der Woche vor Morgensterns Tod am späten Abend mehrmals einen Mann gesehen zu haben, der das Haus beobachtet hat.«

»Sie meinen den mit dem Narbengesicht?«

»Sie haben ihn auch gesehen? Und der Polizei nichts gesagt?«

»Man hat mich nicht danach gefragt. Ihr älterer Kollege, den ich ehrlich gesagt nicht sehr sympathisch finde, schien mich für etwas minderbemittelt zu halten. Da habe ich lieber den Mund gehalten.«

Maric schluckte. »Bitte, es ist wichtig. Sie wollen doch auch, dass wir Morgensterns Mörder finden?«

Sie nickte und sah ihn an. »Hin und wieder langweile ich mich. Dann gehe ich ans Fenster und sehe hinaus. Sie glauben gar nicht, was man da alles sieht. Den Mann mit den Narben habe ich mindestens dreimal vor dem Haus beobachtet. Das letzte Mal ist er zwei Tage vor Patricks Tod aufgetaucht, als es gerade dämmerte.«

»Und was hat er gemacht?«

»Nichts, soweit ich sehen konnte. Er stand auf der anderen Straßenseite und hat auf das Haus gestarrt. Beim zweiten Mal wollte ich die Polizei rufen, hatte aber Angst, dass sie mir nicht glaubt. Offensichtlich berechtigt, wenn Sie solche Kollegen haben wie Herrn Schmid.«

Maric überhörte den Vorwurf.

»Können Sie den Mann beschreiben? Wie groß war er, wie alt?«

Sie schüttelte bedauernd den Kopf. »Er trug einen Regenmantel. Das fand ich komisch, weil es zu der Zeit noch recht warm war. Er war durchschnittlich groß, würde ich sagen. Und er wirkte sportlich. Mehr kann ich Ihnen leider nicht sagen. Beim letzten Mal geschah allerdings etwas Merkwürdiges.«

»Was denn?«

»Er war nicht allein.«

»Er hatte noch jemanden dabei?«

»Nein, es war anders. Da war noch ein Mann, der in der Abenddämmerung wartete. Und er stand so, dass er auch den Mann mit dem Narbengesicht im Blick hatte. Der wiederum konnte ihn nicht sehen.«

Maric schwieg verwirrt. Was hatte das zu bedeuten? Wenn der eine möglicherweise der Mörder war, der sein Opfer auskundschaftete, wer war dann der zweite Mann? Und in welcher Beziehung stand er zu dem anderen Beobachter? Auf alle Fälle mussten sie jetzt schnell etwas tun, um den Narbengesichtigen aufzuspüren.

Maric stand auf. »Vielen Dank, Frau Wittgenstein. Sie haben mir sehr geholfen.«

»Junger Mann, nicht so schnell. Ich habe noch etwas entdeckt – deswegen habe ich Sie doch auch angerufen! Warum müssen die Polizisten heute alle so ungeduldig sein?«

Damit nicht noch ein weiterer Mord passiert, hätte er sie beinahe angebrüllt, beherrschte sich aber dann.

Solveigh Wittgenstein bückte sich und wuchtete mit einiger Mühe ein großes Fotoalbum auf den Tisch. Einen Moment lang hatte er die absurde Befürchtung, sie wolle ihm jetzt ihre Lebensgeschichte auch noch in Bildern zeigen. Doch sie schwieg und begann stattdessen zielgerichtet zu blättern. Schließlich schlug sie eine Doppelseite etwa in der Mitte des Albums auf.

»Hier, sehen Sie.« Sie wies auf ein Foto, das eine Gruppe von Menschen zeigte, die an einem Tisch saß. Sie hielten Gläser in der Hand und prosteten einander zu. Maric erkannte in der Mitte Patrick Morgenstern.

»Unser letztes Gespräch hat mich nicht losgelassen«, sagte sie. »Ich hatte das Gefühl, dass mir die Frau, die Patrick bis kurz vor seinem Tod immer wieder besucht hat, irgendwie bekannt vorkam. Ich habe ein sehr gutes Gedächtnis für Personen. Daraufhin habe ich mir die alten Fotoalben durchgesehen.« Sie sah zu ihm hoch. »Das Bild, das Sie hier sehen, ist ungefähr fünf Jahre alt. Der Anlass war Patricks Geburtstag, und mein Gatte – Gott hab ihn selig – hat Fotos gemacht. Jetzt schauen Sie mal hier.« Sie zeigte auf ein Paar, das weiter im Hintergrund saß. Die beiden saßen voneinander abgewandt und prosteten jeweils anderen zu.

Maric schaute sich das Bild genauer an. Dann wusste er plötzlich, warum sie sich nicht ansahen.

»Sie sind sicher, dass das die Frau ist?«, fragte er.

»Todsicher. Ich kann mich genau daran erinnern, wie Patrick sie vorgestellt hat. ›Das sind mein lieber Freund Hendrik und seine bezaubernde Frau Martha‹, sagte er.«

***

Niko Kunert hatte den Nachmittag mit dem Versuch verbracht, Peter Huber in eine Beziehung zu den beiden Getöteten zu bringen. Sie wussten einfach zu wenig über den Anwalt. Schlecht gelaunt saß Kunert mit Ann-Kathrin Petersen, die sich bereit erklärt hatte, ihm zu helfen, vor dem Computer und gab die Fakten in sein Analyseprogramm ein. Doch das brachte sie nicht weiter.

Auch die Recherchen der beiden neuen Kollegen Langel und Hardy, die das Umfeld von Jürgens und Morgenstern weiter durchleuchtet hatten, ergaben nichts Neues. Peter Huber, der unverheiratet und elf Jahre jünger als Jürgens war, war vor fünf Jahren als Partner in die Kanzlei eingestiegen. Privat wie beruflich hatte er offenbar ein unauffälliges Leben geführt. Die Mitarbeiter der Kanzlei beschrieben ihn als fleißigen Arbeiter und guten Organisator, der aber immer im Schatten von Jürgens gestanden habe. Vielleicht ergab sich ja aus Neid auf Jürgens ein Mordmotiv?

Offensichtlich hatte Huber Jürgens erpresst. Katharina Lenz hatte Brokat erzählt, dass Morgenstern die versuchte Vergewaltigung gefilmt hatte. Doch wie war der Film dann in den Besitz von Huber gekommen? Was hatte Jürgens' Partner mit Morgenstern zu tun? Und was enthielt das Video, dass Huber Jürgens damit unter Druck setzen konnte?

Ann-Kathrin Petersen riss ihn aus seinen Gedanken. Seit dem Gespräch im »Toscanini« vor zwei Tagen hatten sie kein persönliches Wort mehr miteinander gewechselt. Sie verhielt sich ihm gegenüber freundlich, dabei jedoch distanziert und unpersönlich. Kunert hatte lange darüber gegrübelt, warum sie sich so vor ihm verschloss, war aber zu keinem Ergebnis gekommen.

Aus Angst, die Beziehung zu ihr weiter zu verschlechtern, hatte er sie nicht darauf angesprochen, sondern sich an die von ihr gesetzten Grenzen gehalten. Nun sah sie ihn schon eine Weile so an, als hätte sie etwas auf dem Herzen.

Zu seinem Erstaunen fragte sie ihn unvermittelt nach Mato Marics Frau und seinem Sohn. Kunert schob das plötzliche Gefühl der Eifersucht, das ihn überkam, weil sie ihn bisher nie etwas

Privates gefragt hatte, beiseite. Schließlich war es völlig normal, sich nach jemandem zu erkundigen, der einen so schrecklichen Schicksalsschlag erlitten hatte. Bereitwillig erzählte er ihr das, was er wusste. Viel war es allerdings nicht. Denn Mato Maric war kein Freund großer Worte. Auch wenn er hin und wieder mit Kunert und den Kollegen ein Kölsch trinken ging, behielt er sein Privatleben lieber für sich.

Als Kunert vor zwei Jahren aus dem pfälzischen Neustadt in die Domstadt versetzt worden war, war Maric bereits seit sechs Jahren in Brokats Team. Weitere fünf Jahre zuvor war seine Frau Jelena bei einem Besuch in Kroatien im Hinterland von Zadar durch eine Landmine getötet worden. Zu dieser Zeit lagen in der Gegend noch viele Minen aus dem Jugoslawienkrieg. Seit Jelenas Tod zog Maric seinen Sohn Ivo allein groß. Hatte er anfangs im Innendienst Teilzeit gearbeitet, so wechselte er bei seinem Eintritt ins Kriminalkommissariat 11 auf eine Vollzeitstelle. Zu der Zeit war Ivo acht Jahre alt. Wie es Maric dabei ging und wie er mit dem Tod seiner Frau fertigwurde, darüber sprach er nie.

Ann-Kathrin hakte nicht weiter nach, wohl weil sie spürte, dass Kunert nicht mehr wusste. Als er sie fragte, wo sie Ivo kennengelernt habe, antwortete sie ausweichend. Wieder verspürte er Eifersucht. Rasch wechselte er das Thema und schlug vor, Kai van Nelsen nach Peter Huber zu fragen.

»Du meinst den jungen Anwalt in der Kanzlei?«

»Ja, er scheint eine gute Beobachtungsgabe zu haben. Und Huber hat ihn während seiner Ausbildung als Referendar betreut.«

Sie war einverstanden, und er ließ sich von einer Anwaltsgehilfin mit van Nelsen verbinden. Der Anwalt schien überrascht zu sein, dass sich die Polizei noch einmal bei ihm meldete.

Kunert bat ihn, ihm etwas mehr über das Verhältnis zwischen Huber und Jürgens zu erzählen.

»Aber darüber habe ich doch schon mit dem Kommissar gesprochen«, wandte van Nelsen ein. »Außerdem passt es gerade schlecht.«

»Mir geht es eher um den privaten Umgang der beiden miteinander«, erklärte Kunert.

Van Nelsen zögerte. »Ich möchte Ihnen ja wirklich gern helfen«, meinte er. »Aber zum privaten Verhältnis zwischen Jürgens und Huber kann ich nichts sagen. Meines Erachtens gab es gar keines. Zumindest ist mir nicht aufgefallen, dass Jürgens auch nur einmal ein persönliches Wort mit Huber gesprochen hat.«

»Aber Sie hatten doch bestimmt einen Eindruck, wie die beiden zueinander standen?«

»Natürlich. Für Jürgens war Huber ein Angestellter wie jeder andere auch.«

»Obwohl er ihn als Partner in die Kanzlei geholt hat?«

»Davon hat man nichts gemerkt. Eigentlich hat er Huber noch schlechter behandelt als die Mitarbeiter.«

»Und der hat sich das gefallen lassen?«

Van Nelsen nickte bestätigend. »Nach meinem Eindruck hat Huber in letzter Zeit auch noch den Rest seiner Autorität verloren.«

»Wie meinen Sie das?«

»Ich kann nur sagen, was ich gesehen habe. Das ist sicher nicht objektiv, und deshalb müssten Sie eher Kollegen fragen, die länger dabei sind. Aber ich kann mich an zwei Fälle aus den letzten Monaten erinnern, bei denen Jürgens Huber vor allen Mitarbeitern abgekanzelt hat. Und zwar auf eine Weise, wie ich das vorher noch nie erlebt habe.«

»Erfolgte diese öffentliche Zurechtweisung zu Recht?«

»Nein, meiner Ansicht nach nicht. Es ging um vergleichsweise eher unwichtige Dinge, die er anderen vielleicht sogar hätte durchgehen lassen.«

»Wie hat Huber reagiert?«

»Gar nicht. Er stand schweigend da und hat alles über sich ergehen lassen. Und danach gingen die Demütigungen weiter.«

Kunert dachte nach. Konnten diese Ungerechtigkeiten – als solche musste Huber sie verstanden haben – in der Summe dazu geführt haben, dass der Anwalt schließlich durchgedreht war und zum letzten Mittel gegriffen hatte? Es erschien auf alle Fälle möglich.

14

Auf dem Weg nach Hahnwald dachte Mato Maric, dass er schon bessere Zeiten erlebt hatte. Obwohl er sich bemühte, nicht so oft an Jelena zu denken, musste er sich doch eingestehen, wie sehr sie ihm auch heute noch fehlte. Dabei waren die ersten Jahre allein mit Ivo rückblickend gar nicht schlecht gewesen. Das kleine hilflose Wesen an seiner Seite brauchte ihn. So zwang er sich weiterzumachen, wo er in den ersten Wochen nach Jelenas Tod eigentlich gedacht hatte, dass es kein Weiter für ihn gab. Aber Ivo ließ ihm keine Zeit, über solche Dinge nachzudenken. Er forderte seine ganze Zuwendung. Dazu kamen andere Aufgaben, denen er sich stellen musste: Ein Kindergartenplatz war zu organisieren. Dann kam die Schule, eine Hausaufgabenbetreuung, und so ging es immer weiter. Maric klammerte sich an seine Rolle als alleinerziehender Vater wie ein Ertrinkender an einen Strohhalm. Nach der Arbeit und am Wochenende machte er mit seinem Sohn Ausflüge, besuchte Freunde und Verwandte oder spielte mit ihm. Später dachte er, dass diese Zeit eine gute Therapie für ihn gewesen war und dass er Ivo eigentlich mindestens genauso gebraucht hatte wie dieser ihn.

Doch diese Zeit war vorbei. Für seine vierzehn Jahre war Ivo sehr selbstständig und zog das Zusammensein mit Gleichaltrigen inzwischen gemeinsamen Aktivitäten mit seinem Vater meist vor. Dazu kam die beginnende Pubertät mit ihren Problemen. Maric seinerseits hatte durch seine Vollzeitstelle bei der Kripo weniger Zeit, sich um Ivo zu kümmern. Er begann eine Entfremdung zu spüren, die ihn schmerzte und die er immer öfter durch autoritäres Verhalten zu kompensieren versuchte. Aber mit Schreiereien und Verboten kam er bei Ivo nicht weiter. Dazu kam, dass ihn sein Job häufig so mitnahm, dass er für Konflikte zwischen ihm und seinem Sohn gar nicht offen war und versuchte, diesen aus dem Weg zu gehen. Zurzeit beschäftigten ihn die Morde an Jürgens und Morgenstern mehr, als ihm lieb war. Das ging so weit, dass er in der letzten Nacht plötzlich mit dem

Bild des toten Anwalts mit dem Schwert in der Brust aufwachte und nicht mehr einschlafen konnte.

Nun gab es in der Mordermittlung eine neue Entwicklung: Wenn Martha Jürgens wirklich ein Verhältnis mit Morgenstern gehabt hatte, musste ihre Rolle in dem Fall anders bewertet werden. Offensichtlich hatte sie der Polizei einiges verschwiegen. Allerdings konnte er, was Morgenstern betraf, kein Mordmotiv bei ihr erkennen. Er nahm sich vor, sie dieses Mal stärker unter Druck zu setzen. Er wusste jedoch, dass es keine gute Idee wäre, das allein zu tun. Deshalb rief er Brokat an und erzählte ihm von dem Gespräch mit Solveigh Wittgenstein.

Der Hauptkommissar schien darüber, dass Martha Jürgens etwas mit Patrick Morgenstern gehabt hatte, nicht sonderlich erstaunt zu sein. Er verabredete sich mit Maric vor der Villa in Hahnwald. Maric musste fast fünfzehn Minuten warten, bis sein Chef mit quietschenden Reifen und asthmatisch stöhnendem Motor vorfuhr. Zu ihrem Erstaunen öffnete ihnen ein hübsches, etwa achtzehnjähriges Mädchen die Tür. Artig führte sie die Polizisten ins Wohnzimmer und bot ihnen einen Kaffee an. Als Martha Jürgens einige Minuten später die Treppe herunterkam, verließ sie den Raum. Martha Jürgens wies auf ein großes beigefarbenes Ledersofa. Sie selbst setzte sich auf einen Sessel ihnen gegenüber.

Maric empfand die Stille als feindselig, sagte jedoch nichts. Schließlich fragte sie die Polizisten unwirsch nach dem Grund ihres Besuches. Weiterhin schweigend legte Maric das Foto, das ihm Solveigh Wittgenstein überlassen hatte, auf den Couchtisch.

»Warum haben Sie bei unserem letzten Gespräch gelogen? Dachten Sie wirklich, dass wir nicht herausbekommen, dass Sie ein Verhältnis mit Patrick Morgenstern hatten?«, fragte er.

Sie reagierte ohne erkennbares Schuldgefühl. »Nach Hendriks Tod war ich ziemlich durcheinander«, erklärte sie ruhig. »Dazu kam, dass ich das Gefühl hatte, dass Sie mich verdächtigen, Hendrik umgebracht zu haben. Deshalb erschien es mir besser, meine Beziehung zu Patrick zu verschweigen.«

»Damit haben Sie alles nur noch schlimmer gemacht«, sagte

Brokat scharf. »Ganz davon abgesehen, dass Sie unsere Ermittlungen behindert haben.«

Sie blieb ruhig. »Das wollte ich nicht. Aber ich habe Hendrik nicht umgebracht, auch wenn ich vielleicht Grund dazu gehabt hätte. Und warum sollte ich Patrick töten wollen?«

»Ich weiß es nicht. Aber ich bin sicher, dass Sie einen Grund hatten, Ihren Mann zu töten. Eifersucht oder fortgesetzte Demütigungen können starke Motive sein. Von den zweihunderttausend Euro aus der Lebensversicherung, die Ihnen nun zufallen, ganz zu schweigen. Und deshalb sollten Sie sich jetzt besondere Mühe geben, uns Ihr Verhältnis zu Patrick Morgenstern überzeugend zu erklären.«

»Da gibt es nicht viel zu erklären. Mir ging es schlecht wegen Hendrik, und Patrick hat das gemerkt. Er konnte sehr charmant sein.«

»Dass Morgenstern und Ihr Mann befreundet waren, hat Sie nicht gestört?«

Sie lachte bitter. »Er hatte doch auch kein Problem damit, mit meinen Freundinnen ins Bett zu gehen. Warum hätte ich auf ihn Rücksicht nehmen sollen?«

»Seit wann hatten Sie ein Verhältnis mit Morgenstern?«, wollte Maric wissen.

»Das begann vor etwa einem Jahr. Nachdem der Prozess wegen der versuchten Vergewaltigung gegen ihn eingestellt worden war, sahen sich die beiden kaum noch. Irgendwann bin ich dann Patrick auf der Hohe Straße über den Weg gelaufen, und wir haben einen Kaffee zusammen getrunken. Kurz darauf trafen wir uns bei ihm. Da hat er mir gestanden, dass er sich zu mir hingezogen fühlt. Das hat mir geschmeichelt. Zu mir ist er immer sehr nett gewesen, und vor allem hat er mich mit Achtung behandelt – was man von meinem Mann nicht sagen kann.« Sie musste schlucken. »Jetzt ist er tot, und ich bin wieder allein.«

Maric war wenig beeindruckt. »Kann es sein, dass Sie mit Morgenstern nur ins Bett gegangen sind, um Ihrem Mann eins auszuwischen?«, fragte er.

»Es reicht – lassen Sie meine Mutter in Ruhe!«

Brokat und Maric hatten nicht mitbekommen, dass das Mädchen mit einem Tablett mit einer Kaffeekanne und Tassen darauf den Raum betreten hatte. Möglicherweise hatte sie schon länger in der Tür gestanden. Sie wirkte sehr erregt und schien Mühe zu haben, das Tablett zu halten.

»Meine Tochter Clara«, sagte Martha Jürgens.

Clara sah ihre Mutter an. »Mit dem Tod von Patrick Morgenstern hat sie nichts zu tun«, erklärte sie.

»Wieso sind Sie sich da so sicher?«, fragte Maric erstaunt.

»Weil wir den ganzen Montagabend miteinander verbracht haben. Erst waren wir im Theater, und danach haben wir zu Hause noch einen Film gesehen.«

»Woher wissen Sie, wann Morgenstern gestorben ist?«

»Das stand doch in der Zeitung. Alle reden nur darüber.«

»Kannten Sie Patrick Morgenstern?«, fragte Maric.

»Ja, er war früher häufig bei uns. Ich fand ihn nett, auch wenn er mit meinem Stiefvater befreundet war.«

»Sie mochten Ihren Stiefvater nicht?«, fragte Brokat.

»Er war ein Schwein«, antwortete sie entschieden. »Er hat meine Mutter gequält.«

»Clara, es reicht«, fiel ihr Martha Jürgens ins Wort. »Das geht niemanden etwas an.«

»Nein, es reicht nicht«, schrie Clara ihre Mutter an. »Er hat uns beide wie Abschaum behandelt, und jetzt nimmst du ihn auch noch in Schutz?« Sie wandte sich wieder an die Polizisten. »Neulich bin ich abends ins Wohnzimmer gekommen, als sich meine Eltern gerade stritten. Es ging um die Frage, ob sie ihn zu seinem Geburtstagsempfang begleiten würde. Das hat sie abgelehnt. Da hat er ihr erklärt, dass sie eine kaltherzige Fotze sei und er sich jetzt mit seiner Freundin zum Sex treffen würde.«

Brokat, der merkte, wie aufgewühlt sie war, nutzte die Gelegenheit, ihr eine persönliche Frage zu stellen. »Wie haben Sie sich gefühlt, als Ihr Vater gestorben ist?«

Sie sah ihn an. »Wollen Sie die Wahrheit hören? Ich war erleichtert. Endlich konnte er meine Mutter nicht mehr quälen! Mich hat er sowieso nie beachtet. Ich war ja nicht seine richtige Tochter. Das hat er mich jeden Tag spüren lassen. Wie sollte ich dann traurig über seinen Tod sein?«

Sie drehte sich abrupt um und ging aus dem Zimmer.

Brokat, der sich zunehmend unwohl fühlte, dachte, dass sie das Gespräch jetzt besser beenden sollten. Für seinen Teil hatte er genug gehört. Doch Martha Jürgens war noch nicht fertig. Sie wandte sich an Maric.

»Bei Ihrem Besuch gestern haben Sie mich doch nach Freunden und Feinden meines Mannes gefragt.«

»Woraufhin Sie so taten, als könnten Sie sich an seinen einzigen Freund nicht erinnern.«

Sie ging nicht auf ihn ein. »Ich habe noch einmal über diese Frage nachgedacht«, meinte sie.

»Und da ist Ihnen Peter Huber eingefallen?«

Sie sah ihn verblüfft an. »Nein, natürlich nicht. Ich habe Ihnen doch schon am Telefon erzählt, dass ich ihn kaum kenne.« Sie nahm den Faden wieder auf. »Leute, die Grund hatten, Hendrik nicht zu mögen, gab es mehr als genug. Aber einmal ist etwas passiert, da könnte auch noch etwas anderes dahinterstecken.«

»Erzählen Sie«, bat Brokat.

»Es ist komisch. Ich habe überhaupt nicht mehr daran gedacht, vielleicht weil ich es verdrängen wollte.«

Brokat, der allmählich ungeduldig wurde, unterbrach sie nicht, weil er spürte, dass sie Zeit brauchte.

»Eines Abends«, begann sie endlich, »es ist schon lange her, stand plötzlich ein Mann vor der Tür, der Hendrik sprechen wollte. Ich weiß noch, dass es Winter war und der Schnee ausnahmsweise einmal liegen blieb. Mit fiel auf, dass der Besucher viel zu dünn angezogen war. Er schien noch jung zu sein, obwohl man das gar nicht so genau erkennen konnte, denn sein Gesicht war entstellt.«

Brokat merkte, wie er erstarrte. »Sein Gesicht war entstellt?«

»Ja, irgendwie starr, fast wie eine Maske. Wenn er sprach, bewegte sich eigentlich nur der Mund. Ich habe mal eine Sendung über Brandopfer gesehen, die sahen genauso aus.«

»Wann ist das passiert?«, wollte Maric wissen.

»Das muss jetzt ungefähr acht Jahre her sein. Aber sicher bin ich mir nicht.«

»Was wollte der Mann?«, übernahm Brokat wieder.

»Ich hatte die Tür kaum geöffnet, da drängte er sich schon an mir vorbei. Hendrik stand im Flur. Der Fremde sprach ihn an. Er sagte, dass seine Eltern bei einem Schiffsunglück im Mittelmeer umgekommen seien. Und er behauptete, dass Hendrik die Schuld daran trage und dafür bezahlen müsse.«

»Hat er das erklärt?«

»Nein, eigentlich nicht. Aber er hat das mit solcher Bestimmtheit gesagt, als ob es daran überhaupt keinen Zweifel gäbe.«

»Wie hat Ihr Mann reagiert?«

»So, wie es seine Art ist. Er sagte, dass der Besucher verrückt sein müsse und dass er ihn nie zuvor gesehen habe. Und dann drohte er, die Polizei zu holen.«

»Und hat er ihn wirklich nicht gekannt?«

»Ich weiß es nicht. Im ersten Augenblick erschien es mir so, als sei Hendrik fürchterlich erschrocken, als er den Mann in der Tür sah. Vielleicht lag das aber auch daran, dass der ein so schreckliches Gesicht hatte.«

»Haben Sie den Mann jemals wiedergesehen?«

»Nein, nie.«

Maric ergriff das Wort. »Wie kommen Sie darauf, dass der Besucher jung war?«

»Seine Figur war eher schlaksig, und er bewegte sich wie ein Jugendlicher, obwohl sein Gesicht älter wirkte.«

»Wissen Sie etwas über dieses Schiffsunglück?«

»Ein wenig. Ich habe damals vermutet, dass die Geschichte mit einem Segeltörn von Hendrik einige Jahre zuvor zu tun hatte, bei dem tatsächlich ein Unglück passierte. Eines Nachts ist er in einen Sturm gekommen und dabei fast in Seenot geraten. Ein anderes Schiff in der Nähe ging dabei unter. Die beiden Kinder konnten gerettet werden, aber die Eltern kamen ums Leben. Es gab seinerzeit eine große Untersuchung der italienischen Polizei, bei der auch geprüft wurde, warum mein Mann der Familie nicht geholfen hatte. Das Ergebnis war eindeutig: Bei dem Unwetter wäre Hilfe unmöglich gewesen. Damit war Hendrik aus dem Schneider.«

»Wann ist das passiert?«

»Sechs Jahre bevor der unheimliche Fremde vor unserer Tür stand. Also von heute aus gerechnet vor vierzehn Jahren.«

»Ihr Mann hat doch sicher das Schiff nicht alleine gesegelt?«

»Nein, Patrick war dabei.«

Brokat und Maric sahen sich an.

»Was haben Sie gedacht, als dieser Mann plötzlich vor Ihrer Tür stand und behauptete, dass Ihr Mann schuld am Tod seiner Eltern sei?«, fragte Brokat.

»Dass Hendrik vielleicht gelogen hat, wie so viele Male vorher auch.«

»Sie trauen ihm ja einiges zu! Haben Sie ihn denn noch mal auf den Unfall angesprochen?«

»Nein, denn wir hatten schon vorher einmal eine fürchterliche Auseinandersetzung deswegen.«

»Das heißt, Sie hielten ihn schon da für schuldig?«

»Nein, darum ging es nicht. Mich hat damals viel mehr beschäftigt, dass Hendrik und Patrick auch eine Frau mit an Bord hatten.«

»Eine Frau?«

»Ja, eine Hure, Gespielin oder Lustsklavin – ganz wie Sie wollen.«

»Wie haben Sie davon erfahren? Hat er Ihnen davon erzählt?«

»Nein. Aber er hat die Übersetzung des Untersuchungsberichts auf dem Schreibtisch liegen lassen. Und darin stand, dass auch eine Frau mit an Bord war. Da habe ich ihn zur Rede gestellt.«

»Wie hat er reagiert?«

»Er hat sofort alles zugegeben. Dass die Frau ein Callgirl war, das sie über eine Anzeige gebucht hatten. Und dann hat er mir noch erzählt, wie gut sie im Bett war.«

»Das muss schlimm für Sie gewesen sein.«

»Das war es. Damals hat er angefangen, mich dafür zu demütigen, dass ich mich von ihm zurückgezogen hatte.« Martha Jürgens standen die Tränen in den Augen.

Brokat stand auf. »Frau Jürgens, wir werden jetzt gehen. Danke, dass Sie uns geholfen haben.«

Sie reagierte nicht.

Brokat fiel noch eine Frage ein. »Wissen Sie, wo Ihr Mann den Untersuchungsbericht von damals aufbewahrt hat? Bei den Unterlagen im Haus haben wir nichts dergleichen gefunden.«

Sie schüttelte den Kopf.

»Eine letzte Frage noch. Können Sie sich an den Namen der jungen Frau erinnern, die damals mit auf dem Schiff war?«

»Nein, zumindest nicht genau. Der Vorname war Anna. Den Nachnamen weiß ich nicht mehr. Irgendetwas mit H, Hubert vielleicht.«

Bevor sie draußen in ihre Autos stiegen, nahm Brokat Maric beiseite. »Eine starke Frau, die weiß, was sie uns sagen will. Aber trotz der neuen Erkenntnisse bin ich überzeugt, dass sie weder Morgenstern noch ihren Mann getötet hat.«

»Wie kannst du dir da so sicher sein?«, fragte Maric.

»Weil ich einfach keinen Grund dafür erkennen kann, warum sie ihren Liebhaber und Seelentröster, den edlen Ritter Morgenstern, hätte umbringen sollen. Und wir gehen doch immer noch davon aus, dass beide Opfer von demselben Täter getötet wurden, oder? Außerdem kann ich sie mir nicht mit einem Samurai-Schwert vorstellen. Nein, da sind schon eher Lenz und Huber meine erste Wahl.«

»Du glaubst, dass sie beide unter einer Decke stecken?«

»Warum nicht? Sieh das Ganze doch einmal so: Lenz und Huber hatten beide einen Grund, sich an Jürgens und Morgenstern zu rächen. Da haben sie sich zusammengetan. Und da sie eine enge Beziehung zu Japan hat, beschlossen sie, ihre Rache im Stil eines Samurai zu verüben. Wobei ich Lenz eher für die treibende Kraft und Huber für das ausführende Organ halte.«

»Deiner Meinung nach ist er also der Samurai-Mörder?«

»Es ist zumindest möglich. Auf alle Fälle müssen wir ihn jetzt so schnell wie möglich festnehmen.«

»Aber was ist mit dem Mann mit dem Narbengesicht?«

»Das ist unsere zweite Trumpfkarte. Falls Morgenstern und Jürgens wirklich am Tod seiner Eltern schuld sind, hat er ein starkes Motiv. Wir müssen sofort einige Leute in die Villa schicken, um die Unterlagen vom Schiffsunglück zu finden. Und wir müssen diese Anna ausfindig machen.«

»Wenn sie dabei war, weiß sie wahrscheinlich, was damals passiert ist.«

»Richtig«, meinte Brokat. »Aber mir geht noch etwas anderes durch den Kopf.«

»Was denn?«

»Denk doch mal nach! Morgenstern und Jürgens haben damals vielleicht eine Familie zerstört. Und jetzt sind sie beide tot.«

»Du meinst ...?«

»... dass sie womöglich das nächste Opfer ist. Wir müssen sie finden, und das schnell!«

***

Huber peitschte den 5er BMW über die A 4 in Richtung Aachen. Andere wären froh, ein solches Auto zu fahren. Er nicht. Es war nur ein BMW. Den Jaguar hatte Jürgens besessen. Es kam ihm so vor, als sei das symptomatisch für sein bisheriges Leben. Immer war er nur der Zweite gewesen!

Er musste an einen Vorfall vor sechs Wochen denken, bei dem ihn Jürgens vor allen Mitarbeitern bloßgestellt und gedemütigt hatte. Seit Langem hatte er wieder einmal ein richtiges Erfolgserlebnis. Vor allem dank seines Einsatzes war es der Kanzlei gelungen, zwei bedeutende Mandate für Steuerprozesse von großen Firmen an Land zu ziehen. Doch Jürgens hatte so getan, als sei die Akquisition vor allem sein Verdienst. Und ihm, Huber, in aller Öffentlichkeit sogar Unfähigkeit vorgeworfen, weil das Ganze an die Presse gelangt war, bevor die Gegenseite unterschrieben hatte. Als ob er etwas dafürkonnte, dass es in der Kanzlei eine undichte Stelle gab! Aber Jürgens hatte ausschließlich ihm die Schuld gegeben.

Seitdem hatte er nur noch an Rache gedacht. Als ihm dann das Video in die Hände fiel, schöpfte er wieder Hoffnung. Der Plan, Jürgens zu erpressen und ihn dabei nach allen Regeln der Kunst zu demütigen, war gut.

Doch Jürgens lebte nicht mehr. Und Katharina, an die er sich jetzt halten musste, um noch zu seinem Geld zu kommen, war so clever gewesen, ihn auszutricksen. Offensichtlich hatte sie ihm während seines Besuchs bei ihr ein Betäubungsmittel in den Sekt getan. Wahrscheinlich war der Mann, den er nur aus den Augenwinkeln wahrgenommen hatte, ihr Freund gewesen. Und der hatte ihn bewusstlos aus dem Haus gebracht. Er konnte froh sein, dass ihm nicht noch Schlimmeres passiert war. Durch diese Aktion war er direkt in die Hände der Polizei gefallen. Immerhin hatte er geistesgegenwärtig reagiert und dem Polizisten eine auf den ersten Blick plausible Geschichte aufgetischt.

Aber die Polizei hatte inzwischen sicher mit Martha Jürgens gesprochen und seine Lüge aufgedeckt. Außerdem musste er damit rechnen, dass sein Brief an Jürgens gefunden worden war. Jetzt blieb ihm nichts anderes mehr übrig, als unterzutauchen – zumindest vorübergehend.

Es war schon fast fünf. In spätestens einer halben Stunde wollte er sein Ziel erreicht haben. An der Abfahrt Frechen verließ er die A 4 und fuhr in Richtung der Abtei Brauweiler Hof. Von hier aus waren es noch etwa sechs Kilometer bis zu Jürgens' Wochenendhaus, das er als Versteck ausgewählt hatte. Huber begann, sich zu entspannen. Die Herbstsonne schien, er stellte das Radio laut. Tommy Engel sang auf Radio Köln »Du bes Kölle.« Er pfiff die Melodie mit. Als er das Haus erreichte, verschwand die Sonne allmählich am Horizont. Sicherheitshalber versteckte er das Auto in einem Waldweg nahe dem Anwesen.

Der Schlüssel lag wie erwartet am gewohnten Platz. Offensichtlich war in den letzten Wochen niemand hier gewesen. Und auch die Polizei hatte keine Ahnung, dass es dieses Haus gab. Hier war er sicher wie in Abrahams Schoß! Drinnen war es kühl, sodass er die Heizung anmachte. Anschließend inspizierte er die Essens- und Getränkevorräte. Dem Zweck des Hauses entsprechend wurden sie regelmäßig aufgefüllt, was auch dieses Mal geschehen war. Zusätzlich zu den beiden großen Kühlschränken gab es noch einen Kühlraum – ein echter Luxus bei einem eigentlich eher einfachen Gästehaus wie diesem.

Zum ersten Mal seit geraumer Zeit fühlte sich Huber wieder

leicht und entspannt. Hier ließ es sich leben, zumindest eine Weile. Er wollte ja auch nicht ewig hierbleiben. Wenn sich der Rauch verzogen hatte, würde er wie Phönix aus der Asche aufsteigen und sich sein Geld holen. Dann musste Katharina zahlen. Und wer weiß, vielleicht war ja auch bei Jürgens' Witwe etwas zu holen?

Wenn der allseits geachtete Staranwalt durch das Video in aller Öffentlichkeit als das Schwein bloßgestellt wurde, das er ja auch tatsächlich war, konnte das seiner Witwe kaum egal sein. Nachdenklich rollte er den Zettel, der er nach dem Besuch bei Katharina in seinem Portemonnaie gefunden hatte, in seinen Fingern. »Versuche nie wieder, mich zu erpressen. Das nächste Mal wird nicht so glimpflich enden«, stand darauf zu lesen.

Er nahm sich vor, am Ende das Video in jedem Fall zu veröffentlichen, schon allein um sich an Katharina zu rächen.

15

Es war kurz vor neun. Noch eine halbe Stunde. Um sich zu beruhigen, hatte Anna Hohmann einen Früchtetee gekocht. Die vertrauten Handgriffe, das Anstellen des Wasserkochers, die Auswahl der Teesorte und schließlich das Aufbrühen beruhigten sie. Sie setzte sich mit der Teetasse in ihren schwarzen Ledersessel. Damit man nicht sehen konnte, wie abgewetzt das Leder vor allem an den Lehnen schon war, hatte sie eine blaugrüne Decke darübergelegt.

Zur Feier des Tages hatte sie einmal nicht ihren grauen Jogginganzug an, den sie sonst beinahe immer trug, sondern eine fast neue, hautenge Jeans und eine bunte Bluse. Schließlich war sie noch jung und hatte immer noch eine gute Figur. Auch wenn ihre Haut durch den Alkohol und die Zigaretten vielleicht ein wenig faltig geworden war.

Sie nippte an dem heißen Tee und sah sich im Zimmer um. Die hübschen Bilder von damals und die Bücher hatte sie bei ihrem letzten Umzug weggeworfen. Leider bot die winzige Zwei-Zimmer-Wohnung nicht so viel Platz. Im Wohnzimmer hing jetzt nur noch ein großer Wandkalender mit Landschaftsfotos aus Marokko. Das musste reichen, um sich von Zeit zu Zeit aus der tristen Realität herauszuträumen.

Den Kalender hatte ihr ihre Mutter geschenkt. Früher, als sie sich mit ihr nur gestritten und sie für ihr spießiges Leben verachtet hatte, hätte sie ein solches Geschenk sofort in den Müll geworfen. Aber abgesehen davon, dass ihr die Bilder mit den Städten und Menschen des Maghreb gefielen, hatte sie sich ihrer Mutter wieder angenähert. Seit sich vor zwei Jahren ihr Vater nach dreißig Jahren Ehe wegen einer Jüngeren aus dem Staub gemacht hatte, tat sie ihr leid. Außerdem hatte sie begriffen, dass ihre Mutter der einzige Mensch auf der Welt war, der sie immer unterstützt hatte – bedingungslos, voller Mutterliebe und gegen den entschiedenen Widerstand Ihres Vaters. Der hatte als Versicherungsvertreter anderen Menschen das Geld aus der Tasche gezogen und Annas Lebenswandel aufs Heftigste kritisiert.

Als sie vor vier Tagen ihre Mutter anrief und sie fragte, ob sie ein paar Tage bei ihr wohnen könne, hatte diese sofort zugestimmt. Offensichtlich freute sie sich, ihre Tochter einmal länger zu sehen, und Anna gestand sich ein, dass es ihr ebenso ging. Die Zeit bei ihrer Mutter in Zülpich würde ihr guttun. Sie konnte für einige Tage aus Köln verschwinden und den Schatten, der sie so erschreckt hatte, vergessen.

In der letzten Zeit hatte sie Alpträume gehabt, in denen der Schatten plötzlich ein Gesicht hatte. Mitten in der Nacht stand der Mann mit den Narben, den sie vor einigen Tagen auf der Straße gesehen hatte, plötzlich vor ihrem Bett. Sie lag im Dunkeln da, ohne sich auch nur einen Millimeter bewegen zu können. Wenn sie es endlich schaffte, aufzustehen und zur Tür zu laufen, zwang sie eine unsichtbare Macht, sich noch einmal umzudrehen. Bevor sie öffnen konnte, stand der Fremde auf einmal direkt vor ihr. Er hob die Hände, und sie wusste, dass sie gleich sterben würde. Und genau an der Stelle erwachte sie, schweißgebadet, aber erleichtert, dass es nur ein Traum gewesen war.

Vielleicht würde der Schatten für immer verschwinden, wenn sie mit dem Polizisten geredet hatte. Heute Morgen kurz nach neun hatte das Telefon geklingelt. Sie hatte sich mit einer Tasse Kaffee und einer Scheibe Knäckebrot noch einmal für ein paar Minuten ins Bett verkrochen. Nur widerwillig hatte sie abgenommen, überzeugt, dass es sich nur um einen Anruf ihrer Betreuerin beim Jobcenter handeln konnte. Die hatte sie in den letzten Wochen immer wieder bedrängt, sich endlich um ihre Pflegeausbildung zu kümmern.

Aber sie hatte falschgelegen. Am Telefon meldete sich ein Hauptkommissar Brokat. Er teilte ihr mit, dass die Polizei den Mörder von Jürgens und Morgenstern festgenommen hatte. Und offenbar hatte er auch vorgehabt, sie zu töten. Näheres würde er ihr am liebsten persönlich erklären. Da er heute Abend sowieso in der Gegend zu tun habe, würde er gern um halb zehn bei ihr vorbeikommen. Ob ihr das recht sei?

Im ersten Moment war sie erstaunt gewesen. Wie häufig hatte

sie in den letzten Wochen daran gedacht, zur Polizei zu gehen und um Schutz zu bitten. Aber am Ende hatte sie sich nicht getraut. Die Polizisten würden ihr nicht glauben. Schließlich war sie Alkoholikerin und Hartz-IV-Empfängerin. Und eine weitere Demütigung konnte sie in ihrer jetzigen Situation nicht gebrauchen. Außerdem, was konnte sie schon vorweisen: ein Gesicht, das sie gesehen, einen Schatten, der sie verfolgt hatte? Nun meldete sich die Polizei jedoch von sich aus bei ihr. Den Namen des Kommissars, der sie angerufen hatte, kannte sie aus der Zeitung. In den letzten Tagen hatte sie sein Gesicht im Zusammenhang mit dem Doppelmord an Jürgens und Morgenstern öfter im Express und im Stadt-Anzeiger gesehen. Sie fand, dass es ein sympathisches Gesicht war.

Drei Minuten nach halb zehn klingelte es. Sie stand auf, warf einen letzten kontrollierenden Blick in den Spiegel und ging zur Tür. Ohne auch nur einen Moment zu zögern, öffnete sie.

***

Als Brokat am Donnerstag gegen dreiundzwanzig Uhr endlich die Tür zu seiner Wohnung aufschloss, nahm er sich vor, den nächsten Tag langsam anzugehen. Er musste nachdenken, und das konnte er am besten bei einem ausgiebigen Frühstück in »Susis Caffé-Bar«.

Der Abend hatte keine neuen Erkenntnisse gebracht, und Brokat hatte das Gefühl, dass der Druck auf ihn und sein Team mit jeder Stunde stieg. Dazu verspürte er eine wachsende Angst, dass sie zu langsam waren und der Mörder erneut zuschlagen könnte. Der Untersuchungsbericht zu dem Schiffsunglück, von dem Martha Jürgens gesprochen hatte, war auch nicht aufgetaucht, nachdem Langel und Hardy die Villa noch einmal komplett auf den Kopf gestellt hatten. So blieb Brokat nichts anderes übrig, als per Mail eine Eilanfrage an die Behörden in Olbia zu senden mit der Bitte, ihm den Bericht umgehend zu schicken. Zusätzlich hatte er seinen sardischen Kollegen und Freund Paolo Garzone angerufen und gebeten, die Angelegenheit vor Ort zu beschleunigen.

Garzone hatte es ihm versprochen. Allerdings hatte er auch darauf hingewiesen, dass die Staatsanwälte in Italien quasi »von Natur aus« langsamer arbeiten würden als ihre deutschen Kollegen, und ihn vor zu hohen Erwartungen gewarnt. Unabhängig davon hatte er Ann-Kathrin Petersen angewiesen, so schnell wie möglich alle öffentlich verfügbaren Fakten zu dem Schiffsunglück zusammenzutragen.

Katharina Lenz und Peter Huber schienen verschwunden zu sein. Lenz hatte gestern in ihrem Fitnessstudio freigehabt und konnte rein theoretisch heute wieder auf ihrer Arbeitsstelle erscheinen, woran Brokat aber nicht glaubte. Vonderschmitt, der von Stunde zu Stunde ungeduldiger wurde, hatte zugestimmt, dass er Huber zur Fahndung ausschreiben ließ – bisher allerdings erfolglos.

Damit war Brokats Masterplan erst einmal gescheitert. Er hatte vorgehabt, Katharina Lenz und Peter Huber so lange zu verhören, bis sie entweder ein Geständnis ablegten oder zumindest eine plausible Erklärung zu ihrer Rolle in den beiden Mordfällen abgaben. Darauf konnte er jetzt allerdings kaum noch hoffen. Verdächtig waren beide nach wie vor.

Doch die schwierigen Ermittlungen waren nicht das Einzige, worüber Brokat nachzudenken hatte. Als er kurz vor Mitternacht den Anrufbeantworter abgehört hatte, war Marias Stimme darauf. Die Nachricht war kurz: Sie würde gern am kommenden Wochenende nach Köln kommen, um mit ihm zu reden, ob ihm das recht sei?

Sofort hatte er ein schlechtes Gewissen. Was bedeutete ihr Anruf? Hatte sie schon beschlossen, mit ihm Schluss zu machen, oder bekam er noch eine Chance? Plötzlich war er verzweifelt. Wie hatte es nur so weit kommen können? So lange schon hatte er keinen Menschen mehr so geliebt wie Maria, und trotzdem hatte er sie verletzt. Das war nicht gut und warf ein bezeichnendes Licht auf seine Unfähigkeit, eine dauerhafte Bindung einzugehen.

Er hatte Angst vor dem Wochenende. Im Grunde ließ ihm sein aktueller Fall keine Zeit für Maria. Aber sollte er ihr tatsächlich absagen und sie auf ein anderes Mal vertrösten? Das würde ihr Verhältnis mit Sicherheit weiter belasten.

»Morgen«, sagte er zu sich, als er im Bett lag. »Morgen werde ich eine Entscheidung treffen und den Fall lösen.«

Der Satz hatte etwas Tröstliches, und so schlief er fast sofort ein.

***

Ann-Kathrin Petersen war sauer. Wieder einmal hatte ihr Chef sie an den Schreibtisch verbannt. So hatte sie sich ihren neuen Job nicht vorgestellt! Eigentlich sollte sie am frühen Abend an einer Besprechung des Ermittlungsteams zum weiteren Vorgehen teilnehmen. Doch nachdem der Untersuchungsbericht weder in Jürgens' Villa noch Morgensterns Wohnung gefunden worden war, hatte Brokat sie angewiesen, so schnell wie möglich eine eigene Recherche über das Schiffsunglück anzustellen. Als ob das so einfach wäre – schließlich lag der Vorfall vierzehn Jahre zurück!

Nun saß sie bereits mehr als zwei Stunden am Computer. Sicher war diese Recherche wichtig, wie ihr Brokat noch einmal eingeschärft hatte. Aber klar war auch, dass sich die spannenden Aufgaben, bei der am Ende die Lorbeeren verteilt wurden, neben ihrem Chef fast ausschließlich Kunert und Maric teilten. Christian Schmid lief wie sie momentan eher nebenher, was ihm aber kaum etwas auszumachen schien. Wahrscheinlich war es ihm nach dem Tod seiner Frau auch ganz recht, etwas weniger Verantwortung übernehmen zu müssen. Sie jedoch wollte Verantwortung tragen!

Wie sollte sie etwas dazulernen, wenn sie immer nur in der Zentrale versauerte? Frontarbeit – das war es, was sie wollte! Aber genau das schien ihr Brokat nicht zuzutrauen. Wie sollte sie einem alternden Polizisten, für den die Kripo eine reine Männerdomäne war, klarmachen, dass eine Frau genauso gute Arbeit leisten konnte wie die männlichen Kollegen?

Dafür, dass vor vierzehn Jahren das Internet noch in den Kinderschuhen gesteckt hatte, fanden sich doch erstaunlicherweise viele Berichte im Netz. Ergänzen konnte sie diese mit Hilfe von Genios, einer Presse-Datenbank, auf die die Polizei Zugriff hatte. So hatte der Kölner Stadt-Anzeiger bereits zwei Tage nach dem Unglück eine kurze Meldung gebracht, dass eine Kölnerin und ihr japanischer Ehemann bei einem Schiffsunglück in Italien ums Leben gekommen waren. Die Meldung endete mit dem Hinweis, dass zwei ebenfalls in Köln lebende Deutsche dazu von den italienischen Behörden befragt worden seien. Als Quelle war die Nachrichtenagentur dpa angegeben.

Kurz darauf fand Petersen auch den fast identischen Text der Deutschen Presse-Agentur, der wohl wiederum auf einem Bericht der italienischen Agentur ANSA beruhte. Mehrere Tageszeitungen, darunter die Kölnische Rundschau, die WAZ, die Frankfurter Rundschau und sogar die Süddeutsche Zeitung hatten den dpa-Text ebenfalls übernommen. Zwei Tage später preschten die beiden konkurrierenden Kölner Boulevardzeitungen Bild und Express vor und brachten jeweils einen eigenen, ausführlichen Artikel zu dem Schiffsunglück im Mittelmeer.

»Kölner Familie in Seenot – wer ist schuld am Tod der Eltern?« lautete die Überschrift im Express, der Hendrik Jürgens und Patrick Morgenstern namentlich erwähnte. Der Reporter hatte wohl selbst mit der Staatsanwaltschaft in Olbia gesprochen. Möglicherweise war er sogar vor Ort gewesen. Das war seinerzeit sicherlich ein gefundenes Fressen für die Medien gewesen. Einiges aus dem teilweise eher spekulativ klingenden Bericht wusste Petersen schon aus der Schilderung von Jürgens' Witwe. Manches war ihr neu, wie die Tatsache, dass damals ein deutsch-japanisches Ehepaar ums Leben gekommen war. Das kann kein Zufall sein, dachte Petersen und las weiter.

Anders, als es Martha Jürgens geschildert hatte, war die Yacht der Familie nicht sofort gesunken, sondern an Bord war zuerst ein Feuer ausgebrochen. Dabei erlitt einer der beiden Söhne schwere Brandverletzungen. Die Kinder konnten von der Küstenwache gerettet werden. Die Eltern verbrannten jedoch. Die Ursache des Feuers war zu dieser Zeit noch ungeklärt.

Nach diesen eher spärlichen Fakten konzentrierte sich der Reporter auf die Frage, die später auch Gegenstand einer Untersuchung der italienischen Behörden wurde: Warum hatte die Besatzung der zweiten, größeren Charteryacht mit den beiden erfahrenen Seglern Jürgens und Morgenstern an Bord der in Seenot geratenen Familie nicht geholfen? Dabei war die zweite Yacht zweifelsfrei in Sichtweite der anderen gewesen. Außerdem spekulierte der Autor darüber, warum die Besatzung das international gültige Notsignal »Mayday Relay« erst eine halbe Stunde nach dem Notruf der deutschen Familie abgesetzt hatte. Den Namen der Frau an Bord der größeren Yacht mit dem Namen »Albatros« erwähnte der Reporter nicht.

Interessant, dachte Petersen. Wenn der eine der beiden Söhne bei dem Brand schwer verletzt und dabei sein Gesicht entstellt worden war, würde das Brokats Verdacht erhärten. Dann musste er tatsächlich der mysteriöse Fremde gewesen sein, der Hendrik Jürgens vor acht Jahren zu Hause bedroht hatte. Und der jetzt wahrscheinlich den Anwalt und den Schauspieler kaltblütig ermordet hatte. Wenn Jürgens und Morgenstern seinen Eltern damals wirklich wissentlich die Hilfe verweigert hatten, hatte er ein starkes Motiv. Außerdem war er von Zeugen zuvor an beiden Tatorten beobachtet worden. Allerdings blieb die Frage offen, warum Jürgens und Morgenstern damals nicht wegen unterlassener Hilfeleistung verurteilt worden waren.

Sie wandte sich wieder dem Computer zu. In den folgenden Tagen hatte die Berichterstattung über das Unglück rapide abgenommen, bis sie angesichts fehlender Neuigkeiten ganz versiegt war. Die einzig nennenswerte Nachricht kam etwa drei Wochen später. Sie besagte, dass die von den italienischen Behörden nach dem Unglück beschlagnahmte »Albatros« freigegeben worden war. Erst vier Monate später erschien wieder eine Meldung in der Presse. Immerhin schaffte sie es noch in den Stadt-Anzeiger und in den Express. Nach den inzwischen abgeschlossenen Untersuchungen der Staatsanwaltschaft in Olbia gehe diese davon aus, dass eine Verpuffungsexplosion im Salon der Yacht zum Tod des Ehepaars geführt hatte. Diese wurde wahrscheinlich durch einen von der Chartergesellschaft im Schiff vergessenen Benzinkanister ausgelöst. Gegen den Vercharterer werde ermittelt. Ein Verschulden oder unterlassene

Hilfeleistung Dritter schließe man aus. Damit war das Thema offensichtlich durch.

Kurz nach zehn saß Ann-Kathrin Petersen noch immer in Gedanken versunken am Computer. Zu viele Fragen waren offengeblieben: Was war bei dem Unfall wirklich passiert? Was war aus den überlebenden Geschwistern geworden? Und wie kam der eine der beiden Brüder dazu, trotz des gegenteiligen Untersuchungsberichts Morgenstern und Jürgens später die Schuld am Tod seiner Eltern zu geben?

Gegen halb elf griff sie zum Telefon und rief einen Redakteur des Kölner Express an. Sie kannte ihn aus ihrer Koblenzer Zeit, als er noch bei der Rhein-Zeitung gearbeitet hatte. In ihren ersten Tagen in Köln, als sie sich ziemlich einsam gefühlt hatte, war sie einige Mal mit ihm ausgegangen. Sie hatte immer noch einen guten Draht zu ihm, der sich jetzt als nützlich erweisen konnte. Sie erreichte ihn auf dem Handy, und er versprach, im Archiv nachzusehen und sich im Laufe des morgigen Vormittags wieder zu melden. Zufrieden legte sie auf, als sich die Tür zu ihrem Büro öffnete und Mato Maric den Raum betrat.

Als sie ihm sagte, dass Niko Kunert schon nach Hause gegangen war, wirkte er etwas verlegen. Seine Befangenheit übertrug sich sofort auf sie. Offensichtlich bin ich inzwischen völlig beziehungsgestört, schoss es ihr durch den Kopf.

Betont forsch stand sie auf und bot Maric einen Kaffee aus ihrer Thermoskanne an. Zögernd nickte er und setzte sich mit der dampfenden Kaffeetasse ihr gegenüber an Kunerts Schreibtisch. Als sie nach seinem Besuch bei Martha Jürgens fragte, taute er etwas auf und gab bereitwillig den Inhalt des Gesprächs wieder, den sie von Brokat bereits in großen Zügen kannte. Da sie wusste, dass er das ebenfalls wusste, fragte sie immer wieder nach, um nicht den Eindruck zu erwecken, sie wolle ihm nur die Zeit stehlen. Ihr entging nicht, dass er schon nach kurzer Zeit auf die Uhr schaute. Wenig später erklärte er entschuldigend, er müsse jetzt leider gehen, da er noch etwas Wichtiges zu erledigen habe.

»Was ist mit Ivo? Wartet er nicht auf dich?«, fragte sie. Einen Augenblick lang sah er sie erstaunt an.

»Wieso interessierst du dich für meinen Sohn?«

Die Gegenfrage wirkte auf sie unerwartet förmlich, fast schon abweisend. Was sollte sie ihm antworten? Dass sie sein Schicksal berührte? Ja, noch mehr, dass sie sich für ihn interessierte? Später dachte sie, dass man in solchen Situationen fast immer die falsche Antwort gibt.

»Ich habe gehört, dass deine Frau bei einem Unfall ums Leben gekommen ist. Es muss schwer für dich sein, allein für Ivo zu sorgen.«

Ihre Antwort kam ihr selbst zu persönlich und irgendwie falsch vor. Sie merkte, wie sich seine Gesichtszüge verhärteten. Betont förmlich stand er auf und ging zwei Schritte zurück, bis er die Türklinke in der Hand hatte.

»Du bist eine gute Kollegin, und ich arbeite gern mit dir zusammen. Aber ich weiß nicht, wer dir das Recht gibt, mir vorzuwerfen, dass ich mich zu wenig um meinen Sohn kümmere.«

16

Die Nachricht erreichte ihn am Freitagmorgen um neun in »Susis Caffé-Bar«. Kunert hörte sich am Telefon merkwürdig gepresst an. Brokat wusste sofort, dass etwas passiert war.

»Wir haben eine Leiche gefunden.«

Brokat merkte, wie er sich innerlich verkrampfte. »Der Samurai-Mörder?«

»Ja, sieht ganz so aus«, antwortete Kunert. Vor etwa einer Stunde sei in der Einsatzzentrale ein Notruf eingegangen. Der Anrufer erklärte, dass in einer Wohnung in Porz eine tote Frau liege. Er gab noch die Adresse durch, bevor er auflegte.

»Irgendwie wirkte er sehr entschieden. Also sind Schmid und ich hingefahren. Wir haben versucht, dich zu erreichen, aber du bist nicht an dein Handy gegangen«, meinte Kunert entschuldigend.

»Ich bin unterwegs. Sorg dafür, dass die komplette Besetzung vor Ort ist«, entgegnete Brokat barsch.

Er wollte das Gespräch beenden, als Kunert sich räusperte.

»Ist noch etwas?«, fragte er.

»Ja«, sagte Kunert. »Die Leiche sieht ziemlich schlimm aus.«

Es ist wieder passiert, dachte Brokat, als er in seinen Volvo stieg. Und wir haben es nicht verhindert.

Als er eine halbe Stunde später die Stresemannstraße in Porz erreichte, stand vor dem Haus bereits eine Reihe von Einsatzfahrzeugen. Als er mit einem flauen Gefühl im Magen die Wohnung im zweiten Stock betrat, sah er, dass neben Kunert, Schmid und Berschke auch die Spurensicherung bei der Arbeit war.

Kunert kam auf ihn zu. Er sagte nichts, wirkte jedoch mitgenommen. Er schob seinen Assistenten beiseite und ging zu Berschke, der vor der Toten kniete.

Brokat hatte noch nie in seinem Leben so viel Blut gesehen. Es hatte sich in einem Umkreis von fast zwei Metern auf dem Wohnzimmerboden verteilt. Mitten in der Lache lag ein Frauenkörper auf dem Bauch. Arme und Beine waren mit Kabelbindern gefesselt. Der Kopf befand sich ungefähr dreißig Zentimeter daneben und blickte in seine Richtung. Das Gesicht war unnatürlich weiß. Die Augen waren mit einem Tuch verbunden, im Mund steckte ein Knebel. Brokat ging näher heran und kniete sich neben Berschke. Ihm fiel auf, dass die Schnittfläche am Hals völlig glatt war. Der Körper der Unbekannten war voll bekleidet, lediglich der linke Ärmel war hochgeschoben, sodass der Unterarm freilag. Das japanische Schriftzeichen darauf war sehr fein ausgeführt. Es gab keinen Zweifel daran, dass es das gleiche Kanji-Schriftzeichen war. Etwa einen halben Meter entfernt lag ein blutiges Schwert. Zusammen bildeten Körper, Kopf und Schwert nahezu ein gleichschenkliges Dreieck.

Eine Zeit lang sagte niemand etwas. Das Schweigen wurde unterbrochen durch das Klicken der Fotoapparate der Spurensicherung. Schließlich sah Berschke auf.

»Was denkst du?«, fragte Brokat.

»Ich denke, dass hier eine Hinrichtung stattgefunden hat«, antwortete der Gerichtsmediziner. »Eine Hinrichtung, die wie eine Zeremonie ausgeführt wurde.«

»Erst hat er sie gefesselt, dann geknebelt und ihr die Augen verbunden. Möglicherweise musste sie sich niederknien. Danach hat er ihr den Kopf abgeschlagen.«

»So könnte es gewesen sein. Sie ist nach vorne auf den Bauch gefallen. Sieh dir diese Menge Blut an! Sie ist völlig ausgeblutet.«

»Dann hat er die Zeichnung gemacht und das Schwert danebengelegt.«

»Aber dann müssen seine Schuhe voller Blut gewesen sein«, meinte Berschke.

»Nicht, wenn er den Arm zu sich rübergezogen hat.« Brokat stellte sich links neben die Tote und beugte sich vor, bis er sie anfassen konnte.

Berschke nickte. Dort, wo Brokat stand, war kein Blut hingeflossen.

»Seit wann liegt die Tote da?«

Berschke überlegte kurz. »Geh mal von etwa zehn bis fünfzehn Stunden aus. Genauer kann ich es jetzt noch nicht sagen.«

Brokat wandte sich an Kunert. »Wer ist die Tote?«

Kunert warf einen kurzen Blick auf seinen Block. »Sie heißt Anna Hohmann und wohnte allein. Sie ist fünfunddreißig Jahre alt und nach Aussagen der Nachbarin arbeitslos.«

»Anna Hohmann?« Brokat horchte auf. »Wenn ich mich richtig erinnere, erzählte Jürgens' Witwe von einer Anna Hubert oder so ähnlich, die damals mit an Bord der Yacht war. Ich bin sicher, dass sie das ist.« Er sah Kunert an. »Wissen wir etwas über den anonymen Anrufer? Name? Eine Telefonnummer?«

Kunert schüttelte den Kopf.

»Ich wette, das war der Mörder! Er wollte, dass wir die Leiche finden. Die Techniker sollen das Gespräch auswerten. Und ruf Petersen an. Ich will wissen, ob sie inzwischen mehr über das Schiffsunglück herausbekommen hat. Ich brauche endlich den Untersuchungsbericht aus Italien. – Wie seid ihr in die Wohnung gekommen?«, fragte Brokat Christian Schmid, der bisher schweigend danebengestanden hatte. Er wirkte konzentriert und ganz bei der Sache, was Brokat als gutes Zeichen wertete.

»Der Hausverwalter wohnt im selben Block.«

»Und die Tür?«

»War zu. Keine Spuren von Gewaltanwendung.«

»Also hat sie ihrem Mörder freiwillig geöffnet – genau wie Morgenstern.«

Brokat sah auf, als Kunert mit dem Handy zu ihm kam.

»Chef, Ann-Kathrin ist am Apparat. Sie will dich sprechen.«

»Soso, Ann-Kathrin«, brummte er, nahm das Telefon aber bereitwillig an. Danach sagte er lange nichts, sondern hörte nur zu, was Kunert und Schmid durchaus ungewöhnlich fanden. Schließlich legte er auf. Seine beiden Mitarbeiter sahen ihn gespannt an.

»Ich glaube, wir haben ihn«, sagte Brokat.

***

»Er heißt Yuri Kobayashi und ist Sohn einer Deutschen und eines Japaners.« Schmid, Kunert und Brokat hatten sich in die Küche zurückgezogen und die restliche Wohnung der Spurensicherung überlassen, die emsig jeden Millimeter der Wohnung nach Spuren durchkämmte.

»Petersen hat den Untersuchungsbericht vorliegen«, erklärte Brokat. »Der jüngere der beiden Brüder hat bei dem Brand im Schiff schlimme Verbrennungen im Gesicht erlitten. Alles spricht dafür, dass er die Rache für den Tod seiner Eltern vollzogen und sich dabei in der Rolle eines Samurai gesehen hat.«

»Wahrscheinlich empfindet er sich nicht einmal als Mörder, sondern als eine Art übergeordnete Instanz, die Gerechtigkeit schafft«, ergänzte Kunert. »Das würde auch das Schriftzeichen und das Katana erklären. Die Samurai hatten einen strengen Ehrenkodex, und als Halbjapaner hat er sich damit identifiziert.«

»Aber warum hat er mit seiner Rache so lange gewartet?«, wandte Schmid ein.

»Du musst bedenken, dass er damals noch ein Kind war«, antwortete Brokat. »Später wurde ihm klar, dass die Gerichte die Schuldigen niemals verurteilen werden.«

»Weswegen er sich einige Jahre danach direkt an Jürgens gewandt und ihn mit den Vorwürfen konfrontiert hat.«

»Und der hat ihn abgewiesen, ebenso wie Morgenstern und Anna Hohmann vermutlich auch. Irgendwann hat er dann beschlossen, Selbstjustiz zu üben. Aber Petersen hat noch mehr herausbekommen.«

Gespannt sahen ihn seine beiden Mitarbeiter an.

»Sie hat heute Morgen die Studios in Köln abtelefoniert, die japanischen Kampfsport anbieten. Das sind wohl mehr, als man denken könnte. Sie hatte Glück und ist fast sofort bei dem Club gelandet, in dem Yuri Kobayashi Mitglied ist. Sein Trainer hat ihr erzählt, dass er ein ausgezeichneter, ja fast schon fanatischer Schwertkämpfer ist.«

Er machte eine kleine Pause, um seine Worte wirken zu lassen.

»Außerdem hat sie mit einem Express-Reporter gesprochen, der ein wenig in den Archiven gekramt hat. Die Staatsanwaltschaft hat Jürgens als verantwortlichem Skipper der Yacht anfangs vorgeworfen, dem in Not geratenen Schiff der Familie nicht geholfen zu haben, obwohl er keine zwanzig Meter entfernt war. Aber am Ende sind die Behörden doch zu einem anderen Ergebnis gekommen. Kobayashi konnte das wohl nicht verkraften. Verdammt gute Arbeit für die kurze Zeit!« Kunert und Schmid sahen nach diesem Lob ihres Chefs für Petersen erstaunt aus. Brokat, der das bemerkte, überspielte den Vorfall, indem er Maric anrief und ihn anwies, ein Einsatzkommando zusammenzustellen, das Kobayashi festnehmen sollte.

Sie wollten gerade aufbrechen, als Dirk Möller, der Leiter der Spurensicherung, die Küchentür öffnete.

»Wie weit seid ihr?«, fragte Brokat.

»Wir können noch nichts Endgültiges sagen«, erklärte Möller.

»Das könnt ihr doch nie«, entgegnete Brokat trocken.

»Da hast du recht«, grinste Möller. »Aber immerhin wissen wir, dass das Schwert dem sehr ähnlich ist, das in Jürgens' Brust steckte. Fingerabdrücke konnten wir wegen des vielen Blutes leider keine sicherstellen.«

Er sah Brokat an. »Neben dem Telefon haben wir übrigens noch einen Schreibblock mit einer interessanten Notiz gefunden.«

»Wieso interessant?«

»Auf dem Blatt steht dein Name.« Er reichte Brokat das abgerissene Papier. Darauf stand in der sauberen Handschrift eines jungen Mädchens: »Hauptkommissar Brokat, 21.30 Uhr«.

»Was hat das zu bedeuten?«, fragte Schmid.

»Vielleicht fühlte sich Anna Hohmann schon vorher bedroht und wollte dich anrufen«, mutmaßte Kunert.

Brokat schüttelte den Kopf. »Wozu dann die Uhrzeit am Ende? Das sieht mir eher wie eine Verabredung aus.«

»Mit dir? Aber davon hättest du doch wissen müssen!«

»Eben«, antwortete Brokat. »Und da ich nicht mit ihr telefoniert habe, kann das eigentlich nur der Mörder gewesen sein.«

***

Ann-Kathrin Petersen verließ das Präsidium gegen halb zwölf, ohne irgendjemandem zu erzählen, was sie vorhatte. Wäre sie mit ihrer Entdeckung zu Brokat gegangen, hätte der sicherlich Kunert oder Maric geschickt, um die Ermittlungsarbeit vor Ort zu übernehmen. Oder noch schlimmer, er hätte ihr nicht geglaubt und ihre Theorie als reine Phantasie abgetan.

Auf dem Weg durch das große Gebäude begegnete sie niemandem aus dem Ermittlungsteam, was gut war. Denn sonst hätte sie eine Ausrede erfinden müssen. Das Timing für ihren kleinen Ausflug hatte sie klug gewählt: Die Nachricht, dass der Samurai-Mörder wieder zugeschlagen hatte, hatte in der Zentrale wie eine Bombe eingeschlagen. Alle Kollegen und die Spurensicherung waren vor Ort.

Vor einer halben Stunde hatte sie Jan Vonderschmitt auf dem Flur getroffen, der wohl gerade von Brokat informiert worden war. Erst wollte er sie ignorieren. Dann nutzte er jedoch die Gelegenheit, um sich bei ihr über die seiner Ansicht nach unzureichende Ermittlungsarbeit des Teams zu beklagen. Seine Beschwerde endete mit einer unverhohlenen Drohung.

»Ich habe jetzt eine Besprechung beim Polizeipräsidenten. Keine Ahnung, ob ich Ihnen danach noch den Rücken freihalten kann.«

Seine Worte beeindruckten sie nicht. Erstens war es Brokats Job, sich mit Vonderschmitt auseinanderzusetzen. Zweitens hatte sie ihn von Anfang an für einen sesselpupsenden Wichtigtuer gehalten, der von praktischer Polizeiarbeit keine Ahnung hatte.

Als sie mit ihrem kleinen weißen Fiat Cinquecento das Parkhaus verließ, begann es zu regnen. Langsam fuhr sie über die Deutzer Brücke in Richtung Innenstadt. Kurz vor dem Ring verließ sie der Mut. Wenn sie sich das Ganze doch nur eingebildet hatte? Andererseits, so überlegte sie, wenn sich ihre Vermutung bestätigte, konnte sie vielleicht einen wichtigen Beitrag dazu leisten, den Fall zu lösen. Und in weniger als einer Stunde war sie ja sowieso wieder zurück. Wahrscheinlich würde überhaupt niemandem auffallen, dass sie das Präsidium verlassen hatte.

Eigentlich musste sie ihrem Chef dankbar sein, dass er sie

an den Schreibtisch verbannt hatte. Denn so war es ihre Aufgabe gewesen, den Untersuchungsbericht auszuwerten, der am frühen Morgen per Fax aus Olbia gekommen war. Außer den Namen der damals verunglückten Familie enthielt er weitere interessante Details zur Untersuchung der Behörden. Der Schluss war eindeutig: Jürgens hätte als verantwortlicher Skipper bei den Wetterverhältnissen in dieser Nacht gar nicht helfen können – in Böjen herrschte Windstärke neun. Die Besatzung der »Albatros« trug keinerlei Schuld an dem Unglück. Aber warum machte Yuri Kobayashi sie dennoch für den Tod seiner Eltern verantwortlich? Sie konnte keinen Grund dafür finden. Stattdessen war sie auf sehr aufschlussreiche Fotos im Internet gestoßen – Bilder, die einen Alleingang absolut rechtfertigten.

Eine Viertelstunde später verließ sie Jürgens' Kanzlei am Kaiser-Wilhelm-Ring unverrichteter Dinge wieder. Ihr neues Fahrziel hatte sie in die Navi-App ihres Handys eingegeben, das die Fahrtzeit mit zwanzig Minuten berechnete. Wegen des anhaltenden Regens brauchte sie eine halbe Stunde. Da der Seitenstreifen zugeparkt war, stellte sie ihr Auto hinter der nächsten Ecke ab. Der Regen hatte aufgehört. Kurz kam ihr der Gedanke, ob sie nicht doch Kunert anrufen und ihm sagen sollte, was sie vorhatte – nur zur Sicherheit. Sie verwarf den Gedanken jedoch gleich wieder und drückte entschlossen auf den Klingelknopf.

»Was wollen Sie?«

Der junge Mann, der ihr die Haustür öffnete, wirkte alles andere als freundlich.

»Petersen ist mein Name, Kripo Köln. Ich muss Ihnen einige Fragen zum Tod von Hendrik Jürgens und Patrick Morgenstern stellen.«

Sie hielt ihm ihren Ausweis hin. Er warf einen kurzen Blick darauf, sagte jedoch nichts. Die Wohnungstür im Erdgeschoss stand offen. Sie ging an ihm vorbei ins Wohnzimmer. Unaufgefordert setzte sie sich an den Esstisch. Er ließ sich ihr gegenüber nieder, wirkte jedoch nach wie vor abweisend.

»Ich habe Ihren Kollegen bereits alles erzählt, was ich weiß«, sagte er schließlich. »Ich fürchte, ich kann Ihnen nicht weiterhelfen.«

»Es gibt neue Aspekte in dem Fall«, sagte sie schnell.

Er sah sie überrascht an. Sie hielt ihm den Zeitungsausschnitt mit dem Foto hin, das sie vorher gescannt und ausgedruckt hatte. Während er sich das Bild ansah, schaute sie sich um. Die Wohnung war einfach, aber gemütlich eingerichtet.

»Was soll das Foto darstellen?«, fragte er schließlich.

»Das Bild ist nach einem Schiffsunglück im Mittelmeer entstanden, das jetzt vierzehn Jahre zurückliegt. Damals ist ein deutsch-japanisches Ehepaar ums Leben gekommen. Das Foto ist etwa zehn Jahre alt und zeigt die beiden überlebenden Söhne. Hendrik Jürgens war in den Unfall verwickelt.«

Er wirkte jetzt neugierig.

»Und was hat das mit mir zu tun?«

»Ganz einfach«, sagte sie. »Auf dem Foto sehen Sie dem älteren der beiden Brüder verblüffend ähnlich.«

Er sah sich das Bild noch einmal an. Dann schüttelte er den Kopf. »Ich weiß nicht, wie Sie darauf kommen. Sie irren sich. Das auf dem Foto bin nicht ich.«

Sie gab nicht auf. »Es gibt Indizien, die den jüngeren Sohn schwer belasten, drei Morde begangen zu haben. Wahrscheinlich kann uns sein Bruder wichtige Hinweise über ihn geben.«

Er wirkte jetzt ungeduldig. »Das setzt voraus, dass ich der Bruder bin. Aber ich bin weder sein Bruder, noch weiß ich etwas über die Geschichte.«

»Schade, ich hatte gehofft, dass Sie mir weiterhelfen können.«

Er stand auf. »Sie versteifen sich da auf etwas. Das Schiffsunglück mag ja so passiert sein. Aber ich habe damit nichts zu tun.«

Sie hörte ihm nicht zu. Ihr Blick war auf einen kleinen Tisch in der Ecke gefallen. Darauf stand eine bronzene Skulptur, die zwei Krieger zeigte, die miteinander kämpften. Beide hatten ein Schwertpaar in den Händen. Die Szene wirkte, als sei der Kampf gerade in die entscheidende Phase gegangen. Während der eine der beiden unbeweglich dazustehen und den Angriff des anderen abzuwarten schien, flog der andere mit einem kraftgeladenen Sprung geradezu auf seinen Gegner zu. Das Schwert hielt er als Verlängerung seines rechten Arms vor sich. Die Spitze war der Brust seines Gegners gefährlich nahe.

»Beeindruckend, nicht wahr?« Er war ihrem Blick gefolgt. »Die Skulptur zeigt Miyamoto Musashi, den größten japanischen Schwertkämpfer, den es jemals gegeben hat. Er ist nie besiegt worden.« Während er sie ansah, dozierte er weiter. »Zentrales Element der japanischen Kampfkunst ist, dass die Klingenachse nie senkrecht gegen das Ziel geschlagen, sondern immer in einer ziehend-schneidenden Bewegung geführt wird. Die Hiebe sind also eher Schnitte. Deshalb auch die gebogene Form der Klinge.«

»Wirklich interessant«, antwortete sie geistesabwesend. Sie erhob sich ebenfalls. »Es kann sein, dass wir Sie noch einmal aufs Präsidium vorladen müssen. Wenn ich mich doch nicht irre, werden Sie uns einiges erklären müssen.«

»Wie meinen Sie das?«

»Zum Beispiel würde mich dann interessieren, wieso Sie ausgerechnet für Jürgens arbeiten.«

Er sagte nichts, aber in seinem Gesicht arbeitete es. Schnell verabschiedete sie sich und ging zur Tür. Er folgte ihr. Sie hatte die Klinke schon in der Hand, als sie ein heftiger Schlag von hinten auf den Kopf traf.

***

Mato Maric jagte am Steuer eines Einsatzfahrzeuges durch die Kölner Innenstadt. Sein Gesicht zeigte höchste Konzentration. Kurz hinter ihnen folgte ein zweites Fahrzeug. Die Martinshörner heulten, als sie von der Severinsbrücke kommend am Barbarossaplatz abbremsten, um dann auf der Luxemburger Straße wieder Gas zu geben. Auf der Taucheruhr an Marics Handgelenk war es exakt ein Uhr, als sie ihr Ziel, die Franz-Marc-Straße in Klettenberg, erreichten.

»Das Haus hier vorne ist es«, schrie Maric und machte eine Vollbremsung.

Der nachfolgende Einsatzwagen konnte gerade noch rechtzeitig stoppen. Da der Seitenstreifen zugeparkt war, blieben die beiden Fahrzeuge mitten auf der engen Straße stehen und spuckten ihre Ladung aus: sechs bis an die Zähne bewaffnete Beamte des Einsatzkommandos sowie Brokat und Maric. Letztere hielten sich im Hintergrund, während die Beamten auf den Eingang des kleinen Mehrfamilienhauses zustürmten. Bevor sie jedoch dort ankamen, öffnete sich die Haustür, und ein Mann kam heraus. Er trug einen leichten grauen Sommeranzug, der ihm ausnehmend gut stand – wenn nur nicht das fürchterlich entstellte Gesicht gewesen wäre. Brokat erkannte sofort den Mann, den er am Mittwochabend vor der Kanzlei gesehen und vergeblich verfolgt hatte. Unwillkürlich musste er bei dem Anblick an den Film »The Elephant Man« denken. Musste sich Kobayashi nicht auch wie der entstellte John Merrick im Film fühlen, der von der Gesellschaft verhöhnt und als Monster angesehen wurde?

»Bitte schießen Sie nicht. Ich bin unbewaffnet«, sagte der Mann an der Tür.

17

»Was habt ihr in der Wohnung von Kobayashi gefunden?«, fragte Brokat Maric.

Alle Mitglieder des Teams einschließlich der zwei neuen Kollegen hatten sich am frühen Nachmittag im großen Besprechungsraum versammelt. Nur Ann-Kathrin Petersen fehlte. Trotz intensiver Suche hatte Kunert sie nirgendwo finden können. Auch an ihr Handy war sie nicht gegangen.

Maric stand auf, nahm einige Fotos und Zeitungsausschnitte aus einer Mappe und pinnte sie an das Whiteboard.

»Erstens eine Reihe von Katanas. Die wertvolleren sind wohl Sammlerstücke, aber mit den anderen hat er gekämpft. Das kann man deutlich sehen.«

»Okay, aber bringt uns das weiter?«, fragte Brokat. »Schließlich wissen wir, dass er japanischen Schwertkampf betrieben hat.«

»Warte ab, es kommt noch mehr«, meinte Maric. Er deutete auf die zweite Reihe mit Dokumenten, bei denen es sich offensichtlich um Fotokopien handelte.

»Das hier sind Zeitungsberichte vom Unglück damals. Immer wieder hat er Stellen rot unterstrichen, und zwar dann, wenn es um die Schuldfrage geht. Wir haben noch mehr davon auf seinem Schreibtisch gefunden.«

»Schon besser, aber nicht gut genug.« Brokat gefiel sich anscheinend in der Rolle des Advocatus Diaboli. »Kobayashi hatte als Betroffener allen Grund, sich mit der Schuldfrage auseinanderzusetzen. Schließlich ging es auch um finanzielle Fragen der Opferentschädigung und darum, wer die Kosten für seine Operationen zu tragen hat.«

»Aber das hier ist gut, oder?«, fragte Maric und hängte eine Reihe weiterer Fotos auf.

Es handelte sich um Aufnahmen von Jürgens, Morgenstern und Hohmann – Schnappschüsse, zum Teil im Halbdunkel, die mit einem lichtstarken Objektiv aufgenommen worden sein mussten.

»Die Fotos zeigen die Opfer, und zwar in unmittelbarer Nähe ihrer Wohnungen«, erklärte Maric. »Wir haben auch die Kamera gefunden, mit der sie aufgenommen wurden. Alle Bilder sind kurz vor dem Tod der Opfer entstanden.«

»Sehr gut«, meinte Brokat. »Kobayashi wird Schwierigkeiten haben, die Fotos im Verhör zu erklären. Aber wir müssen mehr über ihn und seine Vergangenheit wissen.« Er verzog den Mund.

»Wo ist eigentlich Petersen? Wieso ist sie nicht hier?«

Als niemand dazu etwas sagte, wandte er sich an Frank Hardy. »Petersen ist erst einmal draußen. Du übernimmst jetzt die Recherche«, wies er ihn an. »Ich will alles über Kobayashi und seine Familie wissen. Wo ist er geboren? Wann ist die Familie nach Deutschland gekommen? Was ist mit dem Bruder nach dem Tod der Eltern passiert? Wo lebt er heute?«

Nach einem Moment des Schweigens führte Christian Schmid die Sitzung mit einem kurzen Bericht über Anna Hohmann fort. Die Stimmung im Team war gut, auch bei Langel und Hardy, die sich anscheinend schnell in die Ermittlungsgruppe integriert hatten. Alle hofften, dass die Samurai-Morde kurz vor der Aufklärung standen.

»Außer dem Segeltörn im August vor vierzehn Jahren scheint es keine Beziehung zwischen Jürgens und Morgenstern auf der einen und Anna Hohmann auf der anderen Seite zu geben«, begann Schmid. »Sie war weder reich noch prominent wie ihre Begleiter, sondern eine junge Studentin, die aus eher bescheidenen Verhältnissen kam. Interessant ist, dass sie kurz zuvor mit den Behörden in Berührung gekommen war. Es ging um gewerbsmäßige Prostitution und Zuhälterei. Angeklagt war ein gewisser Ivan Herreros, mit dem sie wohl ein Verhältnis hatte. Herreros stand damals unter dem Verdacht, einen Zuhälterring in Köln zu leiten.«

Schmid redete leise, aber konzentriert. Zum ersten Mal seit Langem nahm Niko Kunert wieder wahr, dass Christian Schmid ein hervorragender Polizist war, der äußerst sorgfältig und zuverlässig arbeitete und darauf stolz war.

»Offensichtlich hatte sie hin und wieder Anzeigen geschaltet«, fuhr er fort, »in denen sie interessierten Männern einen Escortservice anbot. Möglicherweise ist sie auch auf diesem Weg an Jürgens und Morgenstern geraten, die sie als Begleiterin für ihren Segeltörn buchten. Darauf deuten die Äußerungen von Martha Jürgens hin.«

Brokat wandte sich an Kunert. »Was wissen wir über Anna Hohmanns Tod? Haben wir schon die Berichte der Rechtsmedizin und der KTU?«

»Nur eine erste Kurzfassung«, antwortete Kunert. »Und um die zu bekommen, musste ich schon auf Knien betteln.« Er sah sich im Raum um. Niemand lachte, und so fuhr er schulterzuckend fort. »Anna Hohmann ist kurz nach neun Uhr gestorben. Sie ist eindeutig mit dem Schwert enthauptet worden, das wir dort gefunden haben. Brauchbare Spuren oder Fingerabdrücke gibt es keine.«

»Also hat sich der Mörder tatsächlich als Polizist ausgegeben und sich so ihr Vertrauen erschlichen«, meinte Maric. »Wahrscheinlich war sie völlig ahnungslos, als sie die Tür geöffnet hat.«

»Auffällig ist noch etwas anderes.« Kunert kam langsam in Fahrt. »Das Vorgehen des Mörders ist das gleiche wie bei den beiden ersten Morden. Er tötet mit dem Samurai-Schwert, danach zeichnet er sein Opfer mit dem Kanji-Schriftzeichen. Aber die Ausführung ändert sich von Mal zu Mal.«

»Wie meinst du das?«, fragte Schmid.

»Er steigert sich«, erklärte Kunert. »Morgenstern wird das Schriftzeichen auf den Bauch tätowiert. Dadurch wirkt dieser Mord brutaler als der erste. Dem letzten Opfer schlägt er den Kopf ab und veranstaltet eine wahre Blutorgie. Sein Vorgehen folgt stets dem gleichen Ritual, wird aber immer exzessiver.«

»Vielleicht ist er wütend, weil er denkt, dass wir seine Botschaft nicht verstehen. Deshalb hat er sie noch deutlicher formuliert und uns dann mit seinem Anruf die Leiche auf dem silbernen Tablett serviert«, merkte Brokat an.

***

Brokat war frustriert. Das Verhör hatte sie bisher nicht weitergebracht. Gleichgültig hatte sich Yuri Kobayashi die Schnappschüsse von Jürgens, Morgenstern und Hohmann angesehen – so als hätten sie nichts mit ihm zu tun. Genauso teilnahmslos wirkte er, als man ihm die Aussagen der Zeugen vorlas, die ihn vor den Morden an den unterschiedlichen Tatorten gesehen hatten. Die ganze Zeit über sagte er kein Wort – auch nicht, als ihn Brokat auf die Morddrohungen ansprach, die laut Martha Jürgens bei seinem Besuch vor acht Jahren gefallen waren.

Nur als er ihm Fotos der Ermordeten vorlegte und Kobayashi das Bild der geköpften Anna Hohmann sah, stöhnte er kurz auf. Es war jedoch unmöglich, in dem starren, entstellten Gesicht mit der künstlichen Haut Emotionen zu deuten. Nach einem kurzen gurgelnden Laut, der sich wie ein Ausruf auf Japanisch anhörte, hatte er sich wieder in der Gewalt. Unbeweglich saß er da und reagierte auf keine Frage.

Nach einer Stunde hatte Brokat den Vernehmungsraum verlassen, um eine Pause zu machen und bei einem Kaffee über das weitere Vorgehen nachzudenken. Als er mit der dampfenden Tasse sein Büro erreichte, wartete dort bereits Vonderschmitt auf ihn. In seiner typischen Art, die jedem zeigen sollte, wer hier der Chef war, hatte er sich auf Brokats Schreibtisch gesetzt. Sein zu eng sitzender Anzug spannte an den Schultern und am Bauch und betonte unvorteilhaft seine gedrungene Figur.

»Wie läuft die Vernehmung?«, wollte er wissen.

»Er ist zäh, aber er wird schon noch reden«, antwortete Brokat.

»Sind Sie sich ganz sicher, dass Sie dieses Mal den Richtigen haben?«

Als Brokat nicht sofort antwortete, redete Vonderschmitt weiter: »Nein, das sind Sie nicht. Sie bauen Ihren Verdacht lediglich auf Indizien und Zeugenaussagen auf.«

»Aber die sind gravierend«, widersprach Brokat. »Und vor allem ist sein Motiv überzeugend. Rache an den vermeintlich Schuldigen am Tod seiner Eltern, der von der Justiz nicht gesühnt wurde. Der Zusammenhang mit dem Schiffsunglück ist eindeutig. Und von Jürgens' Witwe wissen wir, dass er ihren

Mann später zur Verantwortung ziehen wollte. Außerdem wurde er unmittelbar vor den Morden an zwei der drei Tatorte gesehen.«

Vonderschmitt schüttelte den Kopf. »Das überzeugt mich nicht. Und vor allem wird es auch dem Staatsanwalt kaum reichen.«

»Was wollen Sie denn noch? Soll ich ein Geständnis aus ihm rausprügeln?«

Sein Chef sah ihn herablassend an. »Was soll ich nur mit Ihnen machen? Polizisten wie Sie, mit den Ermittlungsmethoden eines Sherlock Holmes, sind für mich Relikte der Geschichte. Ich bin froh, wenn sie endlich aussterben. Da sind Leute wie Niko Kunert, die moderne computergestützte Methoden einsetzen, schon sehr viel weiter. Aber Kunert hat ja bei Ihnen überhaupt keine Chance!«

Er stand auf und baute sich vor Brokat auf, der mehr als einen Kopf größer war. »Hätten Sie sich ein bisschen früher mit Morgensterns und Jürgens' Vergangenheit beschäftigt, wäre Ihnen der Bezug zum Schiffsunglück schon früher aufgefallen. Dann könnte Anna Hohmann heute noch leben.«

Brokat antwortete nicht. Der Schlag hatte gesessen.

Vonderschmitt ging zur Tür. »Nach dem dritten Mord können wir die Presse nicht länger hinhalten. Es mag ja sein, dass Yuri Kobayashi der Samurai-Mörder ist. Aber wir brauchen Beweise und am besten ein Geständnis. Bringen Sie mir das, und zwar schnell, sonst sind Sie draußen!«

***

Die Kampfkunstschule »Kenjutsu Dojo« lag in Ehrenfeld in einem Gewerbegebiet an der Oskar-Jäger-Straße. Kunert wollte Yuri Kobayashis Trainer aufsuchen. Wenn er wirklich schon so lange und mit so großer Begeisterung japanischen Schwertkampf ausübte, hatte er möglicherweise in seinem Trainer eine Art Vertrauensperson gesehen. Da Ann-Kathrin, die schon mit dem Trainer telefoniert hatte, immer noch nicht zurück war, suchte er die Nummer im Internet heraus. Er erreichte Luzian Hellweg, so hieß der Lehrer, sofort und verabredete ein Treffen.

Auf der Fahrt nach Nippes fasste Kunert für seinen Chef noch einmal das wenige zusammen, was Hardy in der Kürze über Yuri Kobayashi herausgefunden hatte. Nach dem Tod seiner Eltern und einer langwierigen Hauttransplantation im Gesicht war er schließlich zu einer Pflegefamilie in Sürth gekommen. Er hatte Informatik an der Fachschule Köln studiert und anschließend noch eine Ausbildung zum Netzwerk- und Systemadministrator absolviert. Gearbeitet hatte er als freier Mitarbeiter für eine große Kölner Computerfirma. Finanziell stand er anscheinend gut da, zumal der Vater den beiden Söhnen ein beträchtliches Erbe hinterlassen hatte.

»Was ist Yuri für ein Typ? Hat er eine Freundin? Ist er verheiratet? Ist er eher ein Einzelgänger?«, wollte Brokat wissen.

»Ich vermute eher Letzteres. Hier ist Hardy noch nicht viel weitergekommen. Einzelheiten über die Familie und die beiden Söhne sollte eigentlich Ann-Kathrin recherchieren.«

»Ich habe immer noch nichts von ihr gehört. Was ist mit ihr los?«, murrte Brokat schlecht gelaunt.

Kunert schüttelte den Kopf. »Ich weiß es nicht. Der Kollege am Empfang hat gesagt, dass sie gegen halb zwölf weggegangen ist. Sie hat keine Nachricht hinterlassen, und auf ihrem Schreibtisch habe ich auch nichts gefunden. Möglicherweise hat sie ja noch einiges herausbekommen, und die Recherche dauert deshalb länger.«

»Aber was hätte sie außerhalb des Präsidiums recherchieren sollen? Vor allem ohne vorher meine Genehmigung einzuholen. Gerade jetzt bräuchten wir dringend Informationen über Kobayashi. Aber anscheinend ist Petersen unzuverlässig.«

»Ist sie nicht«, verteidigte sie Niko Kunert. »Bisher hat sie uns mit ihren Nachforschungen immer vorangebracht. Du hast sie heute Mittag selbst noch dafür gelobt.«

»Da habe ich mich eben geirrt. Eine gute Polizistin muss zuverlässig sein. Vor allem darf sie sich nicht zu fein sein, auch mal Büroarbeit zu machen.«

Kunert wollte schon entgegnen, dass sie in diesem Fall ihren Schreibtisch dank Brokat noch kein einziges Mal verlassen hatte, ließ es dann aber doch. Dennoch erschien es ihm merkwürdig, dass sie sich ausgerechnet in dieser wichtigen Ermittlungsphase ausgeklinkt hatte. Möglicherweise war in ihrer Familie etwas passiert. Hatte sie nicht vor einigen Tagen erzählt, dass ihre Mutter im Krankenhaus liege? Vielleicht sollte er Maric fragen. An ihm hatte sie in letzter Zeit, wie er fand, ein ziemlich großes Interesse gezeigt.

Auf dem Holzboden der großen Halle kämpften zwei junge Männer. Beide hatten gebogene Schwerter aus Holz in den Händen, in der rechten das Katana und in der linken das Wakizashi. Angriff und Abwehr erfolgten im Wechsel und schienen einer verborgenen Choreografie zu folgen. Die Gegner fixierten sich in äußerster Konzentration und suchten dabei ihre Chance, die Abwehr des anderen zu durchbrechen. Die Bewegungen wirkten fließend und mühelos. Dennoch keuchten die Kämpfer vor Anstrengung. Wenige Minuten später war der Kampf vorbei. Während die Gegner in die Ausgangsposition zurückgingen, sahen sie sich unverwandt an, so als müssten sie ihr Gegenüber weiter unter Kontrolle behalten.

»Genko Nito Ryu ist eine tödliche Kampfkunst mit zwei Schwertern. Aber es ist auch Meditation. Das Training soll Körper und Geist verbinden. Das Schwert und Zen sind eins.« Den Mann mit den kurzen schwarzen Haaren und den langen Koteletten, der plötzlich hinter ihnen stand, schätzte Brokat auf Anfang dreißig. Er trug wie die Kämpfer eine weite schwarze Jacke und eine ebenso ausladende Hose, Keikogi und Hakama genannt, wie er später erklärte.

»Ich heiße Luzian Hellweg. Willkommen in meinem Dojo«, sagte er und streckte den beiden Polizisten die Hand entgegen.

»Was bedeutet ›Dojo‹?«, wollte Brokat wissen.

»›Dojo‹ ist die Übungshalle in den japanischen Kampfkünsten. Die gleiche Bezeichnung gilt übrigens auch für die Meditationshalle im Zen-Buddhismus. Ich sage das, weil wir immer wieder dem Vorurteil begegnen, uns ginge es nur ums Kämpfen.«

»Hat Ihr Schüler Yuri Kobayashi das mit dem Zen genauso gesehen?«, fragte Brokat.

»Das hat er«, antwortete Hellweg.

»Kennen Sie ihn denn gut?«

Hellweg deutete auf eine Tür am Ende der Halle.

»Lassen Sie uns doch in mein Büro gehen«, schlug er vor. Ohne eine Antwort abzuwarten, ging er voran.

Der Raum war klein und einfach eingerichtet. Die einzigen Sitzgelegenheiten waren zwei alte Sessel. Er bat die Polizisten, Platz zu nehmen. Hellweg ließ sich auf einen wackligen Bürostuhl hinter seinem Schreibtisch nieder. Außer einem Computer, einem Drucker und einem großen Aktenschrank war das Zimmer leer. Lediglich ein Poster an der Wand, das einen japanischen Pavillon vor der Skyline einer großen Stadt und hohen Bergen im Hintergrund zeigte, gab dem Raum etwas Atmosphäre.

Hellweg bot seinen Besuchern Tee aus einer kunstvoll verzierten Kanne an, den sie ablehnten.

»Das ist Kyoto«, sagte er und deutete auf das Foto. »Mit fünfundzwanzig bin ich nach Japan gereist und habe dort bei Großmeister Niina Soke die Kunst des Schwertkampfs erlernt.«

»Wie kommt man als Deutscher dazu, japanischen Schwertkampf zu erlernen?«, wollte Kunert wissen.

Hellweg schmunzelte. »Schon als Kind war ich von den Samurai-Kriegern fasziniert. Später habe ich dann gelernt, dass es nicht nur um den Kampf geht, sondern vielmehr um die Verbindung von Körper und Geist. Genau das versuchen wir heute auch unseren Schülern zu vermitteln. Bei uns lernen sie nicht nur kämpfen, sondern vor allem auch Konzentration, innere Ruhe und eine gute Körperhaltung.« Er lachte. »Aber bevor ich jetzt ausschweife, beantworte ich lieber Ihre Frage. Soweit man einen so zurückhaltenden Menschen kennen kann, kenne ich Yuri tatsächlich gut. Er hat viele Jahre mit mir hier trainiert, am Anfang noch als Kind zusammen mit seinem Vater. Nach dem Tod seiner Eltern und den Gesichtsoperationen hat er sich weitgehend von anderen Menschen zurückgezogen. Schon vorher war er eher ein unnahbarer Typ. Die Narben im Gesicht haben ihn zu einem Außenseiter gemacht. Auch im Studium und in seinem Job hatte er nur wenige Bekannte. Mittlerweile glaube ich, dass er das gar nicht anders wollte. Wahrscheinlich ist das auch eine Form des Selbstschutzes.«

»Wie hat er den Tod seiner Eltern verarbeitet?«

»Leider konnte er sich damit niemals abfinden. Auch Jahre danach hat er mir immer wieder erzählt, dass seine Eltern noch leben könnten, wenn ihnen die Besatzung eines anderen Schiffes nicht die Hilfe verweigert hätte.«

»Hatten Sie jemals den Eindruck, dass er sich rächen wollte?«, fragte Brokat.

Hellweg zögerte. Offensichtlich fiel ihm die Antwort schwer. »Möglich wäre es«, antwortete er schließlich. »Yuri hat häufig von einem fürchterlichen Unrecht gesprochen, das seine Familie zerstört habe. Nach meinem Eindruck konnte er das Ergebnis der offiziellen Untersuchung einfach nicht akzeptieren.« Er zuckte die Schultern. »Ich bin Trainer und kein Richter oder Polizist. Von daher kann ich nicht sagen, wie ernst er es wirklich gemeint hat.«

Brokat entgegnete scharf: »Dennoch wäre es Ihre Pflicht gewesen, sich an uns zu wenden, wenn Sie Anhaltspunkte für einen möglichen Racheakt gesehen haben.«

»Worauf wollen Sie eigentlich hinaus?«, fragte Hellweg. Er wirkte jetzt sichtlich irritiert. »Haben Ihre Fragen etwas mit den angeblichen Samurai-Morden zu tun, von denen jetzt ständig in der Zeitung zu lesen ist?«

»Ja«, antwortete Brokat. »Wir ermitteln in dem Mordfall.«

»So etwas hätte Yuri niemals gemacht.«

»Wieso sind Sie davon so überzeugt?«

»Weil das nicht zu seiner Einstellung gepasst hätte.«

»Und wie war diese?«

»Wie ich schon andeutete: Yuri ist – sicherlich auch wegen der Erziehung durch seinen Vater – schon früh mit dem Weg des Bushidō in Berührung gekommen. Aber ich bin sicher, dass er niemals seine beträchtlichen Fertigkeiten im Schwertkampf außerhalb des Trainings oder eines Wettkampfs eingesetzt hätte.«

»Warum sind Sie sich da so sicher?«

»Weil wir mehr als einmal darüber geredet haben, was ein Samurai tun darf und was nicht – auch und gerade nach heutigen

Maßstäben. Für ihn standen immer die positiven Tugenden der Samurai im Vordergrund, wie Aufrichtigkeit, Gerechtigkeit, Mitgefühl und Güte.«

»Und wenn er, um seine Ehre zu verteidigen, Gerechtigkeit in diesem Fall nicht anders als durch Vergeltung wiederherstellen konnte?«

»Yuri hat Gerechtigkeit niemals im Sinne von Vergeltung verstanden.«

»Da sind Sie sich sicher?«

Hellweg nickte.

Brokat wechselte das Thema. »Ist Ihnen in letzter Zeit etwas an Ihrem Schüler aufgefallen? War er anders als sonst?«

»Schwer zu sagen. Wie gesagt, er war nicht der Typ, der seine Gefühle offen zeigt. In den letzten Wochen hat er auf mich aber öfter den Eindruck gemacht, als würde ihn etwas bedrücken. Außerdem ist er nur noch unregelmäßig zum Training gekommen. So etwas passt gar nicht zu ihm.«

»Sie wissen nicht, was ihn so beschäftigt haben könnte?«

»Nein.«

Brokat sah Kunert an. Etwas unbeholfen standen die beiden Polizisten auf und bedankten sich bei Luzian Hellweg. Als der sich im Foyer von ihnen verabschiedete, fiel Brokats Blick auf ein Video, das auf dem Flatscreen an der Wand lief. Es zeigte einen Trainingskampf. In einem der beiden Gegner erkannte er Yuri Kobayashi. Brokat fiel auf, dass er wesentlich härter zur Sache ging als sein Kontrahent. Beinahe wirkte es, als befände er sich wirklich in einem Kampf auf Leben und Tod. Als er Hellweg darauf ansprach, nickte der Trainer.

»Ja, das scheint eine Wesensart der Familie zu sein. Wahrscheinlich liegt es am Vater. Er hat Yuri beigebracht, immer und um jeden Preis zu gewinnen – ganz wie sein großes Vorbild Miyamoto Musashi.«

18

Als Ann-Kathrin Petersen aufwachte, war es dunkel. Der Kopf tat ihr weh, und sie hatte Durst. Vorsichtig versuchte sie sich zu bewegen, aber es ging nicht. Sie realisierte, dass sie gefesselt war. Panik überkam sie. Was war passiert? Wo war sie?

Langsam hob sie den Kopf. Durch die Ritzen eines Rollladens schimmerte Licht in den Raum. Offensichtlich war es draußen noch hell. Sie sah sich um. Sie lag voll bekleidet auf einem großen Bett. Arme und Beine waren mit Kabelbindern fest zusammengeschnürt. Sie kniff die Augen zusammen, um etwas von der Einrichtung des Zimmers zu sehen. Neben dem Bett stand ein Nachttisch, in einer Ecke ein Schrank. Außerdem konnte sie noch einen kleinen Schreibtisch und einen Stuhl ausmachen. Der Raum war zweckmäßig eingerichtet, aber unpersönlich, so wie in einem Hotel. An der Wand hing ein dunkles Bild, das mit seinem pompösen Rahmen fast wie ein Gemälde wirkte. Sie konnte das Motiv nicht genau erkennen. Es schien sich um ein Tier zu handeln, womöglich ein Hirsch auf einer Lichtung im Wald. Zentimeter um Zentimeter robbte sie nach oben und versuchte dabei, sich in eine halbwegs sitzende Position zu bringen. Immer noch war ihr schlecht. Im Zimmer war es kalt. Sie fror. Von draußen hörte sie den Regen an die Fenster schlagen. Sonst war alles ruhig.

Allmählich kam die Erinnerung zurück. Offensichtlich war sie niedergeschlagen worden, wahrscheinlich mit einem Schlagstock oder etwas Ähnlichem, und dann hierhergebracht worden. Sicherlich hatte sie eine fürchterliche Beule auf dem Kopf. Aber wie viel Zeit war seitdem vergangen? Minuten? Stunden? Ann-Kathrin Petersen versuchte, sich zu konzentrieren und logisch zu denken. Die Tatsache, dass sie nur den Regen, aber keine Verkehrsgeräusche hörte, deutete darauf hin, dass sie nicht mehr in der Stadt war. Auch die Einrichtung des Zimmers passte nicht zu der Wohnung, in der sie heute Mittag gewesen war.

Soweit sie es beurteilen konnte, war sie körperlich unversehrt.

Also musste sie sich von ihren Fesseln befreien und so schnell wie möglich fliehen. Sie blickte sich um. Gab es irgendetwas, das ihr dabei helfen konnte? Auf den ersten Blick sah sie nichts, was scharf genug gewesen wäre, die Kabelbinder zu durchtrennen.

Plötzlich fiel ihr an ihrem linken Handgelenk eine dunkle Stelle auf. Aus der Entfernung sah sie aus wie ein großer schwarzer Fleck. Wo kam der her? Als sie sich bückte, um besser sehen zu können, merkte sie, dass sie sich geirrt hatte. Es handelte sich keineswegs um einen Fleck. Nein, es war die fein säuberlich mit Tusche ausgeführte Zeichnung eines japanischen Schriftzeichens – eines Zeichens, das sie nur allzu gut kannte.

Panik und Übelkeit überfielen sie fast gleichzeitig, und sie versank in eine gnädige Ohnmacht.

***

Mato Maric wollte gerade die Tür zu seinem Büro öffnen, als sein Handy klingelte. Ohne auf das Display zu sehen, wusste er, wer dran war.

»Was ist denn, Ivo?«, fragte er ungeduldig.

»Wann kommst du nach Hause?«, wollte sein Sohn wissen.

»Ich habe dir doch gesagt, dass es später werden kann. Wir stehen kurz vor der Aufklärung eines schwierigen Falles.«

»Der Samurai-Mörder? Erzählst du mir nachher davon?«

»Du weißt doch, dass ich das nicht darf. Ist Mara da? Hat sie dir etwas gekocht?«

»Nein, sie musste heute früher gehen. Aber sie hat einen Nudelauflauf vorbereitet, den ich nur noch warm machen muss.«

»Also ist doch alles gut, oder?«

Ivo antwortete nicht.

»Ist noch etwas?«

Das Schweigen auf der anderen Seite hielt an.

»Okay, dann bis nachher. Geh nicht zu spät ins Bett!«

Maric legte auf. Es war schon nach halb sieben, und eigentlich musste er nach Hause zu seinem Sohn.

Es war nicht alles gut, und das wusste er nur allzu genau.

Ann-Kathrin Petersen hatte mit ihrer undiplomatischen Art den Finger auf die Wunde gelegt, und es schmerzte. Einmal mehr musste er sich eingestehen, dass er Ivo vernachlässigte.

Das war kein Wunder. Der Job war enorm fordernd, und die Arbeitszeiten waren im Laufe der Zeit nicht besser geworden. Seine Arbeit gefiel ihm, auch wenn sie manchmal gefährlich war. Mehr als einmal hatte er im Laufe der letzten Jahre überlegt, in den Innendienst zu wechseln, die Idee dann aber jedes Mal wieder verworfen. Schließlich war er nicht Polizist geworden, um am Schreibtisch zu versauern. Nein, die Feldarbeit war genau sein Ding – und dabei sollte es auch bleiben.

Wenn nur nicht sein Privatleben darüber so auf den Hund gekommen wäre. Nicht dass er häufige Kneipenbesuche oder andere Bekanntschaften sonderlich vermisste – immerhin hatte er nette Kollegen wie Niko Kunert oder Christian Schmid. Normalerweise reichte ihm das. Aber er schaffte es einfach nicht, sich so um Ivo zu kümmern, wie er es als alleinerziehender Vater eigentlich für nötig hielt. Dabei wollte er diesen Anspruch nicht auch noch aufgeben – wie so vieles andere. Zum Beispiel Beziehungen zum anderen Geschlecht. Hin und wieder lernte er bei seinen seltenen Kneipenbesuchen eine Frau kennen und ging dann mit ihr ins Bett. Aber jedes Mal kam es ihm danach so vor, als hätte er Ivo und Jelena verraten. Jelena! Wie sehr er sie auch elf Jahre nach ihrem Tod immer noch vermisste. Sie würde nicht mehr wiederkommen, und er musste sich verdammt noch mal um Ivo kümmern! Letztlich war das auch seine Verpflichtung ihr gegenüber. Wenigstens die musste er erfüllen, wenn er ihr schon sonst nichts mehr geben konnte.

Leider gab es in letzter Zeit häufiger Anzeichen dafür, dass Ivo Probleme hatte. Das fing in der Schule an und setzte sich in der Freizeit fort. Sein Notendurchschnitt hatte sich im vergangenen Schuljahr deutlich verschlechtert. Die Entwicklung war noch nicht besorgniserregend, da Ivo vorher ein Einserschüler gewesen war. Aber der Absturz auf einen Dreierschnitt hatte in der Lehrerschaft Verwunderung ausgelöst und ihm einige unerquickliche Elterngespräche beschert. Unerquicklich deshalb, weil ihn Ivos Klassenlehrerin direkt gefragt hatte, was mit seinem Sohn los sei und ob er denn mit den Schwierigkeiten allein zurechtkomme. Natürlich hatte er das bejaht. Er musste die Probleme ohne Hilfe lösen!

Probleme, von denen es leider noch mehr gab. So war Ivo vom Hausmeister vor Kurzem auf dem Schulhof mit einem zwei Jahre älteren Freund beim Rauchen erwischt worden. Auf Befragen hatte Ivo zugegeben, dass das nicht die erste Zigarette war und dass er mittlerweile mehr oder minder regelmäßig rauchte. Schuldgefühle hatte er dabei nicht gezeigt – im Gegenteil: Er hatte auf sein Recht gepocht, selbstständig zu entscheiden, was für ihn gut sei und was nicht.

Ann-Kathrin hatte mit ihrer Bemerkung recht gehabt. Und es sicher auch nicht böse gemeint. Wie so häufig hatte er einfach zu empfindlich reagiert. Sobald sie wieder zurück war, wollte er zu ihr gehen und sich für sein Verhalten entschuldigen.

Eigentlich war der Tag bisher ziemlich zufriedenstellend verlaufen. Immerhin hatten sie den mutmaßlichen Samurai-Mörder festgenommen. Auch wenn er noch nicht gestanden hatte, zog sich die Schlinge um seinen Hals weiter zu. Denn die Techniker hatten bei einer nochmaligen Untersuchung der bei Kobayashi gefundenen Katanas auf einer Waffe winzige Blutpartikel an der Schneide sichergestellt. Auch wenn noch nichts bewiesen war, war Maric überzeugt, dass sie die Waffe entdeckt hatten, mit der Morgenstern getötet worden war. In Kürze würden sie die Laborergebnisse bekommen und dann den Fall hoffentlich mit einem unwiderlegbaren Beweis abschließen können.

Eine halbe Stunde später war Mato Maric immer noch nicht auf dem Weg nach Hause. Er hatte seinen Bericht von der Wohnungsdurchsuchung bei Kobayashi beendet und ging zu Ann-Kathrin Petersens Büro. Die Tür war jedoch abgeschlossen. Auf dem Gang traf er seinen Chef und Kunert, die Christian Schmid gerade von ihrem Besuch in Luzian Hellwegs Dojo erzählten. Als er sie nach Petersen fragte, sah ihn Brokat böse an.

»Ich habe langsam genug von ihren Sperenzchen«, meinte er.

»Ihr muss etwas passiert sein«, erklärte Kunert entschieden. »Sie ist seit heute Mittag verschwunden, und auf Anrufe reagiert sie nicht. Sonst sagt sie schon Bescheid, wenn sie nur kurz rausgeht.«

»Meinst du nicht, dass es vielleicht einfach ihrer Mutter schlechter geht und sie zu ihr ins Krankenhaus gefahren ist?«, fragte Maric.

»Nein«, erklärte Kunert entschieden. »Dann hätte sie sich längst gemeldet.«

»Okay, dann suchst du sie jetzt«, wies ihn Brokat an. »Wir sind in einer kritischen Phase, und ich will alle hier haben. Falls die Untersuchung des Schwerts wirklich ergibt, dass das Blut darauf von Morgenstern ist, wird Kobayashi nicht länger schweigen können.« Er sah in die müden Gesichter seiner Mitarbeiter. »Wir sehen uns in einer Stunde zu einer kurzen Lagebesprechung im Besprechungsraum.«

Mato Maric dachte kurz an Ivo, seufzte und ging dann zurück in sein Büro.

***

Eine knappe Stunde später war Niko Kunert sicher, dass Ann-Kathrin Petersen etwas zugestoßen sein musste. Mittlerweile hatte er nicht nur die direkten Kollegen, sondern alle Mitarbeiter der Abteilung gefragt, die noch im Haus waren. Niemand hatte sie seit ihrem Weggehen am Mittag gesehen oder etwas von ihr gehört. Das bedeutete, so überlegte Kunert, dass sie kurz nach dem Durcharbeiten des Untersuchungsberichts der italienischen Behörden Hals über Kopf aufgebrochen und danach spurlos verschwunden war. Hatte sie etwas entdeckt, was ihren überstürzten Aufbruch erklären konnte? Oder hing der doch mit privaten Problemen zusammen? Er erinnerte sich an den Namen des Krankenhauses, den sie vor ein paar Tagen beim Telefonieren mit ihrer Mutter genannt hatte. Es gab nur eine Frau Petersen dort, die er kurz darauf am Telefon hatte. Als er sich als ihr Arbeitskollege vorstellte, der sie dringend sprechen müsse, erklärte sie, dass sich ihre Tochter seit gestern nicht mehr gemeldet hatte.

Nun begann er, sich ernsthaft Sorgen zu machen. Was war

passiert? Soweit Kunert wusste, hatte Ann-Kathrin im Auftrag Brokats noch einmal über das Schiffsunglück und die Familie Kobayashi recherchiert. Aber selbst wenn sie dabei etwas Wichtiges entdeckt hätte, wäre sie damit doch zuerst zu Brokat oder ihm gekommen – das war zumindest der übliche Weg. Zum fünften Mal wählte er ihre Handynummer. Auch bei ihr zu Hause hatte er es schon versucht. Aber nach wie vor meldete sich nur die Mailbox.

Er stand auf und ging zu ihrem Schreibtisch. Dieser war, daran hatte er sich schon gewöhnt, alles andere als aufgeräumt. Überall lagen Zettel mit Notizen verteilt, dazwischen gelbe Post-its und Ausdrucke von Internetseiten. Offensichtlich entsprach ihre Art zu arbeiten nicht seiner. Er hatte lieber alles geordnet und systematisch im Computer. Dennoch maßte er sich nicht an zu behaupten, dass sie weniger effektiv arbeite als er. Im Gegenteil: Die kurze Zeit, in der sie zusammenarbeiteten, hatte ihm gezeigt, dass sie eine gute Rechercheurin war und obendrein über Intuition und eine hervorragende Kombinationsgabe verfügte.

In dem Material auf ihrem Schreibtisch konnte er nichts finden, was auf eine besondere Entdeckung hinwies. Auch die Post-its waren nur Erinnerungszettel in der Art wie »Rücksprache Express« oder »Kanzlei Jürgens anrufen«. Allerdings kam es ihm merkwürdig vor, dass sie noch einmal in der Kanzlei anrufen wollte. Die Berichte und Zeugenaussagen zum Tod von Jürgens waren eigentlich vollständig und auch von ihm schon mehr als ein Mal überprüft worden. Kurz darauf fand er in einer Schublade auch noch einen Prospekt der Kanzlei mit Fotos der Anwälte und ihrer Spezialgebiete. Die Telefonnummer war mit einem roten Marker umrandet.

Ohne große Erwartungen wählte er die Nummer. Zu seinem Erstaunen meldete sich um diese Uhrzeit noch jemand. Niko Kunert stellte sich vor und fragte, ob seine Kollegin Ann-Kathrin Petersen heute in der Kanzlei gewesen sei.

Sein Gesprächspartner, offensichtlich ein Anwalt, der so spät noch arbeitete, reagierte ungehalten. »Sie haben hier doch schon alles auf den Kopf gestellt. Was wollen Sie denn noch? Sie rufen außerhalb unserer Geschäftszeiten an. Können Sie sie nicht selbst fragen?«

Obwohl er für den Anwalt Verständnis empfand, bemühte er sich um einen amtlichen Tonfall. »In der Mordsache Jürgens sind neue Aspekte aufgetaucht. Deswegen muss ich mit meiner Kollegin reden. Ich erreiche sie nicht, vermute aber, dass sie heute bei Ihnen war.«

Auf der anderen Seite herrschte Schweigen. Offensichtlich war sein Gegenüber über sein Ansinnen erstaunt. Schließlich antwortete er: »Ich habe keine Ahnung, ob Ihre Kollegin hier war. Aber wir haben am Empfang eine Liste, in der sich alle Besucher eintragen müssen. Ich werde Ihnen jedoch nicht am Telefon irgendwelche Auskünfte dazu geben. Da müssen Sie sich schon selbst herbemühen. Und das möglichst sofort, da ich bald gehen werde.«

Alle Bitten und Drohungen Kunerts nützten nichts. Der Anwalt blieb stur und bestand auf seinem persönlichen Erscheinen. Kunert merkte, dass das Grummeln in seinem Bauch stärker wurde. Er überlegte kurz. Der Hinweis auf die Kanzlei war vage, aber etwas anderes hatte er nicht. Da Brokat nicht an seinem Platz war, sagte er Maric Bescheid, dass er eventuell später zur Besprechung kommen werde. Dann nahm er Handy und Autoschlüssel und verließ hastig das Büro.

***

Dieses Mal wachte Ann-Kathrin Petersen von einem Geräusch auf. Sie lauschte. Es kam von der Tür. Jemand drehte den Schlüssel im Türschloss. Sofort war sie hellwach. War er es, der kam? Obwohl es im Raum nach wie vor kalt war, schwitzte sie. Ihr war bewusst, dass sie fürchterliche Angst hatte. Denn die Tatsache, dass sie bei ihrem Besuch niedergeschlagen und verschleppt worden war, konnte nur eines bedeuten.

Die Tür öffnete sich, und eine dunkle Gestalt betrat den Raum. Obwohl durch die halb geöffnete Tür nur wenig Licht ins Zimmer drang, wusste sie sofort, dass es jemand anders war. Er war größer und bewegte sich anders – schwerer, fast schon schleppend.

Der Fremde blieb an der Tür stehen. Er schwieg. Sie wartete. Tausend Dinge gingen ihr durch den Kopf. Hatte ihr Entführer einen Helfer? Oder war es jemand, von dem sie Hilfe erwarten konnte? Dass es keiner ihrer Kollegen sein konnte, war klar. Die würden sich sicher nicht so verstohlen ins Zimmer schleichen. Wahrscheinlich vermisste man sie schon im Präsidium. Zum wiederholten Mal schalt sie sich dafür, dass sie niemandem von ihrem Vorhaben erzählt hatte. Sie hatte noch nicht einmal einen Hinweis auf ihrem Schreibtisch hinterlassen.

Plötzlich ging das Deckenlicht an. Sie blinzelte. Es dauerte eine Weile, bis sich ihre Augen an das helle Licht gewöhnt hatten. Der Mann an der Tür trug einen zerknitterten dunklen Anzug, der aussah, als würde er ihn schon ein paar Tage anhaben. Sie sah ihm ins Gesicht. Es war grau vor Müdigkeit und Anstrengung. Dennoch erkannte sie den Besucher sofort.

Peter Huber schien über die Begegnung genauso erstaunt zu sein wie sie. Unschlüssig ging er langsam auf sie zu. Dabei öffnete sich sein Jackett, und sie sah, dass in seinem Hosengürtel eine Pistole steckte. Kurz vor ihr blieb er stehen.

»Sie sind doch die penetrante Polizistin, die ständig bei uns anruft. Was machen Sie denn hier?«, fragte er verwirrt und sah dabei auf ihre Fesseln.

Ann-Kathrin Petersen versuchte, die Situation zu analysieren. Wie kam Huber hierher? Und wieso war er bewaffnet? Steckte er mit ihrem Entführer unter einer Decke? Seine Überraschung, sie hier zu sehen, wirkte echt. Also war er aus einem anderen Grund hier, den sie nicht kannte. Damit war er ein potenzieller Verbündeter, der sie befreien konnte.

»Ich bin entführt worden«, antwortete sie. »Bitte binden Sie mich los. Wir müssen so schnell wie möglich von hier weg.«

Seine Verwirrung schien zuzunehmen. »Wieso entführt? Wer hat Sie hierhergebracht?«

Er trat einen Schritt zurück. »Ich verstehe. Das ist eine Falle, die mir die Polizei gestellt hat. Sie sind der Lockvogel, und gleich kommen Ihre Kollegen.« Er drehte sich halb um, so als wolle er überprüfen, ob schon jemand hinter ihm stand. »Aber nicht mit mir. Ich haue ab.«

»Nein, warten Sie.« Sie bemühte sich, einen ruhigen Eindruck zu machen, obwohl ihr das alles andere als leichtfiel. »Wir sind nicht hinter Ihnen her.«

»Das soll ich Ihnen abnehmen? Sie denken doch, dass ich Jürgens erpresst und ihn dann umgebracht habe.«

»Nein, nein, das stimmt nicht.« Sie merkte, dass ihre Stimme schrill klang. »Ich weiß, dass Sie Jürgens nicht getötet haben. Aber der Mörder ist hier in diesem Haus. Und deshalb müssen Sie mich jetzt sofort losbinden.«

Er kam wieder näher zu ihr. »Was reden Sie da? Der Mörder von Jürgens ist hier?«

»Ja, und er hat mich hierhergebracht. Sie kennen ihn, es ist Ihr Mitarbeiter Kai van Nelsen. Wahrscheinlich will er mich auch töten – und er wird Sie ebenfalls umbringen. Binden Sie mich los!«

Er sah sie ungläubig an. »Das soll ich Ihnen abkaufen?«

Ann-Kathrin war bewusst, dass sie zu viel Zeit verlor. Sie musste ihre Strategie ändern.

»Wo sind wir hier?«, fragte sie drängend.

»Direkt am Königsdorfer Forst, in dem Landhaus von Jürgens, das er auch als Jagdhütte benutzt. Ansonsten dient es vor allem zu Partys und Gesellschaften. Auch mit der Kanzlei haben wir hier häufig gefeiert.«

Fieberhaft dachte sie nach. Also waren sie mindestens fünfzehn Kilometer von Köln entfernt. Eine Flucht zu Fuß war daher schwierig. Sie brauchte Huber, um freizukommen. Und noch besser wäre es, wenn sie an sein Auto käme. Sie musste ihm ein Angebot machen.

»Wenn Sie mich losbinden und nach Köln mitnehmen, verspreche ich, mich dafür einzusetzen, dass Ihre Strafe geringer ausfällt. Helfen Sie mir, den Mörder zu fassen! Das wird das Gericht in jedem Fall positiv bewerten.«

Huber wirkte nach wie vor unschlüssig. Ihre Stimme wurde drängend. Sie musste ihn einfach überzeugen. »Sie können nicht ewig davonlaufen, das wissen Sie doch. Binden Sie mich los, dann wird alles gut. Das verspreche ich Ihnen.«

Ihr zuckersüßer Tonfall schien tatsächlich etwas bei ihm

zu bewirken. Nur war es leider nicht das, was sie beabsichtigt hatte.

Er trat wieder einen Schritt näher, sodass er jetzt unmittelbar vor dem Bett stand. Er kniete vor ihr nieder und sah ihr direkt ins Gesicht. Sie konnte seinen Atem riechen.

»Ich glaube Ihnen kein Wort. Sie wollen mich reinlegen. Ich bin hierhergekommen, um für eine Weile unterzutauchen. Wenn ich Sie gehen lasse, dann kennt die Polizei mein Versteck.«

Er sah sie lüstern an. »So wie die Sache aussieht, können Sie mir nicht weglaufen. Und ich muss wohl noch eine Zeit lang hierbleiben. Also, warum sollen wir nicht ein bisschen Spaß miteinander haben?«

Blitzschnell zog er ihre Beine nach unten, sodass sie mit auf dem Rücken gefesselten Händen vor ihm lag. Er kniete sich über sie und drückte dabei ihren Unterleib und die Beine zusammen. Kurz strich er ihr über die Wangen. Dann begann er, ihre Bluse aufzuknöpfen. Ann-Kathrin Petersen versuchte, sich wegzudrehen, doch er war stark und zwang sie auf den Rücken. Als er anfing, ihre Brüste zu küssen, brüllte sie ihn an und beschimpfte ihn aus Leibeskräften. Das schien ihn jedoch nur noch mehr anzustacheln.

»Stopp, hör mir zu«, schrie sie ihn an.

Für einen Augenblick ließ er tatsächlich von ihr ab.

»Wenn du mit mir schlafen willst, bind mir wenigstens die Beine los. Dann geht es besser. Weglaufen kann ich doch sowieso nicht.«

Huber lachte nur. »Damit du mich treten kannst? Das würde dir so passen, du Schlampe!«

Er schlug ihr fest ins Gesicht. Der Schlag war so heftig, dass sie fast das Bewusstsein verlor. Benommen spürte sie, wie sich Huber an ihrer Jeans zu schaffen machte und versuchte, sie ihr über die Hüften herunterzuziehen. Sie merkte, dass sie in eine Art Dämmerzustand fiel und nicht mehr in der Lage war, sich zu wehren.

Sie war noch halb weggetreten, als sie meinte, hinter Huber einen Schatten wahrzunehmen. Plötzlich ließ der Anwalt von ihr ab. »Was machen Sie denn hier?«, hörte sie ihn sagen. In seiner Stimme schwangen gleichermaßen Erstaunen und Angst mit.

Plötzlich war sie wieder klar. Sie öffnete die Augen. An der Tür stand der Mann, der sie entführt hatte. Er hatte sich umgezogen und trug jetzt Keikogi und Hakama, die klassische Kleidung des japanischen Schwertkämpfers. In seinem Gürtel steckte eine Scheide, aus der der Griff eines Katanas herausragte.

Die beiden Männer sahen sich an. Fast schien es ihr so, als würde die Zeit für einen Moment stillstehen. Offensichtlich versuchten beide, die Situation abzuschätzen.

Huber reagierte als Erster. Er stand auf und zog die Pistole aus seinem Hosenbund. Van Nelsen war jedoch schneller. Er sprang auf Huber zu und zog gleichzeitig das Katana. Bevor Huber die Waffe heben konnte, erreichte die blitzende Klinge seinen Hals. Als sie die Halsschlagader durchtrennte, spritzte das Blut in einem dunkelroten Schwall heraus. Huber wollte schreien. Aus seiner Kehle kam jedoch nur noch ein gurgelnder Laut. Dann brach er neben Petersen auf dem Boden zusammen.

Van Nelsen machte sich nicht die Mühe, noch einmal nach Huber zu sehen. Vielmehr nahm er ein weißes Tuch aus seiner Jacke und reinigte sorgfältig die Schneide des Katanas, bevor er es wieder in die Scheide steckte.

Dann wandte er sich Ann-Kathrin Petersen zu. Drohend sah er sie an.

»Das habe ich dir zu verdanken, oder? Du hast ihn hierhergelockt. Und du hast dich eingemischt und dich auf die Seite der Lügner gestellt. Wie kannst du es wagen, dich mir in den Weg zu stellen? Aber keine Angst. Ich habe dich gezeichnet, also wirst du sterben. Aber du hast mich beleidigt. Um meiner Ehre – der Ehre eines Samurai – Genüge zu tun, musst du vorher leiden.«

19

Als Niko Kunert die Kanzlei gegen Viertel nach acht erreichte, öffnete ihm ein großer, beleibter Mann, der sich als Burkhard Jordan vorstellte. Nachdem ihm Kunert seinen Dienstausweis unter die Nase gehalten hatte, legte der Anwalt widerwillig das Empfangsbuch auf den Tresen der um diese Zeit verwaisten Anmeldung.

Kunert blätterte die Seiten durch, bis er beim heutigen Tag angelangt war. Auf dem Blatt waren sieben Einträge verzeichnet. Ann-Kathrin war nicht darunter. Enttäuscht wandte er sich an Jordan. »Ich bin sicher, dass meine Kollegin hier gewesen ist. Können Sie mir die Telefonnummer der Mitarbeiterin geben, die heute Dienst gehabt hat?«

Der dicke Anwalt sah ihn verächtlich an. »Wenn Ihre Kollegin einen Termin hatte oder wegen einer dienstlichen Angelegenheit bei uns war, müsste das hier stehen. Also müssen Sie sich irren.«

Kunert merkte, dass er wütend wurde. »Ich irre mich nicht«, sagte er lauter, als er es eigentlich beabsichtigt hatte. Etwas freundlicher fügte er hinzu: »Ist denn noch ein anderer Kollege da, den ich fragen könnte?«

Jordan sah vielsagend auf die Uhr. »Ich kann Ihnen leider nicht helfen. Um diese Zeit wird wohl keiner der Kollegen mehr hier sein. Und ich muss jetzt auch gehen.« Demonstrativ zog er sich den Regenmantel über, den er bisher über dem Arm getragen hatte, und griff nach seinem Rimowa-Suitcase.

In diesem Augenblick polterte es auf der Treppe aus dem ersten Stockwerk, und ein junger Mann kam in großer Eile die Treppe heruntergeeilt.

»Einen schönen Abend noch«, rief er Kunert und Jordan im Vorbeigehen zu.

Geistesgegenwärtig stellte Kunert sich ihm in den Weg.

»Herr Heilmann, kann ich Sie kurz sprechen?«

Der Anwalt erkannte ihn und nickte, sah dabei jedoch ebenfalls auf die Uhr.

»Ich weiß, es ist spät und Sie wollen gehen. Aber ich suche meine Kollegin Ann-Kathrin Petersen. Ich vermute, dass sie heute Mittag hier gewesen ist.«

Robert Heilmann sah ihn erstaunt an. »Natürlich war sie hier. Wissen Sie davon etwa nichts?«

Kunert beschloss, ihm die Wahrheit zu sagen. »Nein, ehrlich gesagt nicht. Sie hat auf eigene Faust ermittelt. Und jetzt ist sie verschwunden. Deshalb ist es wichtig, dass Sie mir alles sagen, was Sie wissen.«

Robert Heilmann sah ihn an. »Klar, viel ist es sowieso nicht und sicher auch ganz harmlos.« Er dachte einen Moment nach, bevor er fortfuhr. »Kurz vor zwölf rief mich die Mitarbeiterin vom Empfang an. Eine Frau Petersen sei unten und wolle mich sprechen.«

»Sie wollte mit Ihnen reden?«, fragte Kunert erstaunt.

»Nein, das stellte sich dann als Irrtum heraus.«

»Als Irrtum?«

»Ja, es handelte sich um ein Missverständnis.«

Kunert merkte, dass ihn die umständliche Art Heilmanns zur Verzweiflung brachte.

»Hören Sie, meine Kollegin ist verschwunden. Möglicherweise ist ihr etwas zugestoßen. Also sagen Sie mir jetzt bitte, was Sie wissen.«

»Das tue ich doch«, erwiderte der Anwalt eingeschnappt. »Sie wollte nicht mich sprechen, sondern meinen Kollegen Kai van Nelsen, mit dem ich mir das Büro teile.«

»Van Nelsen? Sind Sie sicher?«

»Absolut, schließlich habe ich mit ihr persönlich geredet. Sie wollte zu Kai, aber der hat Urlaub.«

»Und? Was ist dann passiert?«

»Sie wollte seine Privatadresse haben. Sie sagte, bei den Ermittlungen hätten sich noch einige Fragen ergeben, die dringend geklärt werden müssten. Da es wichtig zu sein schien, habe ich ihr die Adresse gegeben. Danach ist sie in großer Eile gegangen.«

***

Unbeweglich saß Kai van Nelsen auf einem Stuhl neben dem Bett, auf dem Ann-Kathrin Petersen lag. Den Toten auf dem Boden würdigte er keines Blickes. Immerhin hatte er die Fesseln an ihren Armen gelockert, die ihr zunehmend ins Fleisch schnitten. Halb abgewandt, ohne sie dabei anzusehen, hatte er ihr auch die Bluse wieder zugeknöpft.

Dass van Nelsen sie nicht vergewaltigen wollte, beruhigte Ann-Kathrin Petersen kaum. Sie hatte Angst – Angst davor, dass ihr Peiniger sie töten würde. Außerdem war ihr übel vor Hunger und Durst. Als sie um Wasser bat, stand er auf und ging kurz aus dem Zimmer. Er kam mit einer Flasche wieder, die er ihr an den Mund setzte. Sie trank in kleinen Schlucken. Die Flüssigkeit tat ihr gut.

Allmählich wurde sie wieder klar im Kopf. Sie versuchte, ihre Situation zu analysieren. Objektiv betrachtet war ihre Lage ziemlich düster. Sie lag wehrlos in einem Haus weit außerhalb von Köln, und niemand wusste, wo sie sich aufhielt. Ihr Entführer hatte Peter Huber, ohne einen Moment lang zu zögern, getötet, und jetzt schien er das Gleiche mit ihr vorzuhaben. Inzwischen hatten ihre Kollegen sicher angefangen, nach ihr zu suchen. Also musste sie Zeit gewinnen – das war das Einzige, was sie im Moment tun konnte.

»Es muss furchtbar für Sie gewesen sein, als Ihre Eltern ums Leben gekommen sind«, sagte sie vorsichtig in die Stille hinein.

Kai van Nelsen regierte nicht. Unbeweglich saß er auf seinem Stuhl, so als würde ihn nichts berühren, das außerhalb von ihm lag. Als sie ihren Satz wiederholte, sah er auf.

»Was wissen Sie schon von Leiden und Tod?«, sagte er verächtlich. »Was weiß eine Europäerin über den Weg des Samurai?«

Die Antwort erschien ihr sonderbar. »Aber Sie sind doch selbst Europäer«, wandte sie ein. »Oder stammen Sie nicht von deutschen Eltern ab?«

»Halten Sie den Mund!«, schrie er sie an. »Die Tatsache, dass mich meine Mutter mit einem Deutschen gezeugt hat, hat nichts zu bedeuten. Ich kann mich an ihn nicht mehr erinnern. Mein echter Vater ist vor vierzehn Jahren auf einem Schiff vor Olbia gestorben. Von ihm habe ich alles über den Weg des Bushidō gelernt. Er hat mir die Bedeutung des Schwertkampfes nahegebracht. Ihm habe ich alles zu verdanken.«

Er schwieg einen Augenblick. Als er weitersprach, sah er ihr starr ins Gesicht. Er redete wie in Trance. »Nach seinem Tod standen mein Bruder und ich plötzlich allein da. Wir hatten alles verloren, durch die Schuld von Jürgens, Morgenstern und Anna Hohmann. Später, als wir älter wurden, erkannten wir, dass wir Gerechtigkeit schaffen mussten.«

Er löste sich aus seinem Zustand. Sichtlich erregt stand er auf. »Die Gerichte, Untersuchungen – alles Lügen! Sie haben uns betrogen.« Er sah sie an. »Vor einigen Wochen habe ich mich Jürgens sogar zu erkennen gegeben und ein letztes Mal an seine Ehre appelliert. Aber statt zuzugeben, dass er und die anderen schuldig sind, hat er mich und meine Eltern verhöhnt. Deshalb sind Jürgens und Hohmann durch meine Hand gestorben. Und auch Morgenstern traf der Blitz der Gerechtigkeit.«

Blitzschnell zog er sein Schwert und setzte es ihr an den Hals. »Ich bin ein Samurai. Und ein Samurai ist nur seiner Ehre und den Prinzipien des Bushidō verpflichtet. Die Konsequenzen wirst auch du noch erfahren, verlass dich drauf!«

Ann-Kathrin Petersen spürte die scharfe Spitze des Schwerts auf der Haut. Panik überfiel sie schlagartig. Verzweifelt versuchte sie, ruhig zu bleiben und ihre Atmung zu kontrollieren. Er darf nicht aufhören zu sprechen, dachte sie. Wer redet, tötet nicht. Diesen Satz hatte sie einmal in einem Roman gelesen. Im Augenblick erschien er ihr wie ein Strohhalm, den sie festhalten musste.

»Weshalb die Zeichnung?«, fragte sie und deutete auf ihr linkes Handgelenk.

»Die ganze Welt sollte wissen, warum ich das getan habe«, sagte er. »Aber du hast mich enttäuscht. Die Polizei hat mich enttäuscht. Niemand hat meine Botschaft verstanden.«

Kai van Nelsen trat einen Schritt zurück. Die Schwertspitze entfernte sich von ihrem Hals. »Wir müssen jetzt zum Ende kommen.«

»Eine Frage habe ich noch«, sagte sie schnell. Als er nicht reagierte, sprach sie einfach weiter. »Warum sind Sie nach Ihrer

Ausbildung ausgerechnet in die Kanzlei von Hendrik Jürgens gegangen? Oder hatten Sie da schon vor, ihn zu töten?«

Er dachte kurz nach, so als wolle er abwägen, ob es sich lohnte zu antworten.

»Ich wollte nahe bei ihm sein. Ich wollte ihn kontrollieren«, sagte er dann. »Deshalb habe ich Jura studiert und einen anderen Namen angenommen. Aber dann haben diese Zustände angefangen.«

»Was meinen Sie damit?«, fragte sie.

»Schwindelanfälle. Plötzlich habe ich Dinge gesehen. Mein Vater – er stand vor mir. Er hat mit mir gesprochen. Er sagte, dass ich meinen Weg zu Ende gehen muss. Seitdem verfolgt er mich.«

»Was ist mit Ihrem Bruder?«

»Früher waren wir uns einig, dass wir das Unrecht gemeinsam rächen müssen. Aber jetzt hat sich auch Yuri von mir abgewandt.«

»Wieso denken Sie das?«

»Er hat sich verändert. Er glaubt nicht mehr an die Schuld von Jürgens und den anderen. Er hat versucht, in meine Gedanken einzudringen und mich zu manipulieren. Ich sollte so denken wie er. Am Ende hat er sich gegen mich gestellt. Er beobachtete sogar meine Feinde, um zu verhindern, dass ich mich ihnen nähere.«

Sie sah ihm ins Gesicht. »Ihr Bruder hat recht«, sagte sie eindringlich. »Wenn jemand an dem Unglück Schuld hatte, dann die Charterfirma, die den Benzinkanister im Schiff vergessen hatte.« Leise fügte sie hinzu: »Bitte lassen Sie mich frei.«

Der Fausthieb, der sie ins Gesicht traf, war härter als der, den ihr Huber zuvor versetzt hatte.

»Du lügst! Du willst mich nur manipulieren!«, schrie er und schlug noch einmal zu. Erneut verlor sie das Bewusstsein.

***

Als Kunert in seinen Wagen in der Tiefgarage der Kanzlei stieg, war es halb neun. Sein Handy klingelte. Im Display erschien Brokats Nummer.

»Chef, ich bin auf dem Weg zu Kai van Nelsen, dem jungen Anwalt aus der Kanzlei. Offensichtlich war Ann-Kathrin bei ihm. Ich fahre jetzt zu seiner Wohnung in Rodenkirchen.«

»Scheiße, das darf doch nicht wahr sein!«, brüllte Brokat aufgeregt in den Hörer.

»Ich verstehe nicht. Was meinst du damit?«

»Vor einer Viertelstunde hat mich Hellweg noch einmal angerufen. Er hat die ganze Zeit über unser Gespräch nachgedacht. Dabei ist ihm eingefallen, dass er Yuris Halbbruder gar nicht erwähnt hat.«

»Der damals auch bei dem Schiffsunglück dabei war? Das ist gar nicht sein richtiger Bruder?«

»Nein, offensichtlich war Yuris Mutter vorher mit einem anderen Mann zusammen, wahrscheinlich einem Deutschen. Aus den Unterlagen geht das so nicht hervor.«

»Gut, aber warum regt dich das so auf?«, fragte Kunert.

»Weil laut Hellweg sein Bruder ein absolut fanatischer Anhänger des traditionellen japanischen Schwertkampfes ist. Und er ist ein noch besserer Kämpfer als Yuri.«

Kunert merkte, dass langsam ein Gedanke in ihm Gestalt annahm. Brokat fuhr fort.

»Kai Kobayashi, so heißt der Bruder, hat lange im selben Dojo trainiert. Mit einem Mal fing er an, verrücktzuspielen. Im Training rastete er plötzlich aus und begann, seine Gegner ernsthaft zu attackieren. In zwei Fällen verletzte er sie sogar.«

»Mit Holzschwertern?«

»Natürlich nicht. Fortgeschrittene trainieren mit echten Schwertern, die nur nicht ganz so scharf sind. Kai Kobayashi hat wohl immer öfter die Kontrolle über sich verloren. Vor etwa einem Jahr hat ihn Hellweg rausgeworfen. Aber er hatte noch ein Foto in seiner Anmeldekartei. Und das hat er mir eben gemailt.«

Plötzlich wusste Kunert, was jetzt kommen würde.

»Ich konnte es erst nicht glauben. Aber das Bild zeigt den Mann, den wir als Kai van Nelsen kennen. Offensichtlich hat er einen anderen Namen angenommen.«

»Dann ist Ann-Kathrin in Gefahr?«

»Ich fürchte, ja. Sie muss auf etwas gestoßen sein, das auf ihn hindeutet.«

»Was machen wir jetzt?«

»Das Einsatzkommando ist bereit. Maric und ich fahren in zehn Minuten los.«

»Und ich?«

»Du wartest vor dem Haus in Rodenkirchen auf uns. Aber keine Alleingänge, hörst du?«, wies Brokat seinen Assistenten an.

***

Als Ann-Kathrin Petersen wieder zu sich kam, merkte sie sofort, dass etwas anders war. Sie lag auf dem Boden. Ihre Fesseln waren verschwunden. Obwohl es stockdunkel war, wusste sie, dass sie sich in einem anderen Raum befand. Sie befühlte ihren Körper und bewegte sich vorsichtig. Anscheinend war sie unversehrt. Sie tastete um sich und fühlte kalten Stein. Offensichtlich lag sie auf einem Betonboden. Obgleich sie immer noch benommen war, stand sie langsam auf. Erst jetzt registrierte sie, dass ihr erbärmlich kalt war.

Von oben hörte sie ein leises Brummen, wie von einem Ventilator oder einer Klimaanlage. Als sie die Arme nach oben streckte, ertastete sie die Decke. Der Raum, in den er sie gebracht hatte, war nicht höher als einen Meter neunzig. Behutsam und mit ausgestreckten Armen tastete sie sich voran. Nach kurzer Zeit wusste sie, dass der Raum etwa fünf Meter lang und vier Meter breit war. Bis auf ein Regal, das über die gesamte Längsseite verlief, schien er leer zu sein. Vorsichtig begann sie, das Regal zu untersuchen. Dabei fiel etwas herunter und zerbrach auf dem Boden.

Als sie danach griff, schnitt sie sich an einer Scherbe. Es war ein Porzellanteller. Neben einem Berg von Tellern und Tassen fand sie große Töpfe, Schüsseln und anderes Geschirr. Aber das erklärte nicht, warum es in dem Zimmer so eisig kalt war. Systematisch tastete sie sich durch das riesige Regal, bis sie auf eingeschweißte Pakete unterschiedlicher Form und Größe stieß.

Als sie ihre Nase daranhielt, roch sie geräuchertes Fleisch. Kurz darauf ertastete sie Glasflaschen in großer Zahl, offensichtlich Wein, die in einer Reihe nebeneinanderlagen. Auf dem Boden standen Getränkekästen. Die Bierflasche, die sie herauszog, fühlte sich kalt an.

Die Erkenntnis, dass sie sich in einem Kühlraum befand, machte ihr Angst. War sie immer noch in Jürgens' Haus? Oder hatte van Nelsen sie inzwischen woandershin gebracht? War sie vielleicht im Kühlkeller einer Gaststätte oder eines Restaurants eingesperrt? Sie rief um Hilfe, erst leise, dann immer lauter, bis sie brüllte, so laut sie konnte. Nichts rührte sich. Mit Sicherheit war der Raum gut isoliert. Das Rufen hatte sie angestrengt, und sie schnappte nach Luft. Dennoch widerstand sie dem Drang, sich wieder hinzulegen. Erstens war der Boden eiskalt, und zweitens musste sie in Bewegung bleiben.

Obwohl ihr immer noch schwindelig war, begann sie, im Raum hin und her zu laufen und dabei mit den Armen zu kreisen.

Sie fror entsetzlich. Ihre Blase war so voll, dass sie nicht mehr lange würde einhalten können. Dennoch litt sie vor allem unter der Kälte. Vermutlich war der Raum auf Kühlschranktemperatur heruntergekühlt. Wie lange konnte es ein Mensch in dünner Kleidung bei etwa sechs Grad aushalten? Sie musste sich bewegen, um ihre Wärme zu halten. Sie begann, hektisch auf der Stelle zu treten, und vollführte dabei schnelle Armdrehungen.

Tatsächlich wurde ihr etwas wärmer. Aber schon nach kurzer Zeit merkte sie, dass sie kaum noch Luft bekam. Sie konnte nicht mehr richtig atmen. Der Raum war wirklich gut isoliert – so gut, dass langsam der Sauerstoff ausging. Voller Panik sank sie japsend zu Boden.

20

Die beiden Einsatzfahrzeuge mit sechs SEK-Beamten, Brokat und Maric an Bord erreichten die Adamstraße in Rodenkirchen um Viertel nach neun. Niko Kunert wartete an der Ecke. In einer Seitenstraße hatte er Ann-Kathrins Auto entdeckt. Sie war also wirklich hierhergefahren! In den letzten zwanzig Minuten hatte sich im Haus nichts getan. Alle Fenster waren dunkel. Es hatte wieder angefangen zu regnen. Es goss jetzt so stark, dass die Polizisten fast sofort völlig durchnässt waren. Die Straße war menschenleer.

Brokat winkte einem der Beamten zu, der einen Satz Spezialschlüssel aus der Tasche zog. Nach wenigen Sekunden hatte er die Haustür geöffnet. Maric ging voran und lauschte an der Wohnungstür. Kein Laut war zu hören. Ebenso schnell und lautlos öffnete der Beamte auch diese Tür. Brokat, Kunert und Maric blieben im Flur stehen, während das SEK die Wohnung mit erhobenen Waffen stürmte.

So rasch, wie der Einsatz begonnen hatte, war er auch wieder beendet. Die Wohnung war leer. Hastig durchsuchten die Beamten die Räume.

In einem Raum, in dem viele Schwerter an einer Wand hingen, hielt sich Brokat länger auf. Als er einige der Katanas aus ihren kunstvoll verzierten Scheiden zog, fiel ihm auf, dass sie durchweg Gebrauchsspuren aufwiesen. Offensichtlich waren das keine Schmuckstücke, sondern Waffen, die zum Kämpfen verwendet wurden.

Im Wohnzimmer stieß er fast mit Kunert zusammen, der mit einem Fotoalbum und einem Notebook aus der Tür kam.

»Der Laptop ist mit einem Passwort geschützt«, sagte er. »Aber sieh dir das an!«

Er schlug die letzte benutzte Seite des Albums auf, in die zwei Fotos eingeklebt waren. Das obere Bild zeigte Hendrik Jürgens mit dem Schwert in der Brust – so, wie sie ihn am Montag früh in der Kanzlei gefunden hatten. Das zweite Foto war eine Großaufnahme von Jürgens' Gesicht. Der Mund stand halb offen, die Gesichtszüge waren in Todesangst verzerrt.

»Es sieht so aus, als wollte er Jürgens' Leiden möglichst genau festhalten«, sagte Kunert.

Maric hatte den Anrufbeantworter des mobilen Telefons im Flur abgehört. Er schüttelte den Kopf. »Keine Anrufe. Und keine Hinweise auf Petersen«, meinte er.

»Wir fahren zurück ins Präsidium«, entschied Brokat, der zunehmend nervös wurde. »Ich muss mit Yuri Kobayashi reden.« Er wandte sich an Maric. »Ruf die Spurensicherung an. Sie sollen herkommen und die Wohnung auseinandernehmen.«

Auf dem Rückweg über die Rheinuferstraße und die Deutzer Brücke stellten sie die Sirenen an. Die beiden BMWs rasten durch das nächtliche Köln. Kurz vor der Lanxess Arena summte Brokats Handy.

»Wo seid ihr?«, fragte Christian Schmid. »Ich habe was Interessantes in Petersens Computer gefunden.«

Als sie das Büro betraten, saß er an ihrem Rechner. Er hielt ihnen einen Computerausdruck hin.

Brokat überflog den Text. »Das ist ein Artikel aus dem Express, der vier Jahre nach dem Schiffsunglück erschienen ist«, sagte er. »Hier steht, dass Jürgens und Morgenstern auch in letzter Instanz von der italienischen Justiz von jeder Schuld freigesprochen worden sind. Dafür ist der Geschäftsführer der Charterbasis verurteilt worden, die seinerzeit den Benzinkanister im Motorraum vergessen hatte, was schließlich zur Explosion geführt hat.«

Er tippte auf das Foto neben dem Zeitungsbericht. »Seht euch das an!« Sie beugten sich über das Bild, das halb verdeckt durch eine Person in Uniform zwei Jugendliche zeigte, die offensichtlich von dem Fotografen überrascht worden waren. Obwohl sich einer der beiden abgewandt hatte, konnte man sein vernarbtes Gesicht gut erkennen. Der andere hatte es nicht mehr rechtzeitig geschafft, seine Hand vor das Gesicht zu halten. Trotz der schlechten Qualität des Fotos war sich Brokat sofort sicher.

»Kai van Nelsen alias Kai Kobayashi«, sagte er.

»Ich habe mir das Druckerprotokoll des Servers angesehen«, meinte Christian Schmid. »Petersen hat heute Vormittag nur einen Druckauftrag erteilt, und zwar um elf Uhr fünfzehn. Den Ausdruck habe ich jedoch nicht gefunden.«

Kunert stöhnte. »Dann ist sie mit dem Artikel zu van Nelsen gefahren. Warum bloß hat sie niemandem Bescheid gesagt?«

»Keiner von uns war um diese Zeit hier«, gab Maric zu bedenken. »Wahrscheinlich wollte sie die Ähnlichkeit auf dem Foto so schnell wie möglich mit van Nelsen klären.«

Brokat vermutete noch ein anderes Motiv für den Alleingang, schwieg aber. Das würde er mit Petersen persönlich klären, wenn sie heil aus der Sache raus war. Wenn! Er machte sich Vorwürfe, dass er nicht besser auf sie aufgepasst hatte. Andererseits waren sie bei der Polizei und nicht im Kindergarten. Indem er sie in den ersten Wochen bewusst im Innendienst eingesetzt hatte, hatte er alles getan, um sie in ihrer Unerfahrenheit keiner unnötigen Gefahr auszusetzen. Brokat sprang auf.

»Ich rede mit Yuri. Vielleicht weiß er, wo sein Bruder ist!«

Schmid hielt ihn zurück. »Einen Moment noch. Die KTU hat die beiden Schwerter aus Yuri Kobayashis Wohnung untersucht. Die dunklen Stellen auf dem einen Schwert stammen nicht von Blut, sondern sind Rostflecken. Und auch sonst gibt es keine Spuren von ihm an den Tatorten.«

Brokat nickte. »Dann wissen wir das jetzt.«

Es war auf die Minute genau dreiundzwanzig Uhr, als Brokat Yuri Kobayashi mitteilte, dass er nicht mehr unter dem Verdacht stehe, die Morde an Jürgens, Morgenstern und Hohmann begangen zu haben. Als Brokat hinzufügte, dass Yuris Bruder wahrscheinlich drei Menschen getötet und außerdem seine Mitarbeiterin entführt habe, brach Kobayashi buchstäblich zusammen. Unter Tränen erklärte er, dass er die ganze Zeit so etwas vermutet habe. Sein Bruder sei seit Jahren krank. Die Ärzte hätten eine schizophrene Psychose diagnostiziert, wegen der er auch in ärztlicher Behandlung gewesen sei.

»Es hat mir das Herz gebrochen, zu sehen, was aus ihm geworden ist«, sagte er stockend. »Übrigens ist er nur mein Halbbruder. Sein leiblicher Vater, ein Deutscher, ist kurz nach der Geburt gestorben.« Er schwieg einen Moment. Sein narbiges Gesicht verzog sich wie unter Schmerzen, als er fortfuhr: »In den letzten Jahren hat Kai den Bezug zur Realität verloren. Immer öfter hatte er Wahnvorstellungen, in denen er Jürgens, Morgenstern und Hohmann die alleinige Schuld am Tod unserer Eltern gab.«

»Aber das müssen doch auch Außenstehende gemerkt haben«, meinte Brokat. »Wie konnte er in diesem Zustand tagtäglich mit Jürgens zusammenarbeiten?«

»Kai konnte seine Krankheit so gut verbergen, dass niemand, der ihn nicht sehr gut kannte, etwas gemerkt hat. Jürgens wusste sogar, dass mein Bruder in Behandlung war. Er dachte, er hätte Depressionen. Komischerweise vertraute er ihm trotzdem mehr als anderen Kollegen. Das hat mir Kai zumindest erzählt.«

»Und Ihr Bruder? Wie verhielt er sich gegenüber Jürgens?«

»In der Regel ganz normal. Ich hatte jedoch das Gefühl, dass er einen beinahe schon zwanghaften Drang verspürte, in Jürgens' Nähe zu sein. Vielleicht war das ja ein Teil seiner Krankheit.«

»Sie hätten frühzeitig mit einem Arzt reden müssen«, meinte Brokat. »Dann würden die drei möglicherweise jetzt noch leben.«

Kobayashi schüttelte den Kopf. »Er war ja anfangs in Behandlung. Aber dann hat er die Therapie einfach abgebrochen.«

»Jetzt hat er drei Menschen getötet. Und ich bete dafür, dass er inzwischen nicht auch noch eine junge Polizistin auf dem Gewissen hat.«

»Ich habe ja versucht, ihn von seinen Plänen abzubringen. Zeitweise habe ich die drei sogar überwacht, um zu verhindern, dass er sich ihnen nähert.«

»Das Ergebnis kennen wir«, erwiderte Brokat sarkastisch.

Yuri Kobayashi sah ihn an. Er wirkte verzweifelt.

»Helfen Sie uns, meine Kollegin zu finden. Damit können Sie vielleicht etwas wiedergutmachen«, sagte Brokat eindringlich.

Die nächsten fünfundvierzig Minuten verbrachten sie damit, gemeinsam mit Yuri Kobayashi alle Orte durchzugehen, zu denen sein Bruder eine engere Beziehung gehabt hatte. Das waren nicht viele. Ein Platz, der abgeschieden genug war, um sich und Ann-Kathrin Petersen dort zu verstecken, war nicht darunter.

***

»Vielleicht hat er sie längst umgebracht«, sagte Niko Kunert düster. Um Mitternacht saßen sie immer noch im Besprechungszimmer. Das Gefühl der Angst und Ohnmacht, das sich bei ihnen eingestellt hatte, war deutlich zu spüren.

»Das glaube ich nicht«, antwortete Brokat. »Wenn er sie hätte töten wollen, warum hat er das nicht schon bei sich zu Hause getan? Ich bin davon überzeugt, dass er Petersen als Geisel genommen hat.« In Wirklichkeit war er sich überhaupt nicht sicher. Immerhin wussten sie, dass Kai van Nelsen psychisch krank war. Aber im Moment brauchten sie einfach diesen Strohhalm, um weitermachen zu können.

»Wir müssen mit einem Foto von Petersen an die Öffentlichkeit gehen«, sagte Christian Schmid in die Stille hinein. »Nur so haben wir eine Chance.«

»Nein, das werden wir nicht tun«, entschied Brokat. »Damit würden wir sie nur noch mehr gefährden. Und vor allem kein Wort zu Vonderschmitt.«

»Du kannst Ann-Kathrins Verschwinden doch nicht ernsthaft geheim halten wollen«, meinte Kunert.

Sie sahen auf, als Maric den Raum betrat. Er hatte noch einmal mit Yuri Kobayashi über eventuelle Freunde oder Vertrauenspersonen seines Bruders gesprochen. Er schüttelte den Kopf.

Das düstere Brüten ging weiter. Schließlich schlug Kunert vor, mit dem Arzt zu sprechen, der Kai van Nelsen behandelt hatte. »Wahrscheinlich kennt er seine Verhaltensmuster am besten. Vielleicht hat er ja eine Ahnung, wie van Nelsen in so einer Situation reagiert.«

»Gute Idee«, meinte Schmid. »Aber wie bekommen wir raus, wie er heißt?«

»Indem wir Yuri noch einmal fragen«, meinte Maric. »Möglicherweise weiß auch die Kanzlei Bescheid, da er seine Krankheit dort angegeben hat. Aber an seine Personalunterlagen kommen wir jetzt so schnell nicht ran.«

Er holte sein Handy aus der Tasche und wählte Kobayashis Nummer. Das Gespräch war kurz und offensichtlich erfolgreich. »Ich habe jetzt den Namen und seine private Nummer.«

»Schmid ruft an«, bestimmte Brokat. Der Kollege nahm den Zettel, den ihm Maric hinhielt, und verließ eilig den Raum.

Die verbleibenden Mitarbeiter des Teams, zu denen sich auch Jan Langel und Frank Hardy gesellt hatten, brüteten weiter. Ohne dass Brokat etwas sagte, wussten alle, dass sie den Raum nicht verlassen würden, bevor sie wussten, wie sie Petersen finden konnten. Kunert ging in den Flur, um aus dem Automaten eine weitere Runde Kaffee zu ziehen. Als er mit dem Tablett und sechs dampfenden Tassen zurück war, kam ihm plötzlich eine Idee.

»Robert Heilmann«, sagte er und stellte das Tablett so heftig ab, dass die Tassen gefährlich wackelten. Die anderen sahen ihn verständnislos an.

»Seit Mato gesagt hat, dass vielleicht auch die Kanzlei Bescheid weiß, geht mir etwas im Kopf rum.«

»Du meinst, dass Heilmann uns helfen kann?«, fragte Maric.

»Möglich wäre es. Van Nelsen und Heilmann teilen sich ein Büro in der Kanzlei. Als ich van Nelsen im ›Palermo‹ getroffen habe, war er mit Heilmann dort. Und auch zu Jürgens' Feier sind sie gemeinsam gefahren.«

Maric hatte den letzten Satz nicht abgewartet, sondern war aus dem Raum gestürmt, um Heilmanns Aussage bei der Befragung nach Jürgens' Tod zu holen. Er blätterte den Bericht bis zur letzten Seite mit den persönlichen Daten des Zeugen durch.

»Volltreffer«, meinte er dann. »Hier steht auch seine Handynummer.«

***

Ann-Kathrin Petersen hatte sich in die Ecke hinter der Tür direkt neben das Regal gekauert. Mit dem Rücken lehnte sie sich an ein großes Stück Pappe, das die Kälte der Betonwand ein wenig milderte. Sie hatte das Gefühl, keine Luft mehr zu bekommen, und atmete schneller. Ihre Glieder waren schwer, und das Denken strengte sie an. Wie lange sie so noch durchhalten konnte, wusste sie nicht.

Würde ihr Peiniger ihre Folterkammer überhaupt noch einmal betreten? Inzwischen war sie davon überzeugt, dass Kai van Nelsen längst abgehauen war. Und sie hatte er zurückgelassen. So würde es also mit ihr und ihrer ach so tollen Karriere bei der Polizei zu Ende gehen! Wie sehr hatten sich ihre Eltern und die wenigen Freunde getäuscht, die so große Hoffnungen in sie setzten.

Am schlimmsten war jedoch, dass sie sich selbst völlig überschätzt hatte. Dabei war sie so stolz auf ihre Fähigkeiten gewesen. Und nun hatte sie einen Fehler gemacht, wie er dümmer nicht sein konnte. Und das nur, weil sie zeigen wollte, dass sie mehr draufhatte, als am Schreibtisch zu sitzen. Wie heißt es so schön: Hochmut kommt vor dem Fall. Leider hatte ihr Chef am Ende recht behalten. Sie kostete dieser Fehler jetzt das Leben. Sei's drum. Zum Schluss wollte sie sich noch einmal richtig selbst bemitleiden.

Plötzlich und völlig unerwartet stieg ein Gefühl der Wut in ihr hoch. Sie wollte nicht sterben – nicht so! Sie vergaß ihren Vorsatz, sich möglichst wenig zu bewegen. Sie sprang auf und stieß mit letzter Kraft einen lauten Schrei aus, in dem Wut und Todesangst gleichermaßen mitschwangen.

Sie wollte sich schon wieder in ihre Ecke kauern, als sie merkte, dass sich jemand an der Tür zu schaffen machte. Der Schlüssel drehte sich im Schloss. Ann-Kathrin Petersen blieb stehen und drückte sich so nah wie möglich ans Regal.

Die Tür ging auf. In dem diffusen Licht, das von außen eindrang, sah sie eine Hand, die versuchte, den Lichtschalter zu ertasten. Im Raum blieb es jedoch dunkel, da sie die Glühbirne herausgedreht hatte. Sie hörte ein leises Fluchen. Dann leuchtete der Lichtstrahl einer Taschenlampe in den Raum. Kurz darauf blieb er an etwas hängen. Auf dem Boden lag ein großes dunkles Tuch, unter dem sich die Umrisse eines Menschen abzeichneten.

Der Gegenstand auf dem Boden schien Kai van Nelsen zu irritieren. Langsam und mit äußerster Wachsamkeit betrat er den Raum. In der linken Hand hielt er die Taschenlampe, in der rechten blitzte das gezückte Katana. Vorsichtig tastete er mit der flachen Seite des Schwerts über das Tuch. Bevor er es anheben konnte, sprang sie aus der Ecke hervor. Mit der rechten Hand hielt sie eine Weinflasche fest umklammert. Ihre Bewegungen kamen ihr vor wie in Zeitlupe. Als sie endlich neben ihm stand, hob sie die Flasche über den Kopf. Sie schaffte es jedoch nicht mehr, sie ihm auf diesen zu schmettern. Blitzschnell hob er das Schwert und parierte ihren Schlag. Die Flasche zerbrach, und bester italienischer Wein spritzte durch den Raum. Für einen Augenblick stand Kai van Nelsen fassungslos da.

Sie nutzte diese Sekunde und rannte an ihm vorbei zur Tür. Bevor sie diese von außen schließen konnte, warf er sich mit seiner ganzen Kraft dagegen, sodass sie loslassen musste. Die Tür sprang auf, und ihr Widersacher erschien im Türrahmen. Sie warf den abgebrochenen Hals der Flasche, den sie fest umklammert hatte, nach ihm. Das scharfkantige Glas traf ihn schräg oberhalb der Nase. Er blieb erneut stehen und befühlte seine Stirn, über die das Blut nach unten lief. Mit dem linken Ärmel seiner Jacke versuchte er, das Blut abzuwischen, um besser sehen zu können.

Sie blickte nicht länger zu ihm hin, sondern lief los, nach wie vor gehandicapt durch ihre Schwäche und ihre unterkühlten Glieder. Schließlich erreichte sie eine steile Treppe, die nach oben führte. Mühsam schleppte sie sich hoch. Hinter sich hörte sie keine Schritte. Sie hoffte, dass Kai van Nelsen durch das viele Blut in seinem Gesicht immer noch desorientiert war.

Oben kam sie in einen großen Flur, der durch zwei Deckenleuchten erhellt wurde. An den Wänden hingen Bilder, ähnlich wie in dem Zimmer, in dem sie anfangs gefangen gehalten worden war. Sie zeigten Hirsche oder Rehe, teilweise auch historische Jagdszenen, in denen Jäger das Wild hoch zu Ross mit ihren Hunden durch den Wald hetzten. Jürgens musste ein begeisterter Jäger gewesen sein, schoss es ihr durch den Kopf.

Links und rechts des Flures waren Türen. Sie riss die erste auf und blickte in ein Zimmer, das deutlich größer, aber ansonsten genauso eingerichtet war. Auch die nächste Tür führte in einen fast identischen Raum. Hätten draußen an der Tür Nummern gestanden, wäre sie sicher gewesen, in einem Hotel gelandet zu sein.

Im dritten Zimmer brannte Licht. Die Leiche Peter Hubers lag noch immer auf dem Boden neben dem Bett. Sie kniete vor ihm nieder und tastete nach der Pistole in seinem Hosenbund. Schließlich konnte sie die Waffe fühlen. Innerlich jubelte sie. Was für ein Glück, dass van Nelsen den toten Huber einfach hatte liegen lassen! Schnell überprüfte sie die Waffe. Sie war geladen. Ann-Kathrin Petersen nahm den Revolver und verließ den Raum.

Sie hatte die Haustür fast erreicht, als van Nelsen die Treppe hochkam. Gesicht und Hände waren blutverschmiert, was ihm ein diabolisches Aussehen gab. Er sah sie hasserfüllt an. Sie hob die Pistole.

»Bleiben Sie stehen oder ich schieße.«

Kai van Nelsen grinste sie bösartig an. In seinen blutunterlaufenen Augen erkannte sie den Wahnsinn. Statt ihr zu gehorchen, ging er weiter auf sie zu.

Er war nur noch knapp vier Meter von ihr entfernt, als sie beschloss zu schießen. Sie legte die Waffe an, wie sie es gelernt hatte, und zielte auf sein rechtes Knie. Auf diese Entfernung konnte sie ihn unmöglich verfehlen! Plötzlich stand ihr das Bild des gescheiterten Einsatzes in Koblenz vor Augen. Sie sah ihren Kollegen mit einem Steckschuss im Bein vor sich.

»Ann-Kathrin, schieß – du musst schießen!« Und auf einmal war sie wie gelähmt. Da war es wieder in ihrem Kopf, ohne dass sie etwas dagegen tun konnte – das übermächtige Gefühl, nicht auf einen Menschen abdrücken zu können.

Während Kai van Nelsen mit dem gezückten Schwert in der Hand näher kam, überfiel sie große Traurigkeit. Sie wusste, dass es jetzt nicht mehr um das Leben anderer ging wie bei ihrem gescheiterten Einsatz damals. Jetzt ging es um ihr eigenes. Kurz ging ihr durch den Kopf, dass sie ja dann auch nicht so viel Mühe aufzuwenden brauchte.

***

Das Einsatzkommando der Kölner Kripo erreichte das Landhaus von Jürgens kurz nach halb zwei am nächsten Morgen. Der Regen hatte aufgehört, und die Luft im Königsforst war frisch und klar. Acht Stunden später bei der Morgenbesprechung mit Vonderschmitt konnte Hauptkommissar Hans Brokat übernächtigt, aber zufrieden erklären, dass der Fall des Kölner Samurai-Mörders abgeschlossen war.

21

Maria kam mit der Maschine aus Olbia, die am Samstagnachmittag gegen fünf in Köln landete. Während er im Ankunftsbereich wartete, musste er an seine Sardinienreise im März denken. Überraschend hatte sie ihn am Flughafen abgeholt, während er eigentlich seinen sardischen Kollegen Paolo Garzone erwartete. Wie neu und aufregend war ihre Beziehung damals gewesen! Rückblickend kam ihm die Zeit des gegenseitigen Erforschens und Erkundens, als sie noch keine großen Erwartungen aneinander hatten, als die schönste ihres Zusammenseins vor. Doch dann hatte sich schleichend der Alltag eingestellt und ihnen deutlich gezeigt, wie unterschiedlich ihre Ansprüche waren.

Ich muss endlich aufhören, mir selbst vorzuwerfen, dass ich zu wenig Zeit für die Beziehung habe, dachte er. Wie kann ich mit Maria und ihren Erwartungen richtig umgehen, wenn ich es vor lauter Schuldgefühlen nicht einmal schaffe, mich selbst zu akzeptieren? Als er beschloss, sich zukünftig nicht mehr für seine Arbeit zu entschuldigen, wurde ihm auf einmal leichter ums Herz. Obwohl es auf den ersten Blick nicht so aussehen mag, ist das ja vielleicht der Weg, wie wir wieder zueinanderfinden können, dachte er.

Die Herbstsonne schien träge durch die großen Glaswände der Flughafenhalle, als sie als eine der Letzten durch die Abfertigung kam. Sie strahlte ihn an, und er konnte an nichts anderes denken als daran, wie schön sie war und wie sehr er sie liebte.

Maria würde eine ganze Woche in Köln bleiben. Obwohl noch viele Berichte zu schreiben waren und ein Haufen Akten durchgesehen und an die Staatsanwaltschaft übergeben werden musste, hatte ihm Vonderschmitt den Urlaub bewilligt. Wahrscheinlich, so dachte Brokat, hatte er sich wie immer von der öffentlichen Meinung und der des Polizeipräsidenten leiten lassen. Und die war eindeutig: Er, Hans Brokat, hatte einen der schwierigsten Kriminalfälle der letzten Jahre in Köln aufgeklärt und dabei auch noch einer jungen Kollegin das Leben gerettet.

Im Nachhinein konnte Brokat über diese Darstellung der Ereignisse durch die Kölner Lokalpresse nur lachen. Tatsache war, dass sie das Landhaus von Jürgens viel zu spät erreicht hatten. Wenn Ann-Kathrin Petersen nicht so viel Durchhaltevermögen und Mut bewiesen und am Ende van Nelsen in Notwehr erschossen hätte, wäre sie jetzt tot. Und der Samurai-Mörder wäre, zumindest vorläufig, geflohen.

Sicher mussten die Ereignisse dieses Freitags noch einmal in allen Einzelheiten aufgearbeitet werden. Aber schon jetzt stand für Brokat fest, dass Ann-Kathrin Petersen ihren Fehler am Ende wiedergutgemacht hatte. Er zweifelte nicht mehr daran, dass sie eine gute Polizistin werden würde.

Was die Verantwortung Kai van Nelsens alias Kai Kobayashis für die Morde an Hendrik Jürgens, Patrick Morgenstern und Anna Hohmann betraf, fügten sich in den folgenden Tagen und Wochen die noch fehlenden Puzzlestücke nach und nach zusammen. So waren in Anna Hohmanns Wohnung Fingerabdrücke von van Nelsen sichergestellt worden, ebenso am Sicherungskasten der Kanzlei. Außerdem erwies sich, dass eines der Katanas aus seiner Wohnung praktisch identisch mit der Waffe war, mit der Hendrik Jürgens getötet worden war. Später würden die Ermittlungen ergeben, dass van Nelsen beide Schwerter vor einem Jahr bei einem in Deutschland lebenden japanischen Schmiedemeister gekauft hatte. Nachdem die Techniker van Nelsens Laptop geknackt hatten, fanden sie darauf weiteres belastendes Material: Fotos von Jürgens' Leiche sowie eine Art elektronisches Tagebuch. In diesem rechtfertigte er seine Mordabsichten mit seiner angeblichen moralischen Pflicht, seine Ehre als Samurai zu wahren.

Die Krankenakte, die ihnen van Nelsens Arzt nach einem entsprechenden Antrag der Staatsanwaltschaft überließ, ergab weitere Hinweise auf seine Krankheit. Vor vier Jahren hatte er sich wegen einer Psychose, verbunden mit heftigen Stimmungsschwankungen, Depressionen und zeitweisen Wahnvorstellungen, in Behandlung begeben. Vor etwa einem Jahr hatte er diese jedoch abgebrochen.

Und schließlich bestätigte ihnen Robert Heilmann, dass van Nelsen tatsächlich eine besondere Vertrauensstellung bei Jürgens innegehabt hatte. In dieser fungierte er auch als Verwalter mit Schlüsselgewalt für das Haus am Königsdorfer Forst, wo regelmäßig Gesellschaften und private Partys für Kunden und besondere Freunde des Hauses stattfanden.

Weitgehend aufklären konnten Brokat und seine Mitarbeiter auch die Rolle Peter Hubers bei dem Fall. Bei der Durchsuchung seiner Wohnung in Lindenthal stießen die Beamten auf Unterlagen, die belegten, dass er hohe Schulden hatte. In seinem Tresor fanden sie auch das Video, mit dem er Hendrik Jürgens erpresst hatte. Es war offensichtlich mit einer versteckten Kamera aufgenommen und anschließend bearbeitet worden. Die Szenen waren so aneinandergeschnitten, dass man den Eindruck haben musste, dass Katharina Lenz bereitwillig auf die sexuellen Annäherungen Morgensterns einging. Nachdem sich die Techniker den Film ein ums andere Mal angesehen hatten, machten sie am Ende eine interessante Entdeckung. In einem Spiegel im Blickfeld der verdeckten Kamera war neben den beiden Akteuren für einen kurzen Moment noch eine weitere Person zu sehen. Hendrik Jürgens stand halb hinter einem Paravent verborgen und beobachtete anscheinend mit großem Genuss das Geschehen. Die Szene wirkte so, als habe sich Jürgens vorher mit der Absicht versteckt, später seine Position als Voyeur einnehmen zu können.

Die Beamten schlossen daraus, dass solche Treffen Morgensterns mit jungen Starlets, denen er gegen ein bisschen Entgegenkommen eine Karriere beim Film versprach, öfter vorgekommen waren. Offensichtlich war Jürgens in irgendeiner Weise daran beteiligt. Warum Morgenstern oder Jürgens diese Szene später nicht herausgeschnitten hatten, blieb den Polizisten ein Rätsel. Möglicherweise hatten sie sie ja übersehen.

Katharina Lenz, die von Brokat später dazu befragt wurde, blieb bei ihrer Behauptung, von Morgenstern sexuell genötigt worden zu sein. Erst später habe sie von Morgenstern erfahren, dass das Treffen gefilmt worden war. Dass Jürgens auch in der Wohnung gewesen sei und sie beobachtet habe, davon habe sie bis heute nichts gewusst. Welcher Art Katharina Lenz' Beziehung zu Peter Huber war, blieb allerdings bis zum Schluss offen. Sie leugnete hartnäckig, mit Huber irgendetwas zu tun gehabt zu haben. Und er selbst konnte dazu nichts mehr sagen.

Immer noch zeigte sich das herbstliche Köln von seiner schönsten Seite. In der Nacht vor ihrem Abflug schliefen Maria und Brokat ein letztes Mal miteinander. Später dachte er, dass die Heftigkeit, mit der sie sich beim Liebesakt aneinandergeklammert hatten, schon ein Teil des Abschieds war, von dem sie beide nicht wussten, wie lange er dauern würde. In der gemeinsamen Woche hatten sie keine Pläne gemacht, sondern nur für den Augenblick gelebt. Bewusst hatten sie vermieden, über die Zukunft zu sprechen. Dennoch erschien ihm die gemeinsame Woche im Nachhinein als etwas besonders Kostbares.

Nachdem sie sich am Flughafen voneinander verabschiedet hatten, fuhr er nach Köln zurück. Obwohl es Samstag war, fand er im Kartäuserhof fast direkt neben seiner Wohnung einen Parkplatz. Er ging die wenigen Schritte bis zur Severinstorburg und betrat die »Severinschänke«. Auf dem Flachbildschirm an der Wand lief ein Spiel aus der englischen Premier League. Brokat setzte sich an die Theke. Wortlos stellte ihm Manni das erste Kölsch hin. Während er langsam und mit Genuss das Bier durch seine Kehle fließen ließ und dabei unbeteiligt auf den Bildschirm sah, dachte er, dass das Glück durchaus auch in solchen kleinen Momenten liegen konnte.

Epilog

Ein Monat war seit der Aufklärung der Samurai-Morde vergangen. Immerhin hatte es die Kölner Politik geschafft, nach dem Stimmzettel-Debakel im Oktober in der Zwischenzeit eine neue Oberbürgermeisterin zu wählen. Allerdings hatte die Wahl schlimm geendet: Am Vortag des Tages, der mit ihrem klaren Wahlsieg endete, war die Politikerin bei einer Kundgebung von einem Mann niedergestochen und schwer verletzt worden. Der Täter, der offensichtlich aus fremdenfeindlichen Motiven handelte, hatte außerdem noch vier weitere Personen verletzt.

Anfang November verabschiedete sich nach einem schönen, warmen Herbst das gute Wetter aus Köln. Es wurde kalt. Seit Tagen war es windig, und es regnete fast ununterbrochen. Am Samstagmorgen fuhr Mato Matic mit seinem kleinen SUV zum Einkaufen in die Innenstadt. Am Abend wollte er für Ivo und Mara kochen. Er freute sich auf das gemeinsame Essen. In den letzten Wochen hatte er seinen Sohn wegen vieler Abend- und Nachttermine viel zu selten gesehen. Mara hatte erneut aushelfen und die Betreuung übernehmen müssen.

Für den morgigen Sonntagabend hatte er sich mit Ann-Kathrin Petersen zum Essen verabredet. Obwohl er sich bemühte, möglichst wenig daran zu denken, ging ihm die Verabredung die ganze Zeit im Kopf herum. Nach dem guten Ausgang der Entführung hatte er sich einige Tage später bei ihr für sein Verhalten bei ihrer nächtlichen Begegnung neulich entschuldigt. Sie hatte seine Entschuldigung angenommen und geantwortet, dass auch sie ihre Worte nicht besonders glücklich gewählt hatte. Dennoch stellte sich auch nach dieser Aussprache die anfängliche Ungezwungenheit nicht wieder ein. Nach wie vor spürte er von ihrer Seite eine gewisse Befangenheit ihm gegenüber, die sich auch darin äußerte, dass sie vermied, mit ihm allein zu sein. Er verstand ihr Verhalten nicht und musste sich sogar eingestehen, dass es ihn kränkte. Er fragte sich, warum es ihm nicht egal war, wie sich eine Kollegin ihm gegenüber verhielt.

Schließlich wurde ihm klar, dass er sich zu ihr hingezogen fühlte. Er konnte sich einreden, was er wollte: Tatsache war, dass er zum ersten Mal seit Jelenas Tod wieder den Wunsch verspürte, eine Frau näher kennenzulernen.

Nachdem Ann-Kathrin und er in den letzten Wochen zwar freundlich, aber auch völlig unverbindlich miteinander umgegangen waren, hatte er sie vor zwei Tagen gefragt, ob er sie zum Essen einladen dürfte. Erst hatte sie nicht reagiert, sondern ihn erstaunt, fast schon ein bisschen abweisend angesehen. Schließlich hatte sie zugestimmt. Er hatte ihr das »Slavia«, ein kroatisches Restaurant in der Altstadt, in dem sein Schwager kochte, vorgeschlagen, und sie hatte genickt.

Ivo hatte sich für den heutigen Abend Ražnjići gewünscht. Für die Spieße hatte er Lammfleisch gekauft, außerdem Kartoffeln als Beilage. Paprika und Auberginen benötigte er für das Ajvar, eine Paste, die traditionell kalt zum Fleisch serviert wurde. Zum Schluss hatte er in Jacques' Wein-Depot an der Neusser Straße im Agnesviertel für Mara und sich zwei Flaschen Mali Plavac, einen Rotwein aus Dalmatien, erstanden. Als er am Ebertplatz auf den Hansaring abbiegen wollte, sah er plötzlich auf dem Bürgersteig eine Frau, die ihm bekannt vorkam. Sie ging sehr schnell, doch der Regen hatte ihre Kleider bereits durchnässt, und auch über ihre Haare und ihr Gesicht lief das Wasser. Offensichtlich hatte sich Katharina Lenz nicht auf das schlechte Wetter eingestellt. Ohne nachzudenken, hielt Maric auf Höhe der Hansa-Apotheke am Straßenrand. Sie nahm das wartende Auto erst nicht wahr, bis Maric hupte und ihr bedeutete, einzusteigen. Als sie ihn erkannte, lächelte sie und stieg in den Wagen.

»Kann ich Sie ein Stück mitnehmen?«

»Wenn das auf Ihrem Weg liegt, gern«, antwortete sie. »Ich war beim Friseur und habe dummerweise meinen Schirm dort liegen gelassen. Als ich es bemerkte, war es zu spät.« Sie zeigte auf ihre Haare und lachte. »Sehen Sie sich an, was aus meiner Dauerwelle geworden ist.«

»Ich bringe Sie am besten nach Hause«, erklärte Maric. »Wenn ich mich richtig erinnere, wohnen Sie doch fast am Ring.«

»Genau, in der Werderstraße. Das ist tatsächlich nicht weit. Ich bin Ihnen wirklich sehr dankbar.«

Maric parkte aus und bog auf den Hansaring ab. Wegen des starken Einkaufsverkehrs kamen sie nur langsam voran. Auf dem Weg in Richtung Kaiser-Wilhelm-Ring unterhielten sie sich miteinander. Sie war es schließlich, die das Gespräch auf die Samurai-Morde brachte.

»Ich bin immer noch nicht darüber hinweggekommen, dass Hendrik so brutal umgebracht wurde«, meinte sie.

»Das kann ich gut nachvollziehen«, antwortete er. Neugierig sah er sie an. »Es ist vielleicht eine etwas persönliche Frage. Aber was ist mit Patrick Morgenstern? Tut er Ihnen auch leid, nach dem, was er Ihnen alles angetan hat?«, fragte er.

»Er war ein Schuft«, sagte sie, »und ich habe ihn für sein Verhalten gehasst. Aber dass er ein so fürchterliches Ende genommen hat, finde ich schrecklich.« Sie schüttelte den Kopf. »Dass ihn der Täter erst erstochen und ihm dann auch noch ein Tattoo in den Bauch gestochen hat, ist wirklich krank.«

Mato Maric nickte. Obwohl sich das aus ihrem Munde alles etwas zu zuckersüß anhörte, hatte sie ja recht. Er konzentrierte sich wieder auf die Straße, als ihre letzten Worte plötzlich anfingen, in seinen Ohren nachzuklingen: »… ein Tattoo in den Bauch gestochen, ein Tattoo in den Bauch gestochen …«

Irgendetwas war seltsam. Und mit einem Mal wusste er auch, was: Von dem Tattoo hatte nie etwas in den Zeitungen gestanden. Brokat und Vonderschmitt war es gelungen, dieses Detail geheim zu halten. Und auch nach van Nelsens Tod hatten sie beschlossen, die Tätowierung nicht zu erwähnen. Wozu auch? Es war eine äußerst brutale Einzelheit in einer Mordserie, die am Ende aber keine Rolle mehr spielte. Aber Katharina Lenz wusste davon. Und das konnte eigentlich nur eines bedeuten.

Fieberhaft überlegte Maric, was er jetzt tun sollte. Aber letztlich gab es nur eine Möglichkeit: Er musste die wahre Mörderin Patrick Morgensterns auf der Stelle verhaften. Aus den Augenwinkeln sah er zu ihr hinüber. Sie hatte angefangen, in ihrer Handtasche zu wühlen, und lächelte dabei vor sich hin. Maric hielt nach einer Parklücke Ausschau. Als er eine sah, fuhr er hinein und brachte den Wagen abrupt zum Stehen. Sie sah auf. Er meinte, einen Ausdruck des Bedauerns auf ihrem Gesicht wahrzunehmen.

»Schade, dass es so enden muss. Das habe ich nicht gewollt«, sagte sie.

Maric wollte seinen Gurt öffnen, um sie zu überwältigen, kam aber nicht mehr dazu. Ein Knall zerfetzte ihre Handtasche. Ungläubig blickte er sie an, bevor er das Blut auf seinem Hemd sah. Dann sackte er – noch gehalten durch den Sicherheitsgurt – auf dem Sitz zusammen.

Katharina Lenz steckte die Pistole in die Jackentasche, öffnete die Beifahrertür und stieg aus. Wie zum Abschied winkte sie noch einmal in den Wagen hinein. Der Motor des SUVs lief weiter, während sie ohne Eile im strömenden Regen davonging.